문학과지성 소설 명작선

이 소설 총서는
초판 간행 이후 시간의 벽을 넘어 끊임없이
독자와 평자 들의 애호와 평가를 끌어 열고 있는,
말의 바른 의미에서의 '스테디셀러'들을
충실한 원본 검증을 거쳐 다시 찍어낸,
새로운 감각의 판형과 새로운 깊이의 해설로
그 의미를 더욱 풍요롭게 만든,
우리 시대 명작 소설들이 펼치는
문학적 축제의 자리입니다.

장난감 도시

이동하

문학과지성사
2009

문학과지성 소설 명작선 25
장난감 도시

초판 1쇄 발행__1982년 5월 30일
초판 2쇄 발행__1982년 6월 20일
재판 1쇄 발행__1994년 10월 20일
재판 2쇄 발행__1996년 5월 10일
3판 1쇄 발행__2009년 12월 21일
3판 10쇄 발행__2025년 4월 24일

지 은 이__이동하
펴 낸 이__이광호
펴 낸 곳__㈜문학과지성사

등록번호__제1993-000098호
주　　소__04034 서울 마포구 잔다리로7길 18(서교동 377-20)
전　　화__02) 338-7224
팩　　스__02) 323-4180(편집) 02) 338-7221(영업)
전자우편__moonji@moonji.com
홈페이지__www.moonji.com

ⓒ 이동하, 2009. Printed in Seoul, Korea

ISBN 978-89-320-2023-5

이 책의 판권은 지은이와 ㈜문학과지성사에 있습니다.
양측의 서면 동의 없는 무단 전재 및 복제를 금합니다.

장난감 도시

차례

제I부 장난감 도시   9
제II부 굶주린 혼   87
제III부 유다의 시간 165

초판 해설 가난의 문화의 현장 · 김현 243
신판 해설 벙어리의 울음과 애도의 지연 · 우찬제 263
초판 작가의 말 277
신판 작가의 말 279

제I부 장난감 도시

1. 학예회(學藝會)

 우리 가족이 고향을 떠난 것은, 내가 국민학교 4학년 때였다고 기억된다. 전쟁이 멈춘 것은 이보다 한두 해 전의 일이다.
 내가 이 무렵의 일을 비교적 잘 기억하고 있는 까닭은 오로지 학예회 덕분이다. 그도 그럴 것이, 매년 한 번씩 갖기로 되어 있는 학예회를 전쟁 통에 여러 해 걸러오다가 그해에야 우리는 비로소 가질 수 있었기 때문이다.
 이때만 해도 학예회란, 특히 시골 학교로서는 운동회와 더불어 연중 가장 큰 행사의 하나였다. 이에 대한 학부모들의 관심도 대단했기 때문에 그것은 학생들만의 행사라기보다는 차라리 면민(面民) 전체를 위한 축제 같은 것이었다.
 막을 올리기 한 달 전서부터 우리는 열심히 공연 준비를 했다. 우리 4학년이 기획한 것은 합창과 동화와 동극, 세 가지였다. 이 밖에 무용이 한 가지쯤 더 있었는지 모르겠다. 아마 그랬을 법도 하다. 그렇다고는 해도 여자아이들 몇몇의 일이었을 게다. 내가 참여했던 것은 역시 앞에 말한 세 가지 기획에 있었다.

우리가 가장 심혈을 기울였던 동극(童劇)「팔려가는 당나귀」는 그 무렵 우리가 배우던 국어 교과서에 실려 있던 내용이었다. 내 기억이 정확하다면 그것은 제8과였다. 당나귀를 팔러 나선 두 부자(父子)의 어리석은 행동 때문에 우리는 연습 도중에도 곧잘 폭소를 터뜨리곤 했다. 그러면 연습은 금세 엉망이 되어버렸다. 그때까지 잔뜩 긴장해 있던 아이들은 가까스로 참아왔던 웃음을 한꺼번에 토해냈다. 그 어리석은 아버지와 아들 역을 맡은 녀석들은 물론이고, 당나귀로 분장했던 녀석들마저 누런 담요 뭉치 속에서 데굴데굴 구르며 마구 웃어젖혔다. 이런 속에서 끝까지 웃음을 보이지 않는 사람이라고는 오직 담임 선생 한 명뿐이었다. '방아깨비'란 별명의 그 껑다리 선생은 웃음의 태풍이 지나가기까지 창 쪽을 향해 조용히 돌아서 있곤 했다. 그런 순간의 뒷모습은 한 그루 미루나무처럼 훤칠해 보였다. 우리들 중에서 먼저 웃음을 멈춘 아이들은 그제야 선생의 어깨 너머로 하나씩 둘씩 시선을 모아갔고, 그러고는 그 새가 맣게 잊어버렸던 여름의 눈부신 하늘과 들판을 발견해내고 새삼 좀이 쑤시는 것이었다.

웃음의 열기가 완전히 가신 다음엔 참으로 이상한 고요가 언제나 우리의 마음을 휩싸 안았다. 그처럼 방자하게 웃어대던 아이들은 갑자기 죄다 벙어리가 되기라도 한 듯 군말 한마디 흘리지 못했다. 더러는 창밖의 무성한 여름 풍경에 넋을 팔고, 또 더러는 어제 하다 말고 버려둔 자기만의 비밀스러운 일들을 골똘히 생각하면서 이 우습고 거북스러운 일이 빨리 끝나주기를 간절히 바랄 따름이었다.

"웃어야 할 사람은 구경꾼들이지 너희들은 아니야."

손바닥 위에 올려진 방아깨비처럼 아주 굼뜬 동작으로 느슨히 돌아선 담임 선생은 매번 그렇게 말했다. 선생의 기다란 두 팔이 다른 어느 때보다도 허리쯤에서 허전하게 흔들려 보이는 그런 순간이었다.

"웃고 싶을 때 웃고 울고 싶을 때 울어버리면, 세상에 되는 일이라곤 아무것도 없어. 남을 웃기거나 울리고 싶은 생각을 가졌다면 더군다나 그래. 자기 자신은 결코 웃거나 울어버려서는 안 된단 말이야. 그건 못난 짓이야. 꼴불견이지. 자, 처음부터 다시 한 번 해보자. 이번에도 웃는 녀석은 학예회가 끝나는 날까지 변소 청소를 시킬 테다……"

그제야 아이들은 창밖으로 날려보냈던 넋들을 서둘러 불러들였다. 당나귀 역을 맡았던 녀석들은 담요를 뒤집어썼고, 어리석은 두 부자는 나귀의 고삐를 다시 잡았다. 나는 노인으로 분장한 다른 두 녀석과 함께 장죽을 물고 수염을 쓸면서 그들 일행이 다가오기를 기다리기 시작했다. 도무지 어설프고 기이하기 짝이 없는 인생 유희였다.

동극에 비해 합창 연습은 비교적 수월했다. 게다가 방아깨비 선생의 풍금 솜씨가 썩 좋았다. 그의 장대 같은 팔다리에 비해, 풍금은 너무 작고 낡은 것이었다. 그러나 거기서 울려 나오는 소리는 세상의 어떤 것과도 견줄 수 없을 만큼 신비로웠다. 곡목은 「뻐꾸기 왈츠」였다. 20여 명의 아이들이 세 파트로 나뉘어 화음을 만들었다. 조그마한 풍금 앞에 달라붙은 채 기다란 두 팔과 못지않게 긴 열 개의 손가락으로 열심히 건반을 두들겨댈 때 선생의 모습은 영락없이 방아깨비를 연상케 했지만, 우리들 중 누구 하나도 그 때문에 웃지는 않았다. 웃다니, 전혀 그럴 여유가 없었다. 너무나 신바람 나게 노래를 불러젖혔기 때문에 나중엔 숨이 다 가빠질 지경이었다. 그래서 때로는, 전혀 주문한 적이 없는 아주 기묘한 목소리가 불쑥 튀어나와 화음을 망쳐놓는 경우도 없지 않았다. 이런 순간만은 여기저기서 쿡쿡 하고 터져나온 웃음소리가 합창 속에 잠시 섞여들기도 했다. 하지만 그것 때문에 방아깨비 선생이 건반에서 손을 뗀 적은 없었다. 선생은 되레 더 힘차게 건반을 쪼아댈 따름이었다.

이맘때쯤이면 교정은 텅 비어 있게 마련이었다. 아름드리 은행나무가 줄줄이 늘어서 있는 샘터와, 그리고 우리들의 키만 한 높이로 가지런히 둘러쳐진 측백나무 울타리 너머로 여름날의 저녁놀이 번지기 시작하는 시간이었다. 아직도 교정에 남아 있던 몇몇 상급생들만 우리들의 노랫소리에 귀를 기울였다. 그 밖엔 어쩌다 간혹 이름 모를 새 몇 마리가 하늘을 가로질러 놀빛 속으로 날아갈 뿐, 움직이는 것도 소리내는 것도 없는 저녁 한때의 고요함 속에서 우리들이 입 모아 신명나게 불러젖히는 노랫소리만 천지간을 온통 가득하게 채워놓는 것이었다.

이 합창 연습을 끝으로 대부분의 아이들은 집으로 돌아갈 수 있었다. 그날의 청소 당번들만 남아서 때늦은 정리를 하느라 한바탕 소란을 피워댈 뿐이었다. 그러나 나는 매번 예외였다. 그때부터 구연동화(口演童話) 연습을 해야만 되었기 때문이다.

앞의 두 경우와는 달리 그것은 외롭고 따분한 일이었다. 교무실은 텅 비어 있었다. 주인 없는 걸상들 중 하나를 차지하고 앉은 나는 우선 외우는 일부터 시작했다. 국어책을 펴들고 손때 묻은 갈피를 열면 금세 검푸른 바닷물이 내 눈앞에서 출렁거렸다. 그것은 늙고 마음씨 착한 한 어부와 그의 욕심꾸러기 마누라와 그리고 이상한 한 마리 금빛 고기에 얽힌 이야기였다. 그래서 제목도 「금고기」였다.

"옛날 바닷가에 할아버지와 할머니가 살고 있었습니다. 할아버지는 오늘도 바다로 나가 거울같이 맑은 바닷물 위에 첨벙 그물을 던졌습니다. 그러고는 조심스레 그물을 잡아당기기 시작했습니다……"

이미 골백번도 더 읽은 글이었다. 그래서 내 머릿속에는 그 긴 이야기가 문장 한 구절, 토씨 하나 흐트러짐 없이 고스란히 꿰어져 있었다. 그런데도 담임 선생은 매번 서너 번씩이나 되풀이해 읽히는 것으로써 연습을 시작했다. 내가 이 일을 넌덜머리 나게 느끼는 이유도 바로 그 점에 있었다. 게다가 선생은 또, 낮은 목소리로 읽는 것을 용납하지 않았다.

"뭐 하는 거야? 누가 너더러 염불을 하랬어? 뒷좌석에 앉은 사람들이 시줏돈 들고 나오겠다, 얘."

조금이라도 내 목소리가 낮아지기만 하면 선생은 으레 그렇게 윽박지르기 일쑤였다. 하기야 마이크라고는 구경하기도 어렵던 때였다. 나란히 붙어 있는 교실 서너 개를 터서 학예회장으로 사용할 판이었다. 맨 뒷자리에 앉아 있는 청중에게까지 들리게 하기 위해서는 우선 목소리부터 커야만 했다. 나는 목청을 잔뜩 높인 채 그놈의 '옛날 바닷가에……'를 신물 나게 읽어젖혔다. 잠을 자다가도 입만 벙긋하면 물이 쏟아지듯 줄줄 풀려나올 정도로.

"좋았어. 그럼 이제부터 차근차근 동작을 섞어서 해봐."

윗도리를 훌렁 벗어던지고 러닝셔츠 바람이 된 방아깨비 선생은 타월을 목에 두르며 말했다. 이제 샘터로 나가 하루의 피곤을 닦아 낼 참이었다. 선생은 한결같이 기다란 팔다리들을 꼭 그만한 길이대로 흐느적거리면서 천천히 교무실을 나서는 것이었다. 물론 이렇게 당부하기를 잊지 않으면서.

"지금 네 앞에는 수백 명의 청중이 지켜보고 있다는 사실을 잊어버려선 안 돼!"

고작 열 개도 못 되는 빈 걸상들만 내 앞에 허전하게 놓여 있는데도 말이다. 하지만 그것을 지적해 보일 처지는 결코 못 되었다. 나는 단 한 사람의 청중마저 은행나무 우거진 샘터를 향해 스적스적 걸어가고 있는 뒷모습을 원망스레 내다보며 잔뜩 풀이 죽은 채 다시 연습을 시작하곤 했다. 맥없이 두 손을 펼쳐 들면서 나는 읊어대기 시작하는 것이다. '옛날 바닷가에 할아버지와 할머니가 살고 있었습니다…… 할아버지는 오늘도 바다로 나가 거울같이 맑은 바닷물 위에 첨벙 그물을 던졌습니다. (동작)'

어스름이 묻어오는 텅 빈 교정의 저 끝쪽 샘터에서 커다란 방아깨비 한 마리가 열심히 두레박질하고 있는 광경을 지켜보며 나는 어느새 풀썩 웃음을 터뜨리고 마는 것이었다. '할아버지, 할아버지, 나를 다시 바닷물 속에 놓아주세요. 그러면 이 은혜를 결코 잊지 않겠어요……'

2. 주근깨와 물사마귀

예의 방아깨비 선생이 내게 누런 사각봉투 하나를 건네주었다.

얼떨결에 그것을 받아들기는 했지만 도무지 느닷없는 일이었다.

교무실엔 담임 선생 외에 다른 선생이 몇 명 더 있었다. 그들 중 한두 사람이 허옇게 백묵 가루가 묻은 손을 털면서 내 얼굴을 힐끔힐끔 돌아보곤 했다. 나는 괜스레 얼굴을 붉혔다. 그러자 담임 선생이 불쑥 손을 내밀며 말했다.

"그곳에 가서도 공부 열심히 해. 나한테 편지도 보내고……"

이제 생각하면 그처럼 다감하고 인상적이던 방아깨비 선생을 내가 마지막으로 대하던 순간이었다. 그날 이후 두 번 다시 그를 대할 기회가 내게는 없었던 것이다. 사각봉투를 꼭 쥐고 교무실을 나온 나는 갑자기 콧날이 시큰해짐을 느꼈다. 좁고 긴 복도는 아이들로 혼잡스러웠다. 종례를 막 끝낸 아이들이 교실마다 꾸역꾸역 밀려나왔다. 그들 중에는 나와 같은 반 아이들도 더러 섞여 있었다. 지금까지 한 교실에서 같은 흑판을 쳐다보며 공부해왔던 너무나 낯익은 얼굴들이었다. 그들보다 더 가까운 얼굴이 세상에 또 어디 있으랴. 콧마루에 박혀 있는 주근깨, 밤송이 머릿속에 감추어져 있는 버짐 흉터, 그리고 손등에 돋아나 있는 물사마귀 한 개에 이르기까지 내게는 너무나 낯익은 녀석들이었다.

복도 바닥은 미끄러웠다. 양초 토막으로 문지르고 마른걸레로 윤기를 낸 판자 쪽들은 4월 초파일 신새벽, 동백기름을 발라 잘 쪽 찐 어머니의 머릿결처럼 정갈했다. 천천히 나는 미끄럼질을 했다. 그것은 금지되어 있는 장난 중의 하나였다. 실내에서는 절대 정숙! 발뒤꿈치를 들고 까치걸음을 하던 아이들이 못마땅한 눈길을 보내왔다. 하지만 나는 아랑곳하지 않았다. 복도의 끝 쪽에서 미끄럼을 타고 간 다음 다시 뒤돌아서 그 짓을 계속했다. 지탄받아 마땅한 나의 행동에 대해, 그러나 끝내 간섭해오는 녀석은 없었다. 복도는 곧 텅 비어버려서 단지, 누런 사각봉투를 옆구리에 낀 4학년짜리 녀석 혼자만 외롭게 남아 있었다.

 맥이 풀렸다. 잔뜩 풀이 죽은 나는 그 짓을 집어치웠다. 앞뒤를 돌아보아도 누구 하나 눈에 띄지 않았다. 무언가가 조그만 가슴속에서 걷잡을 수 없이 허물어져가고 있는 느낌이었다. 그제야 나는 깨달았다. 그랬다. 나는 누군가가 간섭해주기를 기대했던 것이다. 나와 같은 4학년짜리여도 좋고 상급생이라도 상관없는 일이었다. 그랬다면 나는 말해주고 싶었던 것이다. 난 말이다, 너희들과는 마지막이야. 왜냐구? 난 도회지 학교로 전학을 가게 됐단 말이야……

 그리고 또, 무슨 말을 더 할 수 있었을까? 어쩌면 끝내 그런 말마저도 꺼내지 못했을지 모를 일이긴 하다. 도시로 전학을 간다는 일이, 그래서 이 학교와 아이들과 낯익은 세계로부터 갑자기 떨어져 나간다는 일이 나로서는 어차피 이해할 수도, 감당하기도 어려운 사건이었으므로.

 얌전히 발뒤축을 쳐들고 나는 걷기 시작했다. 될 수 있는 대로 천천히 걸었지만 복도는 금세 끝나버렸다. 아쉽다기보다 좀 싱거운 기분이 들었다. 밖에는 햇빛이 화사했다. 아이들 몇이 운동장에서 신나게 뛰놀고 있었다. 그러나 나는 그들 쪽으로 다가가지 않았다. 한눈도 팔지 않고 곧장 교문을 나섰다.

 다음 날로 우리 가족은 마을을 떠났다. 세간들과 함께 짐차 위에 실린 나는 기분이 썩 좋았다. 아버지는 그래도 지난 수삼 년간 마을의 이장직을 맡아왔었다. 어머니는 또 누구보다 많은 일가붙이들을 이 마을에 두고 있는 처지였다. 그런데도 정작 동구 밖에 나와 손을 흔들어주는 사람은 많지 않았다. 그래서 어머니는 광목 치맛자락의 한 귀로 몰래 눈물을 찍어내곤 했다. 내 옆자리, 세간 틈새에 조그맣게 웅크리고 앉아 있는 어머니의 모습이 그처럼 왜소하게 느껴질 수가 없었다. 내가 드러내놓고 기분을 낼 수 없었던 이유는 바로 어머니의 그러한 태도 때문이었다.

물론 조금은 어머니의 마음을 이해하고 있었다. 나는 안다. 어느 날 밤 갑자기 일단의 사내들이 우리 집에 들이닥쳤던 것을. 그들을 안내해 온 사람은 놀랍게도 낯익은 순경이었다. 그런데 그가 뜻밖에도 낯설고, 난폭하고, 살기등등한 일단의 사내들을 몰고 왔던 것이다. 그들이 아버지를 얼마나 거칠게 다루었던지 지금 생각해도 마음이 아프다. 밤중에 집 안을 발칵 뒤집어놓은 다음 그들은 빈손으로 돌아갔다. 끝내 삼촌을 찾아내지 못했던 것이다. 어머니는 분명히 그날 밤의 일을 생각하고 눈물을 찍어내는 것이리라.

아버지는 비교적 덤덤한 태도였다. 마을 어른들과 하직 인사를 나눌 때도 아버지는 평소의 그 유순한 웃음을 잃지 않고 있었다. 마을의 사랑방에서 아버지가 웃으실 때면 담 밖을 지나가던 사람조차도 그 웃음의 주인이 누군가를 단박에 알아맞힐 수 있다던, 그렇듯 소탈한 웃음이었다.

그 아버지가 운전대 옆에 올라타자 차는 시동이 걸렸다. 금세였다. 차의 꽁무니께로 마을의 초가지붕들과 잎사귀 무성한 감나무들이 점점 멀어져가는가 싶더니 어느새 산모퉁이 뒤로 숨어버렸다. 나는 차에 흔들리면서 무슨 노랜가를 흥얼거리기 시작했다. 아마도 그 무렵에 유행했던 전시 노래 중의 하나였으리라. 그리고 문득 지난 학예회를 추억했다. 우리가 그토록 정성을 들였던, 그래서 교실

네 개의 벽을 트고 만든 공연장에 빼곡히 들어찬 면민들로부터 열렬한 갈채를 받았던 그 동극과 합창과 그리고 구연동화를. 나야말로 얼마나 의젓하게 해냈던가. 특히 구연동화를 끝냈을 때 누군가 외치던 소리를 나는 벅차게 회상했다. 그랬다. 그는 이렇게 소리쳤던 것이다.

"면장(面長)감이다. 면장감!"

바로 무대 앞 귀빈석에 점잖게 앉아 계시던 우리의 자랑스런 면장 어른께서도 그 점을 솔직히 시인하듯 고개를 끄덕이며 빙그레 웃으셨다.

국도 양편엔 아름드리 플라타너스가 두 줄로 늘어서 있었다. 그 푸른 터널 속을 트럭은 미래의 면장 어른을 실은 채 미지의 세계를 향해 털털거리며 굴러갔고 나는 금세 목이 쉬었다.

3. 장난감 도시

난생처음 대해본 도시의 인상은 천천히 얘기하기로 하자. 도착하자마자 내가 찾은 것은 물이었다.

생각보다 여정은 짧았다. 마을을 출발한 지 불과 두세 시간 만에 우리는 도시에 닿을 수 있었던 것이다.

단순히 그 사실만 가지고도 나는 좀 실망스러웠다. 내가 그때까지 상상한 바로는, 도시란 결코 그처럼 가까운 곳에 있는 게 아니었다. 도시란 보다 더 멀고 아득한 곳에 있어야만 했다. 그래서 그곳에 닿기 위해서는 철로 위를 바람처럼 내달리는 급행열차로도 하룻

낮 하룻밤은 꼬빡 걸려야만 했다. 그런데 우리가 타고 온 것은 털털거리는 짐차였다. 그것으로도 고작 두세 시간밖에 걸리지 않다니…… 그처럼 가까운 곳에 도시가 있다는 사실이 무슨 결함처럼 내게는 느껴졌다.

녀석들은 지금도 그 교실에 앉아 있을 것이었다. 사철나무가 병사들처럼 늘어서 있는 남향 창으로는 풋풋한 햇살이 온종일 들이치고, 방아깨비 선생의 낮고 부드러운 목소리가 간단없이 흘러나오는 그 4학년 우리 반 교실에 말이다. 유일하게 나의 자리는 비어 있을 게다. 창 쪽으로 둘째 줄 여섯번째 책상…… 거기 내가 남긴 흠집과 낙서를 누군가 눈여겨보고 있을지도 모른다. 그러고는 도회지로 전학 간 나를 조금은 부러워할 게다. 하지만 작정만 한다면 누구나 쉽게 우리 뒤를 쫓아올 수 있으리라고 나는 생각했다. 도시란 생각보다 훨씬 가까운 곳에 있기 때문이었다. 그래서 나는 조금 자존심이 상했다.

아버지는 물 대신 나에게 돈을 주셨다. 그것은 단풍잎처럼 작고 빨간 1원짜리 종이돈이었다. 나는 곧장 한길가로 뛰어나갔다. 리어카 위에 어항보다 큰 유리 항아리를 올려놓은 물장수가 거기 있었다. 항아리 속엔 온갖 과일 조각들이 얼음 덩어리와 함께 채워져 있었다.

나는 꼭 쥐고 있던 돈을 한 잔의 물과 맞바꾸었다. 유리컵 속에 든 물은 짙은 오렌지 빛이었다. 손바닥에 닿는 냉기가 갈증을 더 자극했다. 그러나 나는 마시지 않았다. 이 도시와 그 생활이 주는 어떤 경이와 흥분 때문에 실상은 목구멍보다도 가슴이 더 타고 있었다. 나는 유리컵을 조심스럽게 받쳐든 채 천천히 돌아섰다. 그러고는 두어 걸음을 떼어놓았다. 물론 나의 그 어리석은 짓은 용납되지 않았다. 나는 금세 저지당했던 것이다.

"이봐, 너 어디로 가져가는 거냐?"

나를 불러 세운 물장수가 그렇게 물었다. 나는 금방 얼굴을 붉혔다. 무언가 잘못을 저지르고 있다고 판단했기 때문이다.

나는 아무런 대답도 하지 못했다. 그러자 물장수가 다시 말했다.

"잔은 두고 가야지. 너, 시골서 온 모양이로구나. 그렇지?"

나는 단숨에 잔을 비웠다. 숨이 찼다. 콧날이 찡해지고 가슴이 꽉 막혔다. 그러나 그 자리에 더 어정거리고 있을 수는 없었다. 내던지듯 잔을 돌려준 나는 숨을 헐떡거리면서 가족이 있는 곳으로 되돌아왔다.

우리 세간들이 골목에 잔뜩 쌓여 있었다. 시골집 안방 윗목을 언제나 차지하고 있던 옛날식 옷장, 사랑채 시렁 위에 올려두던 낡은 고리짝, 나무로 만든 쌀뒤주, 크고 작은 질그릇 등, 판잣집들이 촘촘히 들어서 있는 그 골목길 위에 아무렇게나 부려놓은 세간들은 왠지 이물스러운 느낌을 주었다. 그것들은 지금까지 흔히 보고 느껴오던 바와는 사뭇 다른 모양이요, 빛깔이었다. 아마도 이웃인 듯한, 낯선 사람 몇이 아버지와 어머니의 바쁜 일손을 거들고 있었다.

나는 판자벽에 기대고 웅크려 앉았다. 물맛이 어떠했던가를 생각해보려 했지만 도무지 기억에 남아 있지 않았다. 가슴이 답답하고 머리가 어지러웠다. 속이 메스껍기도 했다. 눈앞의 사물들이 자꾸만 이물스레 출렁거렸다. 이사를 왔다, 하고 나는 막연한 기분으로 중얼댔다. 그래, 도시로 이사를 왔다. 아주 맥 풀린 하품을 토해내며 새삼 주위를 두리번거렸다. 촘촘히 들어앉은 판잣집들, 깡통 조각과 루핑이 덮인 나지막한 지붕들, 이마를 비비대며 길 쪽으로 늘어서 있는 추녀들, 좁고 어둡고 질척한 그 많은 골목들, 타고 남은 코크스 덩어리와 검은 탄가루가 낭자하게 흩어져 있는 길바닥들, 온갖 말씨와 형형색색의 입성을 어지러이 드러내고 있는 주민들, 얼굴도 손도 발도 죄다 까맣게 탄 아이들…… 나는 자꾸만 어지럼증을 탔고, 급기야는 속엣것을 울컥 토해놓고 말았다. 딱 한 잔 분량의, 오렌지 빛 토사물이었다.

세간들을 대충 들여놓은 다음에 우리 가족은 이른 저녁을 먹었다. 아니, 그것은 때늦은 점심이기도 했다. 어쨌거나 우리 가족이 도시에서 가진 첫 식사였다.

밥은 오렌지 물을 들이기라도 한 것처럼 노란 빛깔이었다. 물이 나쁜 탓일 거라고 아버지가 말했다. 공동 펌프장에서 길어온 그 물은 역할 정도로 악취가 심했다.

"시궁창 바닥에다가 한 자 깊이도 안 되게 박아놓은 펌프 물이니 오죽할라구요……"

어머니는 아예 숟갈을 잡을 생각조차 없는 듯 조그만 목소리로 중얼대기만 했다.

"내다 버린 구정물을 다시 퍼마시는 거나 다름없지 뭐예요."

하지만 나는 심한 허기에 시달리고 있던 판이었다. 게다가 어쨌든 귀한 이밥이었다. 식구들 중에서 제일 먼저 한술을 떠 넣었다. 그러고는 생전 처음 입에 넣어보는 음식처럼 조심스레 씹었다. 쇳내 같은, 아니 쇠의 녹 냄새 같은 게 혀끝에서 달착지근하게 느껴졌다. 다시 한 숟갈을 퍼 넣었다. 그러자 저 오렌지 빛의 물을 마시고 났을 때처럼 속이 다시 출렁거리기 시작했다.

이래저래 피곤한 하루였다. 남폿불을 켤 것도 없이 우리 가족은 일찌감치 자리를 펴고 누웠다. 조그만 방 하나가 우리 가족이 차지한 공간의 전부였다. 바닥도 벽도 천장도 죄다 판자 쪽으로 둘러친, 그것은 방이라기보다 흡사 커다란 나무 궤짝 같은 느낌을 주었다. 그나마 세간들이 차지하고 남은 공간엔 도무지 네 식구가 발을 뻗고 누울 재간이 없었다. 나는 결국 윗목에 놓인 장롱 위에다 따로 요때기를 깔고 이층잠을 자기로 했다.

피곤한 탓이리라. 다들 금세 곯아떨어졌다. 그러나 나는 밤이 깊도록 잠을 이루지 못했다. 허공에 떠 있는 것처럼 잠자리가 너무나 불안할 뿐더러 속도 계속 편치 못했다. 게다가 판자벽 하나를 사이에 둔 이웃 방에서부터 밤늦도록 낯선 사람들의 목소리가 건너왔다. 나는 자꾸만 몸을 뒤척였고, 그럴 때마다 낡은 장롱이 삐걱거렸다. 그러다 어느 순간엔가 깜박 무겁고 아득한 잠의 벼랑 밑으로 굴러떨어졌는데 기이하게도 그 짧은 순간에 나는 문득 이런 생각을 하고 웃음을 지었다. 우린 어쩌면 장난감 도시로 잘못 이사를 온 건지도 몰라……

4. 만인을 위한 최소 공간

밤중에 나는 세 차례나 변소를 들락거렸다. 드디어 배탈이 난 것이다.

변소는 마을의 바깥쪽에 있었다. 판자촌 주민들이 다 함께 사용하는 공동변소였다. 역시 판자 쪽들로 지어진 그 건물은 무슨 이유에선지 온통 검은 콜타르가 칠해져 있었다. 그래서 흡사, 오밤중에 공동묘지를 대하는 것 같은 그런 섬뜩함을 느끼게 했다. 첫번째는 아버지가 동행해주었다. 하기야 나는 그때까지도 변소가 어디에 붙어 있는지조차 모르고 있는 처지였으므로 아버지로서도 달리 방법이 없었으리라. 어쨌거나 나는 마음 놓고 볼일을 끝낼 수가 있었다. 아마 물 탓일 게야, 하고 혼잣말처럼 중얼대며 아버지는 내가 일을 다 마치고 나오기까지 그 불결하고 냄새나는 건물 앞에서 기다려주었다. 어둠 속에서 빨갛게 타오르는 담뱃불이 나를 얼마나 안심시켰는지 모른다.

하지만 두번째부터는 나 혼자 가야만 했다. 생각만 해도 가슴이 오그라드는 노릇이었다. 그것을 면하기 위해 나는 얼마나 안간힘을 썼던가. 아랫배를 싸쥔 채 한사코 뭉그적거리는 나를 위해 어머니는 성냥통과 양초 토막을 챙겨주었다. 더 이상 버틸 재간이 없었다. 급한 사정이 공포감을 밀어냈다. 거의 죽으러 가는 그런 낯짝으로 나는 방을 나섰다.

생각보다 달빛이 훤한 밤이었다. 도시의 하늘에 걸린 반조각달이 장난감 같은 판자 마을의 지붕 위에 담청의 빛을 흘리고 있었다. 아직은 아무도 등장하지 않은 무대처럼 선명한 풍경이었다. 낮은 추녀 끝에서부터 간혹 깊은 잠에 든 사람들의 숨소리가 혼곤하게 흘러나왔다.

나는 미로를 더듬어 가듯 좁고 갈래 많은 길을 헤쳐 나갔다. 간신히 예의 그 건물을 찾아냈을 때는 손바닥이 끈끈하도록 식은땀이 내배어 있었다. 그처럼 다급했던 변의(便意)도 씻은 듯 사라지고 없었다. 양초 토막에 불을 붙여 쥔 채 한참을 웅크리고 앉아 있었지만 마찬가지였다. 배 속은 거짓말처럼 말짱해진 채 오금만 저렸다. 촛불이 흔들리면서 거인 같은 나의 그림자가 일렁거렸다. 낡은 목조 건물은 이따금씩 삐걱대는 소리를 냈다. 아주 기분 나쁜 소리여서 자꾸만 엉뚱한 연상을 떠올리게 했다. 일테면, 언젠가 들은 적이 있는 달걀귀신 같은 것 말이다. 눈도 코도 귀도 없이 민둥한 얼굴에 단지 입만 하나 뻥 하니 뚫려 있다는…… 실제로 그런 소동이 일어났던 것을 나는 잘 기억하고 있는 터였다. 아마도 겨울비가 추적추적 내리고 있던 날이었을 게다. 어제까지만 해도 내가 다니던 그 시골 학교의 변소에서 여자아이 하나가 느닷없이 비명을 내질렀을 때, 우리 반의 몇몇 녀석은 덩달아 달걀귀신을 보았노라고 했던 것이다. 그날의 공포감이 오금을 더욱 저리게 했다.

숨을 헐떡이며 돌아와 눕자마자 나는 다시 변의를 느끼기 시작했다. 정말 죽을 맛이었다. 빌어먹을, 나는 물을 탓하고, 이놈의 도시를 원망했다. 하지만 그것이 처방일 수는 없었다. 종아리를 어머니에게 내맡기는 것으로 때울 수만 있는 일이라면 백번이라도 앉아서 버티었을 것이었다. 나는 다시 뭉그적거리며 방을 나섰다.

세번째 걸음이었다. 그것도 불과 한두 시간 안의 일이었다. 그래서인지 공포감은 훨씬 가벼웠다. 이러다간 이 냄새나는 건물과 제일 먼저 친해지겠다고 생각하며 나는 침착하게 용무를 보았다. 초토막을 챙겨오긴 했지만 이번에는 불을 켜지 않았다. 판자 쪽이 떨어져 나간 틈서리로 달빛 훤한 밖이 잘 내다보였기 때문이다.

그때 갑자기 누군가가 불쑥 들어섰다. 그 순간의 놀람이란…… 달걀귀신이 정말 나타났다고 해도 그처럼 놀라지는 않았으리라. 하마터면 나는 비명을 지를 뻔했다.

여자였다. 그녀가 걸친 속치마가 나를 그처럼 놀라게 했던 것이다. 게다가 긴 머리채를 아무렇게나 늘어뜨린 채였다. 그것이 또 나를 기절초풍하게 만든 게 분명했다. 혹 미친 여자는 아닐까 하는 불안감이 납작하게 짓눌린 내 마음을 한층 더 무겁게 압박했다. 하지만 나는 금세 내 생각이 잘못임을 깨달았다. 오밤중에 갑자기 이곳을 찾아 나온 여자라면 조금도 이상할 것이 없는 차림새였기 때문이다. 저 여자도 어쩌면 최근에 이 도시로 이사를 온 건지도 모른다고 나는 생각했다. 그래서 나처럼 물 때문에 배탈이 난 게지. 아마 세 번 걸음은 해야 할 거야……

하필이면 나와 엇비슷이 마주 보이는 칸을 택해 그녀는 들어갔다. 그러고는 성냥을 그어 준비해온 양초 토막에 불을 붙였다. 어쩌면 나와 똑같은 짓을 한담, 하고 나는 배시시 웃었다. 그녀는 구석 쪽에다 얌전히 촛불을 세워둔 다음에 천천히 웅크리고 앉았다. 불시에 얼굴이 뜨거워진 나는 얼른 시선을 내리깔았다.

이 뜻하지 않은 경험에 대해 내가 뒤늦게나마 부끄러움을 의식한 것은 다음 날 아침에 이르러서였다. 예의 그 공동변소에 다녀온 어머니가 이렇게 말하며 얼굴을 붉혔기 때문이다.

"무슨 동네가 이래요? 아무리 공동변소라지만 남녀 구별도 없이, 게다가 이 많은 사람들이 그것 하나 가지고 되기나 해요? 그런 일로 한참씩이나 줄을 서서 기다려야 하다니, 원 그게 어디 사람이 할 짓이람……"

차차 알게 된 일이지만, 변소는 그곳 말고도 몇 군데 더 있기는 했다. 그러나 한참 바쁜 아침 무렵에는 어느 곳이나 할 것 없이 사정은 다 마찬가지였다. 애, 어른 가릴 것 없이 저마다 휴지 조각들을 말아 쥔 채 야릇한 얼굴로 줄줄이 늘어서서 차례를 기다리고 있는 광경을 우리는 아침마다 흔하게 볼 수 있었기 때문이다.

"이 바닥에서는 먹는 일만 힘이 드는 게 아니라 싸는 일도 난문제 중의 하나야. 우리라고 별수 있나? 남들이 다 그렇듯이 내놓고 살아야지."

아버지는 그러면서 속좋게 웃었다. 어머니는 다시 한 번 얼굴을 붉혔고, 나는 지난밤의 일에 대해 비로소 수치심을 느꼈다.

5. 도마책상

배탈이 멎기를 기다려 아버지와 함께 학교로 찾아갔다. 이사를 온 지 사나흘 뒤의 일이다.

이제부터 내가 다녀야 할 그 학교는 시의 서쪽 변두리에 있었다. 그래서 이름마저 서부국민학교였다. 부지런히 걸었는데도 반 시간 이상이나 걸리는 거리였다.

잡목들만 엉성한 야산 등성이 위에 학교 건물과 운동장이 있었다. 단층 목조의 교사(校舍)를 보는 순간, 나는 우리의 판자촌을 연상했다. 임시 교사라고 했다. 시내 쪽에 있는 본래의 학교 자리엔 미군(美軍)들이 주둔해 있다는 것이었다.

우리의 판자촌이 그러하듯 교실의 바닥과 벽과 천장이 모두 나무였다. 지붕 역시 루핑으로 덮여 있었다. 거대한 장방형의 궤짝인 셈이었다. 그나마 더러는 벽만 온전할 뿐 맨흙바닥에 군용 텐트를 씌운 교실도 있었다.

방아깨비 선생이 내게 준 누런 사각봉투를 건네는 것으로 전학 수속은 쉽게 끝났다. 야전군 지휘 막사 같은 교무실 앞에서 아버지는 집으로 돌아갔고 나는 곧장 선생을 따라 교실로 들어갔다.

"넌 4학년 14반이야."

선생이 그렇게 말했을 때 나는 그 숫자에 기가 질려버렸다. 나의 그 시골 학교는 전 학년을 통틀어 모두 여섯 개 반뿐이었다. 한 학년에 한 반씩이므로 당연히 그럴 수밖에 없었다. 따라서 모든 국민학교들이 죄다 그런 것으로만 알았다.

그러나 정작 더 놀란 것은 교실에 들어가서였다. 교탁 바로 앞에서부터 교실 맨 뒷벽에 등이 닿기까지 단 한 치의 여유도 없이 빼곡히 들어차 있는 아이들의 모습은 흡사 거대한 콩나물 시루를 보는 듯했다. 나중에사 안 일이지만 1백 명이 훨씬 넘는 숫자였다. 교실은 태부족인 데다 학생 수는 걷잡을 수 없이 늘어나고, 그래서 별수 없이 한 교실에 두 개 반이 동시에 수업을 한다는 얘기였다. 선생도 두 사람이 함께 들어왔다. 출석과 종례는 각각, 수업은 함께였다. 한 선생이 흑판 앞에서 열심히 목청을 돋울 동안 또 한 선생은 회초리를 들고 아이들 사이를 비집고 다녔다.

그 밖에도 나를 놀라게 한 것, 관심을 끌게 한 것은 얼마든지 있었다. 일테면 도마책상도 그런 것 중의 하나였다. 그것은 이름 그대로 기다란 도마 모양과 흡사했다. 걸상 같은 건 아예 없었다. 아이들은 마룻바닥 위에 촘촘히 늘어앉은 채 하나의 책상을 네 사람이 나누어 쓰고 있었다. 좀 길기는 했지만 그러나 네 권의 교과서와 네 권의 노트를 나란히 펼치고 나면 필통 하나 올려놓을 여백도 남지 않았다. 아, 이게 바로 도회지의 피난 학교로구나, 하고 나는 새삼스레 경이감을 느꼈다.

수업은 4교시로 끝이 났다. 아이들은 교실 밖으로 꾸역꾸역 밀려 나갔다. 이만저만 난장판이 아니었다. 두 선생이 연신 외쳐대고 사정없이 회초리를 휘둘렀지만 사정은 조금도 달라지지 않았다. 우리 속에 갇혔던 들짐승들이 요행히 나갈 구멍을 찾아 한꺼번에 몰려나가듯 아이들은 저마다 기승이었다.

비교적 맨 나중까지 나는 남아 있었다. 우선은 기가 질리기도 했지만, 또 오랜 시간 다리를 접고 앉아 있었던 탓으로 실상 오금이 몹시 저렸기 때문이다. 아이들이 거의 다 빠져나간 후에야 나는 천천히 교실을 나섰다. 그러고는 나무뿌리들이 드러나 있는 운동장을 가로질러, 정오의 햇빛 속을 걸어갔다.

교문은 허울뿐이었다. 두 개의 돌무더기 중 한쪽에 교명을 새긴 현판 한 장만 간신히 매달아놓았을 따름이었다.

내가 녀석들에게 사냥을 당한 것은 그 지점을 막 통과하고 난 직후였다.

녀석들이 나를 노리고 있었다는 건 의심할 여지가 없었다. 모두 네 녀석이었고, 동급생이라 믿기에는 덩치들이 너무 컸다. 나는 간단히 잡목 숲 속으로 끌려갔고, 거기서 아무런 저항 없이 두들겨 맞았다. 내가 종당엔 코피를 흘리기 시작하자 녀석들은 그제서야 주먹을 거뒀다. 그러고는 그중의 한 녀석이 말했다.

"넌 말이야, 이 바닥 녀석도 아니지? 그리고 또 피난민도 아니지? 그러니깐 우리가 손 좀 본 거야. 넌 아주 시시걸렁한 촌놈이란 말이야. 알아둬!"

그러면서 녀석이 내 어깨를 정답게 두들겼기 때문에 나는 별수 없이 고개를 끄덕일 수밖에 없었다. 나는 입속으로 달착지근하게 흘러드는 코피를 훔치면서, 그리고 또 쿨쩍쿨쩍 울면서 연신 머리를 끄덕였다.

　내가 도시 사람들을 세 부류로 나누어 보기 시작한 것은 그날 이후부터의 일이다. 비록 값비싼 자존심을 치르고 배운 것이기는 했지만, 그러나 조금은 세상을 이해하게 하는 경험이었다. 그랬다. 우리의 도시엔 세 부류의 인간들이 함께 살아가고 있었다. 이 바닥 태생의 본토박이들과 전쟁 통에 쫓겨온 피난민들과 그리고, 우리 가족처럼 그다지 떳떳치 못한 이유로 고향을 등진 사람들과……

6. 서울내기 다마내기

　태길이는 내가 도시에서 사귄 첫번째 친구였다. 원래는 서울에서 살았다고 했다. 그러니까 피난민의 부류에 속하는 셈이었다.
　아이들은 이런 말로 그를 곧잘 놀려주곤 했다.

　　서울내기 다마내기
　　맛 좋은 고래 고기
　　한강 다리 건너서
　　뭣 하러 왔나?
　　고래 고기 다마내기
　　먹고 싶어 왔다.

때로는 구호처럼, 때로는 동요처럼 아이들은 이 말을 되풀이했다. 그러면 그는 아주 약이 올라서 아이들을 잡으려 이리 뛰고 저리 뛰고는 했다. 하지만 그에게 손쉽게 잡힐 아이란 없었다. 마을의 골목들은 미로 같았다. 도망가 숨을 곳이 얼마든지 있었고 설혹 잡힌다고 해도 별로 문제될 게 없었다. 실제로 아이들 중 몇몇은 적당한 때 일부러 잡혀주기도 했다. 행인이 드문 골목에서나 혹은 놀이 자체가 시들해졌을 경우가 그랬다. 그러면 그는 지금껏 기를 쓰며 쫓아다니던 태도와는 달리 금세 풀이 죽어서 돌아서버리고 마는 것이었다. 그는 고작 두 주먹을 꼬나 쥔 채 된숨을 몰아쉬면서 상대를 한동안 노려보는 것으로 그만이었다.

그는 영리했다. 각다귀 같은 패거리들과 맞붙어보았자 어차피 승산이 없다는 사실을 잘 계산하고 있었다. 수의 문제만이 아니었다. 거의 선천적이다 싶게 그는 허약한 체질이었다. 멀대같이 키만 컸을 뿐 체격은 아주 빈약했다. 그가 아이들의 뒤를 한사코 쫓아다닐 적마다 나는 늘 위태위태함을 느끼곤 했다. 저러다 혹시 그의 허리가 마른 수수깡처럼 꺾이지나 않을까 염려되었기 때문이다. 내가 방아깨비 선생을 문득 떠올리는 것도 그런 순간이었다. 체격에 관한 한 그는 영락없는 새끼 방아깨비였다.

그는 좀 별난 어머니와 함께 가까운 이웃에서 살았다. 원래부터 그렇게 단 두 식구뿐이었는지, 아니면 피난길에서 다른 식구들을 잃어버렸는지 나로선 아는 바가 없다. 이 문제에 대해서는 태길이 본인도 거의 입을 연 적이 없다고 기억된다.

우리가 그의 어머니를 좀 별나다고 생각한 데에는 그럴 만한 이유가 있었다. 우선은 그녀의 외양에서 그랬다. 마흔 줄의 그녀는 언제나 깔끔한 차림새였다. 궤짝 같은 방 속에 틀어박힌 채 거의 온종일을 보내면서도 차림새만은 항시 나들이 가는 여자의 그것과도 같았다. 못지않게 얼굴도 아주 곱게 다듬었다. 정성들여 쪽 찐 머리엔 언제나 피마자기름이 반들거렸고, 화사하게 분단장을 한 얼굴엔 곱게 그린 눈썹이 항시 초생달처럼 떠 있었다. 살결처럼 뽀얀 코고무신과 버선발도 얘기되어야 하리라. 어쨌든 통이 헐렁한 왜바지(몸빼)에 타월을 뒤집어쓴 대다수 아낙네들의 차림새에 비해 그녀는 확실히 별난 데가 있었던 것이다. 원래가 기방 출신인가 보다고, 언젠가 아버지가 한 말을 나는 기억하고 있다.

"태길이 그놈은 웬 놈팡이가 흘리고 간 아일 테지……"

그의 집엔 이따금씩 손님들이 드나들었다. 후줄근하게 생긴 쉰 줄의 사내들이었다. 몇 사람이 함께 오는 경우도 있고 한 사람씩 따로 오는 경우도 있었다. 그러면 태길이는 술 심부름이나 담배 심부름 따위를 할 때 외에는 으레 골목에서 어정거리며 시간을 보냈다. 손님들이 누구냐고 물으면 그는 서울 사람들이라고만 대답했다. 서울서 살 때부터 알던 사람인지 아니면 여기 와서 알게 된 사람인지에 대해서는 분명히 하지 않았다. 어쨌거나 그들은 술을 마시거나 화투를 치면서 한나절씩 앉아 있다가는 조용히 돌아가곤 했는데, 이런 일 역시 그의 어머니를 별난 여자로 보이게 하는 것 중의 하나였다.

그러나 우리가 그녀를 별나다고 생각한 결정적인 이유란, 태길이를 다루는 그녀의 태도에 있었다. 각다귀 같은 마을 아이들 중 매를 맞지 않고 크는 녀석은 거의 없었다. 아버지나 어머니로부터, 혹은 형이나 누나들로부터 아이들은 수시로 매를 맞았고, 그리고 그것만이 온갖 위험으로부터 아이들을 지키는 유일한 수단이기도 했다.

매를 맞는 아이들의 울음소리가 골목 밖으로 흘러나오지 않는 날이라곤 거의 하루도 없는 형편이었다.

그렇다고는 해도 태길이의 경우에는 그 정도가 너무나 심했다. 거의 하루도 그는 매를 거르는 날이 없었다. 매는 그에게 있어서 일용할 양식과도 같은 것이었다. 어쩌다 오늘은 요행히 넘어가는가 보다 하고 이웃들이 궁금해할 때쯤이면 대답이라도 하듯 녀석의 울음소리가 갑자기 낭자하게 쏟아져 나오게 마련이었다. 때로는 이웃들이 모두 고단한 잠 속에 들어 있는 오밤중에 기어이 그날치를 채우는 경우도 드물지 않았다. 불시에 선잠을 깬 이웃들은 한두 마디씩 투덜대거나 또는 쓴웃음을 하품 섞어 내뱉고는 그제야 마음 놓고 다시 잠을 청하게 마련이었던 것이다.

그는 영리한 만큼 엄살도 대단했다. 매를 맞을 때마다 그가 내지르는 온갖 종류의 소리들은 듣는 이로 하여금 매번 웃음을 자아내게 했다. 비명과 울음과 용서를 비는 말들을 그가 얼마나 적절히, 그리고 극적으로 구사하는지, 그들 모자가 흡사 유희를 하고 있는 것같이 느껴졌던 것이다. 게다가 아랫도리를 발가벗은 그가 고추를 달랑거리면서 골목 밖으로 도망질을 칠 때면, 누구든 웃지 않고는 배길 재간이 없었다.

하지만 그의 어머니는 더 영리했다. 아들의 엄살에 한번도 속아 넘어가는 적이 없었다. 그리고 영리함 못지않게 성정이 차가운 여자였다. 아들의 과장 벽을 조금도 받아들여주지 않았다. 잘못에 값할 만한 양의 매를 방아깨비처럼 비쩍 마른 그의 하체에다 셈하듯 차근차근 가하고 나서야 비로소 회초리를 놓았다. 때문에 녀석은 매를 맞다가도 일쑤 도망질을 치고는 했지만, 그러나 곧 제 발로 되돌아갈 수밖에 없는 노릇이었다. 어차피 맞아야 할 매였다. 그것을 마저 채우지 않는 한 그날의 안식은 도무지 기대할 수도 없는 것. 나의 친구 태길이는 더할 수 없이 슬픈 체념의 얼굴로 다시 어머니의 회초리 앞에 가 서는 것이었다.

잘못은 물론 그에게 있었다. 태길이에겐 '서울내기 다마내기'란 호칭 외에도 몇 가지 별명이 더 붙어 있었다. '촉새' '물방귀' '리어카' '미스터 발랑' '물새 궁둥이' 등등. 지금 생각하면, 모두가 그의 경박성과 영악함을 집어낸 이름들이었다. 크고 작은 일거리들을 그는 끊임없이 만들어냈는데 그의 어머니의 눈에는 불행히도 그런 것들이 죄다 맷감으로만 비쳤던 것이다. 지극히 불행하고 비극적인 일이었다. 하지만 그 무렵 우리 이웃들의 삶이란 어차피 불행하고 비극적인 것투성이였다. 새삼스레 이 일을 두고 그의 어머니를 별나다고 할 수도 없다.

그랬다. 그녀는 왜 아들의 아랫도리를 홀랑 벗겨놓고 나서야 매질을 시작하는가? 그것도 팬티 조각 하나 남겨놓지 않고 말이다. 단순히 매질을 위한 것이라면 종아리를 걷어 올리는 정도만으로도 족했을 터였다. 또 응분의 제재가 끝날 때까지 죄인을 안전하게 잡아두기 위해서라면 어리석고 졸렬한 방법이 아닐 수 없었다. 고추를 드러낸 채로 그 작은 죄인은 곧잘 도망질을 쳤으니까 말이다. 골똘히 생각한 끝에 우리가 찾아낸 이유란 결국 그의 어머니가 별난 여자이기 때문이라는 것이었다. 별난 여자이기 때문에 그런 식으로 매질을 하는 것이고, 또 그런 식 매질을 하기 때문에 그녀는 한층 더 별난 여자로 보일 수밖에 없었다.

그 친구 태길이는, 그러나 오직 한 가지 푸짐한 자유를 누리고 있었다. 즉, 학교엔 가지 않아도 좋다는 자유가 바로 그것이었다. 그의 별난 어머니는 아들의 모든 자유를 속박하면서도 단지 이 문제에 한해서만은 더할 수 없이 관대했다. 나로서는 도무지 이해할 수 없는 일이었지만, 그러나 어쨌건 그의 처지가 부러웠다. 전학 첫날부터 시련을 당한 나는 학교 가는 일처럼 고역이 없었다. 산등성이 위의 그 엉성한 가건물과 콩나물 시루 같은 교실과 그리고 거칠고 영악하고 부잡스러운 아이들을 생각하는 것만으로도 머리가 지끈지끈 아파오는 터였다.

태길이야말로 얼마나 행복한 녀석인가. 나는 그가 누리고 있는 그 푸짐한 자유의 극히 일부라도 할애받을 수만 있다면 무엇이든 내놓고 싶은 심정이었다. 설령 내 아버지를 잃는다고 해도, 그래서 내게도 별난 어머니 한 사람만 남게 된다고 해도. 그의 신세가 너무나 부러웠던 나머지 너는 왜 학교에 가지 않느냐고 내가 물었을 때, 나의 친구 태길이는 당당하게 대답했다.

"뭣 땜에 시시껄렁한 피난 학교엘 다니니? 우린 곧 서울로 올라갈 거란 말이야."

그러나 나의 기억으로는 그들 모자처럼 오래도록 그 골목에 남아 있었던 이웃도 없었던 듯하다. 훗날 우리 가족이 그곳을 떠나게 되었을 때 가장 열심히 이삿짐을 들어내준 친구도 바로 그였던 것이다.

7. 스물네 구멍짜리 빵틀

이 바닥에선 먹고사는 일만 힘든 문제가 아니라 먹은 걸 배설하는 일도 역시 난문제 중의 하나라고, 진작부터 아버지는 말한 바가 있다. 그때만 해도 그 아버지에게선 다소간의 여유를 느낄 수가 있었다. 하지만 아침마다 공동변소 앞에서 줄을 설지언정 먹고사는 일의 어려움이 어찌 배설의 그것만 하랴.

 이사를 오고 나서 한 달이 지나도록 아버지는 실상 이 문제를 풀지 못하고 있었다. 막상 닥치고 본즉, 입에 풀칠을 하는 일처럼 어려운 문제가 달리 없었던 것이다. 반평생을 넘어 불혹의 나이를 살아오는 동안 당신이 의지해온 것이라곤 오직 몇 마지기의 땅뙈기밖엔 없었다. 흙은 그래도 정직한 상대였다. 못지않게 정직한 아버지의 손을 거의 한번도 배신한 적이 없었다. 그러나 이제 아버지 앞에 버티고 서 있는 도시는 결코 함부로 믿을 수 있는 상대가 못 되었다. 정직한 만큼 아버지는 무능했다.

 그만하면 가진 돈도 바닥날 때가 되었을 법하다고 느낄 무렵, 아버지는 몇 가지 도구들을 떠메고 들어왔다. 하나는 풀빵을 구워내는 빵틀이었고, 다른 하나는 냉차 항아리였다. 뒤엣것은 내가 길거리에서 흔히 보아온 물건이었지만, 앞의 빵틀은 난생처음 대해보는 도구였다. 그것은 모두 스물네 개의 구멍이 가로세로 질서정연하게 파인 무쇠판이었다.

 흔한 냉수 한 사발도 공짜가 없는 게 도시의 삶이었다. 제자리에서 잠시 돌아누워도 당연히 그 대가를 치러야만 하는 곳이다. 무위도식을 하며 산 한 달 동안 우리 가족이 터득한 지식이란 도시 생활의 그 냉엄한 질서였다. 아무 일에도 손을 대지 못한 채 우유부단하기만 하던 아버지가 무슨 생각, 어떤 타산에서 마침내 그런 결단에 이르게 되었던가 하는 점은 어차피 문제 밖의 일이었다. 어쨌건 이 일은 아버지로서 처음이자 마지막 투자임이 분명했다.

무슨 요술 단지라도 구경하듯 신기해하는 식구들을 둘러보며 그러나 아버지는 호기 있게 말했다.

"자, 우리도 내일부터는 길거리로 나서는 거다. 그래 가지고 이놈의 빵틀로 마구 돈을 찍어내는 거야, 암!"

아버지의 그 우직한 낙관론을 비판하고 싶은 사람은 아무도 없었다. 못지않게 우리의 기대 또한 컸다. 감히 입을 열어 말하지는 않았지만, 그러나 우리는 마음 설레게 소망했다. 그것이 단순한 빵틀이기를 넘어서 한꺼번에 스물넉 장의 지폐를 찍어내는 기계일 것을……

다음 날 우리 가족은 한길로 진출했다. 번잡한 대로의 한 귀퉁이를 무단 점거한 우리는 사과 궤짝 위에다 문제의 빵틀을 걸었다. 그러고는 탄불을 피우고, 밀가루 반죽과 팥소(앙꼬)를 내왔다. 물론 시행착오를 거듭했다.

흙을 만져오던 손은 어설프고 투박했다. 아버지가 실수를 저지를 때마다 우리는 키들거리며 웃어댔는데 결국 그 웃음이 쑥스럽고 거북한 감정을 많이 덜어주었다.

여러 차례의 시행착오 끝에 드디어 첫 완제품을 만들어낸 것은 한낮이 되어서였다. 아버지가 조금은 떨리는 손끝으로 그중의 한 개를 꺼내들었을 때, 우리는 때맞추어 도시의 하늘을 무겁게 휘저으며 울려 퍼지는 정오의 사이렌 소리를 들었던 것이다.

우리도 아버지를 따라 풀빵을 하나씩 집어들었다. 그러고는 요모조모로 관찰했다. 막 깨어난 병아리처럼 귀엽고 샛노란 빛깔이었다. 치자 물을 너무 들인 탓일 거라고, 어머니가 즉석에서 분석했다. 누나는 또 팥소가 바깥쪽으로 흘러나와 있는 것을 가리키며 아무래도 반죽이 묽은 듯하다고 평가했다.

"옳아. 다음번엔 주의를 해야겠어. 자, 그럼 맛들을 보지그래?"

아버지가 그렇게 말했기 때문에 우리는 일제히 한 입씩 빵을 베어 물었다. 아무런 말도 나오지 않았다. 저마다 골똘히 맛을 음미하면서 서로의 눈치만 살피고 있었을 따름이었다.

"어떤가, 맛이?"

아버지가 조심스레 물었다. 하지만 선뜻 의견을 말하는 사람은 없었다. 다들 꿀 먹은 벙어리였다. 뜨겁고, 달착지근하고, 그리고 뒷맛이 약간…… 쓴, 그러나 이 맛을 어떻게 평해야 옳을 것인가? 우리는 난생처음으로 그런 유의 음식을 시식하는 처지였던 것이다.

"뒷맛이 좀 쓴 것 같군……"

어쩔 수 없이 아버지가 먼저 자평했다. 좀 난감한 표정이었다.

"그래요. 뒷맛이 이상하게 써요."

어머니가 뒤이어 말했고, 우리도 조심스레 동의했다.

"사카린을 과용한 것 같애……"

"소다를 너무 쓴 게 아닐까요? 뒷맛이 꼭 그 맛 같아요."

원인 분석에서 아버지와 어머니는 견해를 달리했고, 그래서 두 분 사이엔 몇 마디 말이 더 오고 갔다. 그러나 이유야 어디에 있건 뒷맛이 쓴 건 변함없는 사실이어서 대화는 금세 시들해져버렸다.

어쨌거나 첫 작품에 대한 품평이 이런 형편이어서 그것을 상품으로 내놓기엔 적지 않게 쑥스러운 노릇이었다. 하지만 어차피 처음 해보는 장사였다. 불은 잘 피어 있었고, 들기름을 먹인 번철은 알맞게 달아올랐다. 게다가 기왕에 반죽해둔 재료는 한 자배기나 되었다.

"그런대로 먹을 만은 해. 오늘은 그냥 찍어내자구."

마침내 아버지가 결론을 내렸다. 우리는 곧 행동을 개시했다. 빵을 구워내는 일은 누나가, 그것을 보기 좋게 진열하고 파는 일은 내가 맡았다. 생각보다 진행이 순조로웠다. 누나는 한 판에 스물네 개씩의 풀빵을 계속 찍어냈고, 때마침 점심 무렵이라 내 일 역시 심심치는 않았다. 게다가 짬짬이 먹어주는 일도 하랴, 나로서는 실상 바쁠 지경이었다.

아버지는 길 건너쪽에 자리를 잡았다. 전을 벌이는 일은 쉬웠다. 유리 항아리 속엔 이미 온갖 과일 조각들이 들어 있었다. 어머니가 한 양동이의 물을 길어다 들이부었고, 그새 아버지는 커다란 얼음 덩이를 사다 채웠다. 그것으로 채비는 끝났다. 남은 문제란 이제 손님을 기다리는 일뿐이었다.

손이 한가로운 때면 나는 으레 길 건너쪽을 바라보곤 했다. 어머니의 모습은 보이지 않았다. 왜소한 수양버들이 한 평쯤의 그늘을 드리운 그곳에 리어카가 있고, 그 위에 커다란 냉차 항아리가 있고, 또 그 위엔 몇 개의 유리컵이 얹혀 있고, 그리고 밀짚모자를 눌러쓴 아버지가 있었다. 때로는 노란 고무호스로부터 유리컵이 찰랑찰랑 넘치도록 냉차를 받아내고 있는, 때로는 거스름돈을 내주기 위해 주머니란 주머니는 죄다 경황없이 뒤지고 있는, 또 때로는 한가로이 담배를 피워 문 채 무연한 눈길을 도시의 허공에 하염없이 내던지고 있는, 또 때로는 무언가를 골똘히 생각하던 자세 그대로 꾸벅꾸벅 졸고 있는…… 일찍이 흙밖에 만져본 적이 없는 아버지는 결코 정직하지도 않고 믿을 수도 없는 도시를 요컨대 그런 모습으로 상대하고 있었던 것이다. 내게는 지금도 그때의 광경이 한 폭의 수

채화처럼 선명한 기억으로 남아 있다.

8. 만찬

 그날 저녁에 우리 가족은 만찬을 가졌다. 이사를 온 지 한 달, 새로운 생업이 시작된 첫날임을 감안하면 그 만찬은 뜻깊은 것이었다.
 그것은 이런 식으로 진행되었다. 먼저 어머니가 빈 소반을 들여놓았다. 누나가 행주질을 한 다음 머릿수대로 젓가락을 챙겨 가지런히 늘어놓았다. 이어 유리컵이 같은 수대로 놓이고 김치 사발이 한가운데에 올려졌다. 준비는 끝났다. 어머니가 물 묻은 손을 치맛귀로 훔치면서 문지방을 넘어왔다. 어딘가 좀 허전해 보이는 그런 얼굴을 하고서였다.
 언제나처럼 어머니는 우리를 점검했다. 밥상머리에 앉아 있는 우리의 차림새를 조용한 눈길로 하나하나 뜯어보면서 옷의 먼지는 잘 털어냈는지, 손발은 제대로 깨끗이 닦았는지를 점검했다. 너무도 늦은 시간이었고, 게다가 낮의 들뜬 기분이 채 가라앉지 않은 상태여서 우리의 차림새는 대체로 불량했다. 하지만 어머니는 탓하지 않았다. 전에 없던 일이었다.
 마침내 아버지가 들어왔다. 이날의 만찬을 위한 음식을 한 손에 하나씩 들고서였다. 어머니가 그것을 받아 상 위에 놓았다. 빵이었다. 우리가 구워낸 풀빵이 대소쿠리 하나 가득 소담스레 담겨 있었다. 주전자를 받아든 누나는 조심스럽게 네 개의 유리컵을 채웠다. 아버지가 팔다 남은 냉차였다. 몇 개의 과일 씨가 잔 속에서 맴돌고 있었다.

야릇한 분위기였다. 조금은 허전하고, 또 조금은 거북스러운 그런 분위기였다. 하지만 결코 짜증스럽거나 서글픈 기분은 아니었다. 우리는 다만 서로의 얼굴을 쳐다보려 하지 않았을 따름이었다. 시선을 내리깐 채 우리는 말없이 젓가락을 집어들었다.

"자, 먹자구. 밤도 깊고 하니 오늘 저녁밥은 이걸로 때워야지 뭐."

만찬의 시작을 선언하듯 아버지가 말하고 풀빵 하나를 통째로 입에다 넣었다. 그러고는 유리잔을 집어들며 또 말했다.

"서양 사람들은 빵만 먹고 산다는데 우리라고 한두 끼 정도야 어떨라구. 시골 구석에 백혀 있어봐. 이런 재미가 어디 있나……"

나는 풀빵을 하나 집어 아버지처럼 한입에 냉큼 밀어넣었다. 그것은 식어서 차고 딱딱했다. 하지만 나는 열심히 먹어댔다. 미적지근한 냉차로 목을 연신 축여가면서.

비로소 나는 한 가지 사실을 깨달았다. 누나와 내가 해종일 찍어낸 것은 아버지가 기대하던 지폐가 아니라 역시 풀빵에 지나지 않는다는 사실을. 그래서 나는 또 생각했다. 어쩌면 앞으로도 계속 지폐를 찍어 내는 일에는 실패할지도 모른다고.

만찬을 끝낸 우리 가족이 성냥개비들처럼 나란히 드러누웠을 때쯤엔 고단한 이웃들의 숨소리가 판자벽을 낭자하게 넘어왔다.

9. 똘과부 · 딸 · 사위

갑자기 잠에서부터 깨어났다. 한밤중이었다.

나는 한동안 멍한 상태에 빠져 있었다. 무슨 소린가를 분명 들었다고 생각되었다. 아주 짧은 한순간의 일이었지만, 쇠를 긁듯 몹시 자극적인 소리였다. 어쩌면 꿈속의 일이었는지도 모른다고 생각되었다.

그때 다시 높고 날카로운 소리가 들려왔다. 여자의 앙칼진 목소리였다.

"오밤중에 무슨 지랄들이야! 곱게 잠이나 퍼잘 것이지!"

비몽사몽간을 헤매던 나의 의식은 그제야 방향을 가늠했다. 그랬다. 그것은 우리와 판자벽을 공유하고 있는 세 이웃들 중 한 방에서 터져 나온 소리임이 분명했다.

잠을 깬 사람은 비단 나만이 아니었다. 우리 식구는 물론 이웃들의 방에서도 부스럭대며 깨어 일어나는 기척이 들려왔다. 아버지가 뭐라 투덜대면서 담배를 찾아 물었다. 성냥불이 어둠을 잠시 환하게 밝혔다.

잠은 이제 말짱 달아나버렸다. 나는 장롱 위에 엎드린 채 아버지가 피워 문 담뱃불을 내려다보며 가만히 귀를 기울였다.

누군가가, 아주 낮고 은밀한 소리로 울고 있었다. 혼신의 노력으로 격정을 누르고 있는 그런 흐느낌이었다. 그래서 듣는 이로 하여금 왠지 오싹한 느낌을 갖게 했다.

"무슨 웬수들이 졌다고 이불 속에서까지 쌈질들이냐 그래? 이럴

요량이면 아예 싹 갈라서라, 갈라들 서!"

사태는 명백했다. 앙칼지게 퍼대고 있는 여자는 입이 걸기로 소문난 똘과부고, 소리 죽여 흐느끼고 있는 쪽은 그녀의 딸이 분명했다. 아직 모호한 점이 있다면, 그들 두 모녀 외에 또 다른 사람이 있으리란 사실이었다. 그러나 제3자는 끽소리 한마디 하지 않고 있었다. 똘과부의 욕설과 딸의 흐느낌만 판자벽을 계속 건너왔다.

두 여자를 나는 생각했다. 사내처럼 각이 진 어깨에 손과 발이 유별나게 커다란 여자, 이 마을로 흘러들 때부터 딸 하나만 달고 온 과부였고, 지금도 변함없이 그런 신세지만, 그러나 곁에는 언제나 사내가 있는…… 마을 사람들은 그래서 그녀를 똘과부라고 불렀다. 그 어머니에 비해 딸은 한결 여자다웠다. 섬약한 몸매가 우선 그랬고, 다병하고 울기 잘하고 창백한 얼굴이 또한 그랬다. 무슨 홀엔가 나간다고 했다. 통금에 쫓기듯 귀가할 때의 그녀는 발걸음을 온전히 가눌 수 없을 정도로 술에 취해 있기 일쑤였다. 자정이 가까운 텅 빈 골목길을 거의 만신창이가 되어 흐느적거리며 돌아오고 있는 그녀의 모습을 나는 자주 봉창 구멍으로 내다보곤 했던 것이다. 걸레 같은 녀석들이 이따금씩 그녀의 뒤를 슬금슬금 밟아오거나 혹은 야비한 휘파람 소리를 휙휙 내지르고는 했는데, 그럴 때마다 그녀는 안쓰럽도록 여윈 팔을 쳐들어 감자를 한 방씩 먹여주곤 했다.

하지만 매번 그럴 수야 없었으리라. 게다가 그녀는 이제 스물 안팎의 다감한 처녀였다. 어머니 똘과부의 극성스러운 간섭에도 불구하고 언제부터인가 그녀는 그 걸레 같은 녀석들 중의 하나를 집으로 끌어들였다. 허여멀쑥하게 잘생긴 사내였다.

그는 그들 두 모녀 사이에 비벼대고 들어앉아 빈둥빈둥 놈팡이 생활을 시작했고, 그녀는 변함없이, 밤늦은 판자촌 골목을, 또 다른 걸레 같은 녀석들의 희롱을 받으며 흐느적거리고 돌아왔다. 그들의 방에서 싸움질하는 소리가 잦게 건너오기 시작한 것도 그때부터였다. 그녀와 놈팡이 사이의, 그녀와 어머니 사이의, 혹은 똘과부와 사위 사이의 싸움질이었다.

똘과부의 앙칼진 욕설과 그 딸의 울음소리는 좀처럼 그치지 않았다. 왠지 사내의 기척은 들리지 않았다. 하기야 뭐라고 나설 수 있으랴. 설사 입이 항아리라고 해도 그 걸레 같은 녀석으로서는 도무지 할 말이 없었으리라. 나는 그가 어떤 몰골을 하고 있을 것인가가 자못 궁금해졌다. 아마도 마루 밑으로 쫓겨 들어간 강아지 꼴을 하고 있으리라 상상되었다.

"엄마, 나 죽어버릴래. 엄마, 나 정말 죽어버릴래……"

딸은 그러면서 계속 울어댔고, 그럴수록 그 어머니의 역정은 더 높아갔다.

"뒈지든 살든 내 알 바 없다. 서방질은 네가 하고 왜 나한테 푸념이냐? 엄연히 이 집은 내 집이다. 꼴두 보기 싫으니 썩들 나가거라. 내가 뭣 땜에 너희 연놈을 끼구 살며 속을 끓일 거냐. 한 구덱이에 꺼꾸러져 뒈지든지 주야장창 그 지랄만 하고 살든지 내 알 바 없으니 당장에들 썩 나가거라. 이 못난 귀신들아."

똘과부의 그 걸쩍하고 줄가리 있는 험담들을 일일이 옮겨놓을 재간은 없다. 어쨌거나 그녀의 끈끈한 패악질은 판자촌의 그 무겁고 고단한 밤을 온통 거덜내고 말았는데, 참 놀랍게도 끽소리 없이 죽어 있던 문제의 사내가 어느 순간엔가 단 한 번 이렇게 대거리하는 소리를 우리는 들었다.

"왜 안 주느냐 말이야, 왜 안 줘? 그것도 안 주는 기집을 곱게 놔 둘 사내가 어딨어?"

여기저기서 이웃들의 웃음소리가 벽을 넘어 낭자하게 터져 나왔다. 평소에 신소리 잘하기로 정평이 나 있던 고물상 곽 씨는 일부러 이웃들이 다 들을 수 있게 커다란 목소리로 이렇게 말하고 껄껄 웃었다.

"말인즉슨 옳구먼. 아무렴. 그것도 안 주는 기집을, 기집이라고 끼고 사는 놈이 시러베아들만도 못한 녀석이지."

10. 장난감 방

판자촌 주민들의 고단한 잠을 앗아가는 이웃은 그들 외에도 얼마든지 있었다. 우리 집과는 골목 하나를 사이에 둔 모주꾼 주 씨도 그런 이웃들 중의 한 사람이었다. 그는 괴상한 술버릇 때문에 일쑤 주민들의 잠을 거덜내곤 했다.

이웃이 다 그러하듯 그 역시 한이 많은 사람이었다. 알려진 바에 의하면 그는 북에 두고 온 가족을 데려오기 위해 서너 차례나 38선을 넘나들었다고 했다. 그러나 이 마을로 흘러들 무렵엔 그는 홀홀단신이었다. 생사를 걸었던 수차례의 모험에도 불구하고 말이다.

주 씨는 솜씨 있는 목수였다. 그래서 다른 이웃들에 비해 비교적 수입이 좋은 편이었다.

하지만 그의 경우에는 이 점 또한 불행의 하나였다. 이웃들이 언제나 일용할 양식을 위해 급급해할 동안 그는 그 좋은 수입으로 일쑤 술청에 틀어박혀 있곤 했기 때문이다. 그러고는 주모(酒母)가 갈퀴 같은 손으로 그의 주머니를 홀랑 까뒤집어 먼지 한 점까지 탈탈 털어낸 후에야 등을 밀려 나오게 마련이었다.

마을의 골목길은 멀쩡한 사람의 눈에도 좁게 보였다. 하물며 고주망태가 된 주정뱅이에게 있어서야 오죽하랴. 톱과 각자〔角尺〕와 장도리 따위들이 비죽이 내밀고 있는 연장 망태기를 느슨히 둘러멘 그는, 길 양쪽의 판자벽에 이마를 연신 짓찧어가며 갈지자로 돌아오곤 했다. 그럴 때의 그와 어쩌다 맞닥뜨릴 때면 나는 항용 야릇한 호기심에 내몰리는 것이었다. 고주망태가 되어 있는 그의 몸뚱이 어디론가로부터 어쩌면 한줄기 시원한 술발이 터져 나올 것만 같았기 때문이다.

물론 그런 일은 한 번도 일어난 적이 없었다. 주 씨가 판자벽에 정면으로 얼굴을 갈아붙였을 때도 그의 안면을 적신 건 피였지 결코 술은 아니었다. 그렇다고 내가 실망했던 건 아니다. 되레 더 벅찬 감동을 나는 맛보곤 했다. 그랬다. 이제 생각하면 그의 몸뚱이 속에는 술보다 더 독한 격정이 언제나 소용돌이치고 있었던 것이다. 즉, 지난 생애에 대한 뼈를 깎는 회한과, 그리고 남은 생애에 대한 바닥 모를 절망감이……

주 씨의 기이한 주벽은 그다음에 일어났다. 천신만고 끝에 간신히 제 집을 찾아든 그는 우선 문짝부터 안에서 걸어 잠갔다. 그러면 그때부터 세간들을 깡그리 짓부숴대는 소리가 닫힌 문 밖으로 요란하게 울려 나왔다. 그의 주벽이 발동한 것이다.

그에게는 아내와 대여섯 살짜리 아들이 있었다. 물론 이 마을로 흘러든 이후에 만난 사람들이었다. 이웃들이 전하는 말에 의하면 그가 최초로 이 마을에 모습을 나타낸 것은 서너 해 전의 일이었고, 더군다나 지금의 식솔들을 거느리게 된 것은 불과 두어 해 전부터의 일이라고 했다. 그렇다면 그는 당연히 그 아이의 의붓아버지인 셈이었다.

어쨌거나 그의 주벽을 말릴 사람은 아무도 없었다. 신통하게도 그의 아내와 아들까지 말 한마디 하는 법이 없었다. 닫아걸린 문짝 안에서부터 무언가를 두들겨 부수는 소리만 요란하게 흘러나올 뿐이었다. 그 소리가 때로는 온밤 내내 계속되기도 했기 때문에 그런 날이면 애꿎은 이웃들은 별도리 없이 잠을 설치고 마는 것이었다. 신소리 잘하는 고물상 곽 씨조차도 이 경우만은 뭐라 입 떼지 않았다. 그 대신 그는 커다란 목소리로 다른 이웃을 불러댔다.

"여보쇼, 김 씨! 우리 세상 사는 얘기나 좀 하십시다. 그래, 요즈막 양키 시장 경기는 어떻소?"

그러면 응수하는 소리가 금세 판자벽을 건너오고, 또 더러는 다른 쪽에서 제3자가 끼어들고, 그래서 때아닌 심야의 대화가 판자벽을 넘나들며 한동안 이뤄지게 마련이었다.

"경기구 뭐구, 이러다간 벼락부자 나는 거 아닌지 모르겠소. 허허……"

"좋지요. 거지들만 우글우글하는 동네에 그런 사람 끼여 살기 좀은 불편할 거요마는…… 허허……"

"거 다 좋은 시절 얘기하시누먼. 그러지들 말고 나란 사람도 좀 비벼댑시다그려. 두고 보시우. 세상이 나를 이 지경으로 버려놨소만 사람 하난 반듯하단 말이오. 암, 이래도 졸가리 있는 집 자손이니깐. 히히……"

"그 방 이 씨는 뭘 하고 있소? 끽소리 한마디 없는 걸 보니 아무래도 좀 수상쩍구면."

이런 식으로 잠을 설친 이웃들이 다음 날 아침에 예의 주 씨 집을 들여다보노라면 그 집은 온통 난장판이 되어 있었다. 외벽과 방바닥만 빼고는 제자리에 붙어 있거나 놓여 있는 것이라곤 거의 한 가지도 없을 정도였다. 완전히 쑥대밭이 된 속에서, 그러나 기이한 그들 가족은 다정스레 아침상을 마주하고 있는 것이었다. 그러고는 상을 물리기가 바쁘게 또다시 요란한 소리를 내기 시작하는데, 이번의 경우는 재건을 위한 힘찬 행진곡이었다.

이미 말했듯이 그는 솜씨 있는 목수였다. 스스로 파괴한 것을 재건설하는 데도 그의 솜씨는 유감없이 발휘되었다. 아내의 의견을 묻는 소리와, 자르고 깎고 두들기는 소리와 그리고, 버릇처럼 흥얼거리는 콧노래 소리가 골목 밖으로 해종일 흘러나왔다. 이웃들도 그제야 마음 놓고 그 집 안을 기웃거려볼 수가 있었다. 그랬다. 모든 일이 절도 있고 빈틈없이 진행되고 있었다. 부엌이 있던 곳에 방이 들어서고, 방이 있던 자리에 부엌이 만들어졌다. 동쪽에 있던 다락은 서쪽에 다시 매달리고 서쪽에 깔렸던 쪽마루는 동쪽으로 옮겨 자리 잡았다. 요컨대 어제와는 전혀 다른 새로운 조형이 그 한정된 공간 속에서 이루어지고 있는 광경을 모든 이웃들은 거짓 없는 감탄과 선망의 눈초리로 오래도록 지켜보는 것이었다. 모든 것을 잃어버린 주 씨에게는 나무 궤짝 같은 자신의 방만이 오직 유일하게 허락된 우주요, 장난감이었는지도 모를 일이다.

11. 모포

여름밤은 지겨웠다. 궤짝 같은 방의 무더위가 지겨웠고, 좁은 골목길에 줄줄이 내다 놓은 탄불의 열기가 지겨웠고, 괴어서 썩고 있는 시궁창 물 냄새가 지겨웠고, 해 떨어지기가 무섭게 기승을 부리는 모기떼가 지겨웠다. 정말이지 여름밤엔 세상 사는 일 자체가 온통 지겹기만 했다.

누나와 나는 자주 한길로 나가 잠을 잤다. 그나마 그곳은 통풍이 잘되었다. 리어카 위에 드러누워 염색한 군용 모포를 턱밑까지 뒤집어쓰고 있노라면 마음이 그렇게 넉넉할 수가 없었다. 마주 올려다보이는 밤하늘은 가없이 넓고 부드러웠다. 별빛은 또 얼마나 초롱초롱 빛나던지 우리의 마음은 어느새 별빛으로 촉촉하게 젖고 마는 것이었다.

잠을 자다 말고 야경꾼들에게 쫓겨 들어오는 경우도 간혹 있었다. 그러나 대체로는 한뎃잠이 묵인되었다. 오밤중에 문득 잠이 깨어 눈을 뜨면 하늘의 별자리들이 그새 위치를 옮겨 앉아 있곤 했다. 다시 깜빡 잠이 들었다가 또 눈을 뜨고 보면 별자리들은 또다시 하늘 한편으로 잔뜩 기울어져 있었다. 그래서 여름밤의 하늘은 순간순간마다 항시 새롭게 느껴졌다.

우리 외에도 많은 사람들이 길거리에 나와 잠을 잤다. 오밤중에 문득 깨어 일어나 한길을 내다보면, 여기저기 자리를 깔고 누워 있는 이웃들의 모습이 달빛 아래 허옇게 드러나 보였다. 그래서 자정이 지난 길거리에는 배꽃이 낭자하게 떨어져 있는 과수원의 정경과 흡사했다. 혼곤한 잠 속에 빠져 있는 어미의 곁에서 간혹 버릇처럼 칭얼대는 아기의 모습이 눈에 띄고, 또 더러는 홀로 일어나 앉아 담배를 피워 물고 무언가를 골똘히 생각하고 있는 이웃의 모습도 보였다. 잠을 방해하는 것이라곤 아무것도 없었다. 통금이 그 모든 것들을 철저히 규제하고 있었다. 이따금씩 잠든 얼굴에 흙먼지를 끼얹으면서 소속 불명의 차들이 질주해가긴 했지만, 그러나 그런 것에까지 신경을 쓰는 사람이라고는 어차피 아무도 없었다. 거리는 그래서 한밤의 고단한 안식 속에서 차분히 가라앉아 있었다. 무겁고 안쓰러운 평화였다. 밤이슬이 여린 비처럼 소록소록 내리는 소리가 들리는 듯했다.

그런 밤들 중 하나였다. 나는 썰렁한 추위를 느끼고 눈을 떴다. 새벽이었다. 습기 찬 미명을 몰고 새벽이 한길의 그 끝 쪽에서부터 소리 없이 다가오고 있었다.

나는 벌떡 일어나 앉았다. 알몸이었다. 누나를 깨웠다. 그녀 역시 덮고 있는 것이라곤 아무것도 없었다. 갑자기 목이 잠기었다.

"얘, 우리 모포가 어디 갔니?"

누나가 주위를 두리번거렸다. 습기가 진득이 배어나는 목소리였다. 속삭이듯 나지막한 음성으로 나는 대꾸했다.

"없어졌어, 누나. 우리가 잠든 새 웬 놈이 훔쳐갔는가 봐……"

새벽 추위 때문에 내 음성은 여리게 떨려 나왔다.

"어떡하니 얘? 이를 어떡하니……"

초라한 내의 바람으로 누나는 울기 시작했다. 하지만 목구멍이 무언가 습기 찬 것에 잔뜩 짓눌려 있어 어린아이의 칭얼대는 소리만큼도 내지 못했다. 나는 멍청히 하늘을 보았다. 누나의 좁고 메마른 이마가 도시의 새벽빛 속에 서서히 드러나고 있었다.

12. 장마 1

찌는 듯한 무더위 속에 장마가 시작되었다. 좁은 골목들은 금세 수렁을 이루었다. 지렁이가 방 안까지 구물구물 기어들었다.

아침에 일어나 보면 세상이 온통 젖어 있었다. 벽이 젖고, 천장이 젖고, 초석 자리 깔린 방바닥과 그 위의 세간들이 흠씬 젖어 있었다. 루핑 지붕은 삭은 못 자리마다 빗물을 들게 했다. 빈 깡통과 세면기와 요강 속으로 뚝뚝 듣는 빗방울 소리가 녹슨 실로폰 음향처럼 듣는 이의 마음을 우울하게 만들었다.

한낮이 되도록 우리는 누워 있곤 했다. 부지런을 피워야 할 아무런 이유도 없었다. 맑은 날에도 우리의 벌이는 신통칠 못했다. 풀빵은 역시 뒷맛이 썼지만 우리 가족은 아직도 그 원인을 찾아내지 못한 처지였고, 그래서 매상도 늘 기대 이하였다. 믿을 수 있는 것이라곤 우리 스스로의 입뿐이었다. 저녁은 으레 풀빵으로 때웠다. 만찬 기분은 물론 아니었다. 첫날의 그 허전하고 거북스러운 느낌도 없었다. 밀가루와 이스트와 식용 소다와 사카린의 합성인 그 씁쓸하고 달착지근한 뒷맛만 메스껍게 느낄 수 있었다. 평소 아버지의 벌이 역시 시원칠 못했다. 때로는 얼음 값을 충당하기조차 황송할 지경이었다. 아버지는 저녁마다 반 나마 차 있는 냉차 항아리를 집 앞의 하수구에다 쏟아붓곤 했다. 그러면 항시 퀴퀴한 냄새를 풍기던 시궁창 물이 오렌지 빛으로 곱게 착색되면서 거기 희석돼 있는 향료 냄새가 저녁 내내 골목 안을 떠돌았다. 아버지는 풀빵의 뒷맛을 탓하지 않으면서도 그 향료 냄새만은 몹시 언짢아했다. 우리 저녁 식탁에는 두 번 다시 그것을 올리지 않았다.

사정이 이러한 데다가 비까지 주룩주룩 내리고 있는 판이었다. 리어카를 끌고 길거리로 나가보았자 결과는 뻔할 것이었다. 그래서 우리 가족은 거의 온종일 궤짝 같은 방에 갇혀 지냈다. 눅눅한 홑이불 자락을 머리끝까지 뒤집어쓴 채 흡사 누에처럼 드러누워 있노라면 루핑 지붕과 판자벽을 때리는 빗소리가 그처럼 선연하게 의식될 수가 없었다. 삼라만상을 후줄근히 적신 비는 마침내 우리들의 영혼까지도 흠씬 적셔놓고 말아, 우리는 허기가 몰아오는 가벼운 현기증과 명징한 의식으로 땅 위에 가득히 차오르는 빗소리를 즐기는 것이었다.

드물게도 아버지가 노래를 흥얼대는 경우란 이런 때였다. 물론 목청을 돋우어 부르지는 않았다. 그것은 노래라기보다 울적한 마음을 달래기 위한 흥얼거림에 지나지 않았는지도 모를 일이다. 낮고 탁한 비음을 통해 내가 들을 수 있었던 것은 단지 몇 소절의 가락뿐이었다. 아버지는 그 단순하고 굴곡 없는 가락을 오래도록, 그리고 한동안씩 뜸을 들였다가 몇 번이고 되풀이해 흥얼댔다. 보이지 않는 누군가와 두런두런 얘기라도 나누고 있는 것처럼……

그러나 나는 알고 있었다. 아버지가 그처럼 하염없이 흥얼대고 있는 그 노래는 내게도 너무나 귀 익은 것이었기 때문이다. 그랬다. 아버지는 분명, 모내기 노래를 흥얼대고 있었던 것이다. 우리들의 그 장난감 같은 도시에서. 해는 지고 날 저문 길에 골목골목 연기 나네…… 우리 님은 어디 가고 연기 낼 줄 모르는고……

13. 장마 2

　비에 젖으면서 학교에 가는 일처럼 짜증스러운 노릇은 다시 없었다. 등굣길은 멀고 질척했다. 그곳엔 또 각다귀 같은 녀석들이 예의 도마책상마다 도사리고 있었다. 게다가 두 사람의 선생으로부터 그 많은 아이들이 나누어 받을 수 있는 지식이란 극히 보잘것이 없었다. 그래서일까. 두 선생은 그 적은 양의 지식에다 항용 푸짐한 매를 덤으로 주었다.
　그러나 나는 한번도 학교를 빼먹지는 않았다. 누나와 풀빵을 구워낼 때도 예외는 아니었다. 나는 우선 학생이었다. 누나를 돕는 일은 확실히 즐거움이었지만 그것 때문에 학교를 포기할 생각은 품지 않았고, 물론 그런 일이 용납되지도 않았다. 아버지와 어머니는 아직도 나에 대해 어떤 기대를 걸고 있었다. 어쩌면 기대라기보다 실향(失鄕)에 대한 거의 유일한 위안거리로 삼고 있었다. 그래도 자식을 공부시키기엔 도시 생활이 한결 유리하다는 지론이 그것이었다. 웬만큼 농사지어가지고는 자식 공부시키기란 벅찬 노릇이야……
　그 아버지와 어머니를 위해서라도 나는 아직 학생이어야만 했다. 누나를 돕는 즐거움도 여가에만 가능했다. 하지만 나는 또 예감하고 있었다. 우리 가정의 형편으로 보아 어차피 학교를 포기해도 좋을 때가 조만간에 내게 오리라는 것을.
　등굣길은 수렁의 연속이었다. 빗물이 질척하게 괴어 있는 공터를 지나고, 벌거숭이 공원을 넘어 다시, 미끄러운 논둑길을 꼬불꼬불 따라가야만 학교가 있는 언덕배기에 닿을 수 있었다. 평소 30～40분 정도면 주파할 수 있던 그 길이 빗속에서는 한 시간 이상이나 걸렸다. 박쥐우산을 얌전히 받쳐든 학생은 그리 흔치 않았다. 대부분 군용 우의(雨衣)나 야전잠바 따위를 뒤집어쓴 게 고작이었다. 나는 그나마도 갖지 못했다. 나일론 보자기 한 조각을 간신히 어깨에 둘렀을 뿐이었다. 그런 차림으로 빗속을 걷노라면 우리의 도시가 흡사 거대한 수렁 위에 세워져 있는 듯한 느낌이 들고는 했다. 그리고 나는 그 도시의 주민이었다. 짚으로 엮어 만든 도롱이가 몹시 간절했지만, 그러나 그런 것을 이삿짐과 함께 챙겨오지 않은 것은 역시 잘한 일이었다. 헌 누더기를 뒤집어쓰는 편이 이 거리에선 보다 더 잘 어울릴 것이기 때문이었다.

학교엔 수도 시설이 없었다. 단 한 곳 펌프장만 운동장 한구석 쪽에 만들어져 있었다. 아이들은 도착순으로 그 앞에 줄을 섰다. 못자리판에서 방금 기어나온 듯한 신과 발을 깨끗이 닦아야만 자기네 교실로 들어갈 수 있기 때문이었다. 줄은 피난 열차처럼 길고 초라했다. 펌프 물을 퍼올리는 일 또한 힘겨웠기 때문에 진행 역시 느렸다. 우리는 차례가 올 때까지 또다시 빗속에 방치되었다.

교실 출입구엔 덩치 큰 녀석들이 양쪽에 늘어서 있었다. 하나같이 각다귀 같고 작은 깡패 같은 치들이었다. 하지만 그들은 담임 선생으로부터 막강한 권한의 일부를 위임받은 수문장들이었다. 그들은 당당하게, 그리고 가혹하게 우리를 심판했다. 아직도 불결하다는 이유로 그들로부터 입실 부적격 판정을 받는다는 건 생각만 해도 끔찍한 노릇이었다. 문전에서 쫓겨나 또다시 피난 열차의 맨 꽁무니에 가 서서 속절없이 젖고 있는 아이들은 얼마든지 있었다. 더러는 그런 곤욕을 서너 차례나 되풀이해야 하는 아이도 있었다.
 이 일 때문에라도 나는 어차피 그들의 비위를 거슬리게 해서는 안 되었다. 나의 신과 발이 제아무리 깨끗하다고 해도 그것만으로 입실할 수 있으리란 보장은 못 되었다. 예의 펌프장에서부터 교실에 이르기까지 함정은 얼마든지 있었고, 설사 내가 물 위를 걸어간 저 나사렛 사람이었다고 해도 결과는 마찬가지였다. 판정은 어디까지나 그들의 절대 권한이었기 때문이다. 내게도 톡톡히 곤욕을 치른 경험이 있는 것이다. 펌프장을 서너 차례나 왕복한 끝에 나의 발은 방금 건져낸 새우처럼 청결했는데도 불구하고, 그 각다귀 같고 작은 깡패 같은 녀석들은 여전히 부적격 판정을 선언했던 것이다.
 나는 강하지는 못하나 어리석지는 않았다. 뿐더러 두 번 다시 그런 일로 웃음거리가 되고 싶지 않았다. 그들로부터 단번에 합격 판정을 따내는 비결은 간단 명료했다. 그랬다. 이리 떼처럼 항시 걸걸대고 있는 그들에게 적당한 입물림만 하면 되었고, 이에 필요한 재원은 나의 경우 거의 무진장이었다. 아버지의 간절한 소망에도 불구하고 팔리지 않은 풀빵들이 언제나 지천으로 쌓여 있기 때문이었다. 매일처럼, 때로는 매 끼니마다, 우리 가족이 지겹게 소비하고도 으레 남아돌게 마련인 그 풀빵들을 호주머니에다 대여섯 개만 챙겨 오는 것으로 나는 족했던 것이다. 그들은 내게 관대했다. 때로는 그것이 거의 무분별할 정도로 느껴졌기 때문에 나는 아예 펌프장도 거치지 않은 채 그들 앞을 당당하게 통과하여 흙발로 교실에 들어섰다가 담임 선생으로부터 호된 벌을 받기까지 했던 것이다.
 어쨌거나 가까스로 도마책상 앞에 가 앉고 보면 젖지 않은 것이라곤 아무것도 없었다. 설령 물구덩이 속에서 방금 기어나왔다고 해도 그처럼 흠씬 젖지는 않으리라. 옷은 물론, 때로는 책이며 노트들까지도 물속에 담갔다 꺼낸 것 같은 형국이었다. 엉덩이께의 마룻바닥에는 빗물이 흥건히 괴어 있곤 했다. 그래서 선생은 아주 맨발이었다. 슬리퍼도 양말도 아예 벗어버리고 바짓부리마저 두어 단씩 접어 올린 채 아이들 사이를 저벅저벅 헤집고 다녔다. 때마침 계절은 여름이었다. 도마책상들을 한쪽으로 죄다 몰아버린 다음 수영강습회라도 갖는다면 더할 수 없이 안성맞춤이었을 게다. 한데도 그런 즐거움은 한번도 허락된 적이 없었다. 선생은 그래서 저 작은 각다귀들의 왕초 같았다.

14. 군인극장

쪽지가 하나 건네왔다. 도마책상 밑에서 나는 그것을 펼쳐보았다.
'군인극장 앞에서 만나자!'
각다귀들 중의 한 녀석이 보낸 것이었다. 나는 종이쪽지를 잘게 찢었다. 나의 젖은 손바닥 위에서 그것은 금세 형체도 없이 녹아버렸다.
군인극장은 기차 역 앞 공회당 건물 맨 위층에 있었다. 나는 왜 그곳이 군인극장이란 이름으로 불리는지를 알지 못했다. 군인만 드나들 수 있는 극장은 물론 아니었다. 일반인을 포함하여, 학생층이 관객의 대부분이었다. 냉차 한두 잔 값이면 너끈히 입장할 수가 있고, 게다가 언제나 두 편을 동시 상영했다. 필름은 대체로 낡았지만 그러나 때로는 개봉관의 것 못지않게 깨끗한 경우도 없지 않았다.

뭣보다 관객을 신나게 하는 점은 변사가 붙어 있다는 사실이었다. 변사는 군인같이 보였다. 스포츠형의 머리 스타일이 그랬고, 러닝셔츠에 찍힌 글자가 그랬고 바지의 색깔이 또한 그랬다.

시설은 초라했다. 땀내와 지린내와 곰팡이 냄새가 구석구석마다 끈끈히 배어 있었다. 나무로 만든 기다란 의자들은 불편했다. 환기 역시 제대로 되지 않아서 두 개의 대형 선풍기가 무서운 소리를 내면서 가동하는 휴게 시간이면 탁한 공기가 마치 끈적끈적한 액체를 휘젓는 듯 무겁게 느껴졌다. 그러나 일단 조명등이 꺼지고 필름이 돌아가기 시작하면 그곳은 특히 우리 아이들의 꿈과 모험과 폭력과 눈물이 가득한 궁궐이었다. 해적 두목 '안소니 퀸'에게 우리는 아낌없는 갈채를 보냈고, 비련의 공주 '엘리자베스 테일러' 때문에 흠씬 눈물을 흘렸다. 전장의 영웅 '오디 머피'도 우리는 여기서 만났고, 또 '버트 랑카스타' '게리 쿠퍼' '존 웨인' '리처드 위드마크' 등 기라성 같은 서부의 총잡이들도 역시 여기서 만났으며 그리고 금방 매료당했다. 그 어둡고 악취 나는 방에서 우리가 받은 감동, 혹은 인상들이 얼마나 강렬했던가 하는 점은 그곳을 나올 때의 우리의 눈과 발걸음을 지켜보는 것만으로도 누구나 족히 실감할 수 있었으리라. 한순간에 모든 것을 잃어버린 듯한 눈, 방향을 잃은 채 허둥거리는 발걸음, 그것이 우리들의 전부였던 것이다.

녀석들은 나를 기다리고 있었다. 나는 그들 모두의 입장권을 부담해야 되리라고 판단했다. 그러나 당장은 무리였다. 그만한 돈을 지녀본 적도 없었지만 당분간은 마련할 가능성도 역시 없었다. 비는 여전히 도시의 거리들을 후줄근하게 적시며 내리고 있어서 장마가 쉬 걷히리라고는 기대되지 않았다. 첫날 그랬듯이 몸으로 그들의 요구를 때우는 길밖엔 없다고 나는 단단히 각오했다.

하지만 그것은 오산이었다. 입장권은 내 몫까지 포함하여 이미 준비되어 있었다. 그들 중 한 녀석이 말했다.

"포스타권이 몇 장 생겼거든. 그래서 널 오랬다."

물론 나는 그 말의 뜻을 알지 못했다. 입장권을 포스타권이라고도 하는 모양이지 하고 생각했을 따름이었다. 어쨌든 우리는 입장을 했고 그리고 영화를 보았다. 영화는 역시 재미있었다. 이따금씩 불안감이 고개를 치밀었지만, 그러나 곧 영화 속으로 빠져들고는 했다. 정작 불안감에 쫓기기 시작한 것은 두 편의 영화가 다 끝나고 나서 불이 환하게 켜졌을 때였다. 어둠과 더불어 나는 모든 것을 잃어버렸다. 남은 것이라곤 갑자기 텅 비어버린 마음뿐이었다. 거기, 불안의 그늘이 깊숙하게 드리워져왔다. 그들은 이제 무언가를 내게 요구해올 것이고, 그러면 나로서는 애초의 예상보다 더 큰 값을 치러야 하리라고 생각되었다. 나의 몸은 속이 빈 부대처럼 쓸쓸했다. 가능만 하다면 다시 한 번 저 엄청난 감동과 경이를 담고 싶었다. 그런 나를 녀석들이 집어들었다.

공회당 건물 옥상에 화공실이 있었다. 몇 개의 입간판이 비에 젖고 있었다. 녀석들은 그곳에서 잠시 웅성거리다가 밖으로 몰려나왔다. 길거리엔 여전히 비가 내리고 있었다. 습기 찬 어둠이 거리의 저 끝 쪽에서부터 조금씩 묻어나왔다. 녀석들 중의 하나가 익숙한 솜씨로 휘파람을 불어젖혔다. 하지만 다른 녀석들은 별로 말이 없었다. 사실 허기가 느껴지는 때였다. 그래서 우리는 호떡집과 우동집 안을 저마다 홀깃거리면서 지나갔다. 비 탓이기도 하리라. 그들의 얼굴은 초라하고 우울해 보였다.

헤어지기 전에 한 녀석이 입장권 두 장을 내게 주었다. 그러고는 귀찮다는 듯이 짤막하게 내뱉었다.

"또 필요할 땐 말해……"

나는 말없이 그것을 받아 쥐었다. 포스타권이란 글씨가 크게 찍혀 있었다. 녀석이 무슨 수로 그런 것을 손에 넣었는지 그리고 또 무슨 생각에서 내게 그런 호의를 베풀고 있는지, 나로서는 여전히 헤아려볼 재간이 없었다. 행운인지 혹은 재앙인지 모를 것을 받아 쥔 채 나는 멍청히 서 있었다. 그들의 침울한 시선이 나의 거동을 지켜보고 있었다. 결국 내가 먼저 제의했다.

"내일 풀빵 많이 가져올게. 신주머니로 하나 가득……"

그것은 물론 거짓말이었다. 장마가 걷히지 않는 한 장사를 나설 전망은 없었다. 벌써 여러 날 동안 나는 단 한 개의 풀빵도 그들에게 진상한 적이 없었다. 내일이라고 사정이 갑자기 바뀔 이유란 없는 노릇이었다. 우리 가족은 저녁마다 팔다 남은 풀빵을 먹는 대신 요즈막엔 수제비를 먹어왔다. 그들에게 그것을 진상할 수야 없는 일일 것이었다.

그러나 나는 또 말했다. 굳이 불안감이라고만은 표현할 수 없는 어떤 감정이 나로 하여금 그토록 능청스런 거짓말을 지껄이게 했다.

"어쩌면 호떡도 몇 개 가져갈 수 있을 거야. 우린 그것도 구워낼 계획이거든……"

실제로 우리가 서 있는 맞은편 쪽에 호떡집 간판이 보였다. 되놈이 굽는 진짜 호떡집이었다. 나는 그곳을 곁눈질해 보면서 초조하게 반응을 기다렸다. 어쩌자고 비는 계속 추적추적 어둠을 적시고…… 나는 견딜 수 없을 정도로 심하게 허기를 느꼈다.

침울한 분위기를 깨며 그들 중의 하나가 비로소 입을 열었다. 깜짝 놀랄 만큼 기운 없는 목소리였다.

"관둬. 그딴 것 이젠 가져오지 않아도 좋아……"

그뿐이었다. 그들은 내게 등을 보이며 뿔뿔이 흩어져 갔다. 혼자가 된 나는 비와 어둠 속에 멍청히 서 있었다. 텅 빈 마음속에 이상한 외로움이 서서히 차올랐다. 한번도 경험해본 적이 없는 외로움이었다. 그래서 나는 생각했다. 어쩌면 이런 게 저 총잡이들의 외로움 같은 건지 모른다고.

15. 낙과

한 무리의 아이들과 함께 낙과(落果)를 주우러 갔다. 지겹던 장마가 점차 걷혀가던 무렵이었다.

누가 먼저 그런 말을 꺼냈는지는 알 수가 없다. 그러나 우리는 단단히 믿고 있었다. 교외(郊外)의 과수원에는 오랜 장마로 하여 떨어진 풋과일들이 지천으로 쌓여 있으리란 것이었다.

우리는 모두 자루들을 하나씩 차고 과수원을 찾아나섰다. 하늘엔 구름장들이 어지러이 흩어져 있었고 비도 간간이 뿌렸다. 그러나 우기(雨期)가 끝나고 있는 조짐은 도처에서 보였다. 교외로 접어든 우리의 마음은 더할 수 없이 밝고 가벼웠다. 새 떼처럼 재잘대고, 어린 산짐승들처럼 깡충거리며 우리는 무작정 걸어갔다. 노래도 열심히 불렀다. 주일학교의 성가부터 시정의 유행가까지 곡목 역시 다양했다. 누군가가 첫 소절을 꺼내기만 하면 그것은 금세 합창이 되었다. 그러느라 우리는 실상 어디로 가고 있는지 그리고 얼마나 멀리까지 걸어왔는지조차도 제대로 의식하질 못했다.

강가에 닿은 것은 한낮이 훨씬 지나서였다. 강물은 엄청나게 불어 있었다. 붉은 탁류가 강폭을 꽉 채운 채 폭넓게 흐르고 있었다. 우리는 당연히 멈추어 섰다. 이날의 나들이에서 우리가 최초로, 그리고 결정적으로 부딪힌 장애였다.

의견은 두 갈래로 모아졌다. 강을 건너자는 쪽과 되돌아서자는 주장이 팽팽하게 맞섰다. 쌍방이 다 합당한 이유는 있었다. 전진파는 주장했다. 강폭이 넓기는 해도 수심은 얕고 흐름도 완만하다. 그러므로 작정만 하면 충분히 건널 수가 있다. 몇 시간이나 걸어서 예까지 왔다가 어떻게 그냥 돌아설 수 있단 말인가? 이 강만 건너면 바로 목적지이다. 보라, 저 강 너머에 보이는 푸른 숲이 바로 과수원이다. 그리고 그곳엔 낙과가 지천으로 버려져 있다……

그러나 이를 반대하고 나서는 쪽에도 못지않은 설득력이 있었다. 그렇다고는 해도 우리 같은 아이들이 이 강을 건너기란 무리이다. 자칫 사고라도 생기는 판이면 어쩔 것인가? 그까짓 낙과 한 자루가 문제일 수 없다. 서운하지만 빈손으로 돌아서는 쪽이 역시 현명한 처사이다…… 운운.

참새 떼처럼 요란한 토론 끝에 결론을 내기는 했다. 하지만 그것은 꽤나 어정쩡한 결론이었다. 즉 건너갈 자신이 있는 사람은 건너가고 정 자신이 없는 사람은 남아서 기다리기로 하자는 것이었다. 그 대신 나중에 응분의 몫을 서로 나누어 가진다는 조건이 단서로 붙었다.

일행 중 비교적 덩치가 큰 아이들부터 하나씩 강을 건너갔다. 예측했던 바대로 수심은 그다지 깊지 않았고 흐름 역시 완만했다. 그러나 결코 수월한 모험은 아니었다. 나는 전진 쪽에 가세했다. 물이 배꼽께까지 차올랐다. 게다가 유사층(流砂層)의 바닥은 수렁 같았다. 간신히 대안에 닿았을 때 나는 낙과를 찾는 일보다 되돌아갈 일이 아득하게 느껴졌다. 모래펄에 맥없이 주저앉은 나는 이 무모한 모험 속으로 뛰어든 자신을 후회했다.

맨 나중에 강을 건너온 패거리 속에는 계집애들도 몇 끼여 있었다. 그녀들은 우리 또래와는 달리 서너 살씩 위였다. 몸집이나 키도 우리와는 비교할 바가 아니었다. 그래서 강을 건너는 일조차도 한결 쉬워보였다. 그러나 역시 여자였다. 물이 점점 차오를수록 그녀들의 얼굴 표정도 제각기 달라졌다.

누나는 시종 웃고 있었다. 물이 정강이에 찰 땐 정강이에 찬다고 웃고, 무릎을 넘었을 때는 또 그런다고 킬킬대며 웃었다. 하지만 그 웃음 속에 여유는 담겨 있지 않았다. 누나는 불안을 단지 그런 식으로 표현하고 있을 따름이었다. 그러나 누나의 친구는 그렇질 못했다. 그녀는 갑자기 입을 다문 채 산그늘처럼 조용히 강을 건너오고 있었다. 누나가 연신 킬킬대고 있는데도 옆눈 한번 팔지 않았다. 물이 차오르는 만큼씩 치맛자락을 위로 추켜올리면서 온 정신을 발의 진행에만 집중하고 있었다. 강바닥은 점점 더 깊어졌다. 그리고 당연한 결과로서 그녀의 치맛자락도 자꾸만 위로 끌어올려졌다. 어느새 나는 야릇한 긴장감에 사로잡혔다. 무언가 세찬 충동을 느꼈지만 그러나 입을 열 수는 없었다.

그녀들이 강의 한가운데쯤 이르렀을 때 나의 격렬한 예감은 적중했다. 그녀가 비로소 자신의 실수를 깨달은 순간은 이미 때가 늦어 있었다. 물론 극히 짧은 한순간의 일에 지나지 않은 것이긴 했다. 그렇다고는 해도 수치심이 덜어질 문제 또한 아니었다. 그녀는 황급히 치맛자락을 끌어내렸고 그 통에 몸의 중심을 잃고 잠시 비틀거렸다.

강을 건너온 숫자는 전체의 반에 좀 모자랐다. 우리는 다시 출발했다. 과수원을 둘러싼 탱자나무 울타리가 멀리 보였다. 아이들은 기대에 찬 함성을 내지르면서 그리고 빈 자루들을 깃발처럼 펄럭이면서 달려갔다. 가장 적극적이고 가장 다변한 사람은 엉뚱하게도 예의 그녀였다.

개선 병사들처럼 우리는 귀가했다. 좁고 질퍽한 판자촌 골목에 매캐한 탄불 연기가 뒤덮기 시작하는 저녁 무렵이었다. 우리의 전리품은 탱자알만 한 낙과였다. 아직은 시고 떫은 맛뿐인 풋과일들이긴 했지만, 그러나 마을의 아이들에게는 신선한 선물일 수가 있었다. 때늦은 저녁상 앞에서 우리들 중의 누군가가 그 순간의 일을 화제에 올렸는지 어쨌는지는 알 수 없다. 그러나 적어도 몇 사람의 경우에는 그 순간의 기억이 머릿속에서 쉽사리 지워지지 않았으리라. 마지막 헤어지는 자리에서 그녀는 몹시 풀 죽은 모습을 하고 있었다. 그녀의 손에도 낙과가 반쯤 든 자루가 꼭 쥐여 있었다. 그러나 그녀의 관심은 이미 그런 것에 머물러 있진 않았다. 갑자기 초라해진 얼굴을 숙인 채 그녀는 무언가를 골똘히 생각하는 표정이었다.

나는 누구보다 먼저 그녀에게서 등을 돌렸다. 그러고는 집을 향해 발길을 내딛다 말고 문득 지난 기억을 떠올렸다. 그랬다. 때늦은 확신이긴 했지만 그녀는, 이사를 온 첫날 마을의 공동 변소에서 본 그 소녀임이 분명하다고 깨달아졌다.

16. 어디까지 왔나

　장마가 들자 여름은 거지반 끝나 있었다. 아침저녁으로는 쌀쌀한 바람이 판자벽 틈서리로 스며들었다. 여름 내내 악취를 풍기던 수챗구멍에서는 음색 고운 벌레들의 울음소리가 달빛을 맑게 걸러냈다. 거두어들일 것 없는 장난감 도시의 주민들에게는 마음이 물처럼 서러운 계절이었다.
　스물네 구멍짜리 빵틀은 벌겋게 녹이 슬어 있었다. 엿장수가 그것을 실어 갔다. 누나는 서운해했고 아버지는 말이 없었다. 나는 엿장수가 대신 놓고 간 마른 수수깡 같은 엿가락에 더 정신을 팔았다. 냉차 항아리는 그나마 엿장수도 실어 가지 않았다. 그것은 진작부터 커다란 금이 두 줄기나 가 있었다. 거기다 반창고로 땜질을 한다면 어항으로는 쓸 만하다고 판단되었다. 하지만 어차피 어항을 놓아둘 자리도 없었다. 결국 공터에 내다 버렸다. 이때에도 아버지는 역시 말이 없었다.
　그러고 보니 남은 것이라곤 리어카 하나뿐이었다. 고물상 하는 곽 씨가 그것을 후하게 셈해주었다. 아버지는 그 돈으로 고물 자전거를 한 대 사들였다. 그러고는 아침나절에 그것을 타고 나가면 밤늦게나 귀가했다. 나갈 때 그랬듯이 돌아올 때도 역시 빈손이었다.
　아침상에는 으레 조밥이 올랐다. 그것은 물에다 말면 모래알처럼 낱낱이 흩어졌다. 아무리 조심을 해도 낟알을 흘리지 않고는 식사를 끝내기가 어려웠다. 상을 거둘 때마다 행주에 묻어나는 그 반 숟갈쯤의 낟알들을 어머니는 아까워했다. 그래서 매양 똑같은 말로 우리를 교훈했다.

"시골 같으면 날짐승들이 거두어가기라도 하지. 그러나 이 바닥에선 속절없이 시궁창 속에서 썩어버린단 말이다……"

시궁창 속에도 지렁이는 있습니다, 어머니. 그러나 나는 한 번도 그 점을 지적해 보인 적은 없다.

누나는 자기 몫의 아침밥을 반밖에 먹지 않았다. 나머지 반은 점심용이었다. 그렇게 해도 그다지 부족을 느끼지 않는다는 것이었다. 나로서는 그 점이 도무지 이해되지 않았다. 나는 물론 그것이 불가능했다. 누나를 따라 한두 차례 그 방법을 취해보기도 했지만 결과는 역시 신통치 않았다. 나는 두 끼 다 만족을 느낄 수 없었다. 아침도 양이 차지 않았고 점심도 부족했다. 두 끼 다 부족을 느끼기보다는 어느 한 끼만이라도 만족할 수 있기를 나는 소망했다. 내가 다시 밥상을 대하기 위해서는 저녁때까지 기다려야만 했다.

점심을 거르는 날들에는 하루해가 더 길게 느껴졌다. 이 긴 공백을 메우기 위해서라도 어차피 부지런해질 수밖에 없었다. 서울내기 태길이가 흔히 방향을 잡아주었다. 우리는 단짝이 되어 온종일 쏘다녔다. 목재소를 찾아다니며 원목에서 껍질을 벗겨오는 일, 역의 저탄장 부근에서 석탄 부스러기를 주워오는 일, 또는 분탄을 반죽하여 수제비 모양의 새알을 뜨는 일 등, 우리는 온종일 부지런을 피우고 다녔다. 나중에는, 물론 간혹 있었던 일이지만, 제재소에서는 통나무 껍질을 벗겨오는 대신 톱밥을, 역의 저탄장에서는 타고 남은 석탄 부스러기를 골라내는 대신 돌덩이처럼 딱딱한 원석을, 그리고 분탄을 사오는 대신 완제품인 각탄을 적당히 취해오는 것으로 발전했을 정도였다. 어쨌든 우리의 이러한 노력으로 두 집의 땔감은 거의 충당되었다.

하지만 땔감으로 배를 채울 수 있는 것은 아니었다. 힘겹게 하루 해를 넘기고 돌아오면 촘촘히 박혀 있는 판잣집들 중에서 우리의 방은 자주 어둠 속에 잠겨 있곤 했다. 방 안엔 물론 어머니와 누나가 있었다. 나는 그들의 초롱초롱한 눈빛에서 그날그날의 사정을 읽어낼 수 있었다. 부엌에는 따뜻한 물이 준비되어 있었다. 나는 조용히, 그리고 되도록 오래오래 손발을 닦았다. 먼지와 피로감과 함께 허기까지 씻어내는 그런 기분으로. 그러고는 누나 옆자리에 가만히 드러누웠다.

손바닥만 한 봉창 구멍으로 달빛이 환하게 젖어들 때까지 우리는 잠들지 못했다. 달빛이 너무나 맑고 곱기 때문에 위가 비어 있는 우리의 몸도 맑고 투명하게 느껴졌다. 물처럼 청정한 마음으로 우리는 아버지를 기다렸다. 잠도 우리를 범접하지 못했다.

나는 누나의 귀에다 대고 나지막한 목소리로 물었다.

"어디까지 왔나?"

그러면 누나는 내 쪽으로 돌아누우우며 어린아이처럼 대꾸했다.

"10리 밖에 왔다."

누나의 입김이 내 귓볼을 부드러이 애무했다. 나는 그 느낌이 너무나 좋아 금세 다시 묻곤 했다.

"어디까지 왔나?"

"5리 밖에 왔다."

"어디까지 왔나?"

"철둑까지 왔다."

"어디까지 왔나?"

"골목까지 왔다."
"어디까지 왔나?"
"문 앞까지 왔다."

문득 아버지의 자전거 소리를 들은 것만 같아 나는 천천히 상체를 일으킨다. 그러면 누나와 어머니까지도 나를 따라 슬며시 고개를 내미는 것이었다.

아버지의 귀가 시간이 우리의 유희와 엇비슷하게 맞아떨어지는 경우도 전혀 없지는 않았다. 그런 순간의 감격이란 무슨 말로도 표현할 재간이 없다. 언젠가 누나는 소리 죽여 흐느끼기까지 했던 것이다. 우리들의 간절한 기대에도 불구하고 아버지가 여전히 빈손으로 돌아와도 좋았다. 그보다 더 완전한 보상을 나는 상상할 수가 없기 때문이었다.

하지만 그런 경우란 극히 드물었다. 우리 가족의 눈길 속에 선연히 잡혀드는 것이라고는 귀 맞지 않는 외짝문이며, 거기 빛 바랜 창호지를 흠씬 적시고 있는 초가을 달빛뿐이었다. 그나마 운이 좋을 때는, 뚫린 문 구멍을 통해 물기 머금은 별떨기 한두 송이가 덤으로 보일 따름이었다. 예의 유희를 두 번 세 번 되풀이해도 결과는 역시 마찬가지였다.

오밤중에 갑자기 깨움을 당하는 날도 있었다. 눈을 비비고 일어나 보면 머리맡에 아버지가 앉아 있었다. 나갈 때의 차림 그대로였다. 곧 어머니가 부엌에서부터 무언가를 담아들고 들어왔다. 그러고는 우리가 수저를 잡기 전에 조그만 목소리로 속삭였다.

"숟갈 소리 내지 말고 가만가만 먹어라. 우선 물부터 마시고……"

도둑처럼 은밀히 우리는 먹기 시작하는 것이다. 어쩌다 숟갈 부딪치는 소리가 나면 자신이 더 질겁을 할 분위기였다. 하지만 이 경우에 조심성이 가장 부족한 쪽은 정작 아버지였다. 자신은 거의 아무것도 취하지 않으면서 이웃의 귀를 자극할 만한 소리는 더 많이 냈을뿐더러 나중엔 이런 말까지 서슴지 않았다.

"도시로 나온 사람은 누구나 다 한 번씩은 앓거지 신세가 되는 거란다. 가진 건 먼지 한 점, 티끌 하나 남김없이 죄다 털어먹고 난 끝이라야 제대로 살길이 찾아진다고들 하더구먼……"

굳이 아버지의 그 말 때문만은 아니리라. 무언가 한사코 목을 메이게 하는 어떤 격정 속에서 나는 뒤늦게 서서히 깨닫는 것이었다. 우리가 그처럼 간절히 기다렸던 것은 아버지였지 결코 허기진 배를 채우기 위한 먹을거리는 아니었던 것이다.

17. 너희들 중의 한 사람

각다귀 같던 예의 친구들이 한꺼번에 교무실로 불려갔다. 두 선생도 곧 뒤따라갔다. 흑판엔 신경질적으로 휘갈겨 쓴 글자가 남은 아이들의 눈을 매섭게 위협했다.

'조용히 자습!'

'떠드는 자는 용서 없음!'

두 선생이 각 한 줄씩 남긴 지시 사항이었다.

하지만 그런 것에 주눅이 들 아이들은 이미 아니었다. 1백 개가 넘는 입들이 저마다 방아를 찧어댔다. 교실은 금세 대합실로 변했다.

나는 도마책상 위에다 책과 공책을 얌전히 펼쳐놓기는 했다. 그러나 조용히 자습할 기분은 내키지 않았다. 대합실에서는 조용히 입을 다물고 앉아 있는 쪽이 되레 이상한 법이다. 나중엔 어찌 됐든 우선은 떠드는 자가 인기를 모았다. 여기저기서 각다귀 패거리의 일을 입에 올리고 있었다. 이 화젯거리를 맛있게 씹어대는 입의 숫자만큼 구구한 얘기들이 오고 갔다. 하지만 내용은 대동소이했다. 일테면, 내가 진작부터 느꼈듯이 그들은 각다귀요, 작은 깡패요, 그리고 좀도둑들이라는 것이었다. 지난 장마 때의 일을 기억해낸 어느 아이는 거기다 작은 폭군이요, 엉터리 보안관이라고까지 매도했다.

나는 왠지 야릇한 기분에 빠져들었다. 언젠가 그들에게 이끌려 군인극장에 갔던 기억을 나는 떠올렸다. 그날 그들이 내게 보였던 태도를 나는 아직도 이해하지 못하고 있는 상태였다. 무엇 때문에 그들은 나를 끌어냈으며, 그리고 헤어질 때는 또 무슨 생각에서 포스타권 두 장을 쥐여주기까지 했던가? 뿐만 아니라, 내 쪽에서 자청했던 제의를 달가워하지도 않았다. 시무룩하게 풀 죽은 얼굴로 그들은 말했었다.

"그딴 것 이제는 가져오지 않아도 좋아……"

그날 이후에도 그들의 태도는 변함이 없었다. 내게는 푸짐한 관용을 베풀면서 거의 아무것도 요구해온 적이 없었다. 이따금씩 그들은 내게 말을 걸어왔다.

"너, 영화 보러 안 갈 테야?"

"너, 배고프지는 않니?"

조그만 빵 한 조각, 몽당연필 한 개라도 진상을 받는 쪽은 되레 나였다. 물론 자주 있는 일은 아니었지만. 나로서는 처음부터 부담감을 느끼진 않았다. 그들은 내게 거의 아무런 대가도 바라지 않고 있다고 나는 우선 조심스러운 결론을 내린 터였다. 다소간 불안을 의식할 때도 더러는 있었다. 그들이 내게 보이고 있는 그 무상의 호의가 도대체 무엇 때문일까 하고 문득 의심스러워지는 순간이 그랬다.

　아이들의 구구한 얘기들을 대충 모아보면 오늘의 일이 무엇 때문이었던가를 조금은 짐작할 수가 있었다. 상급반의 계집아이 하나를 어떻게 한 모양이었다. 나는 물론 문제의 계집아이를 알고 있지 못했다. 그러나 가해자 쪽은 그런대로 알고 있는 편이었다. 그들은 족히 그런 짓거리를 저지를 만한 위인들임을 나는 인정했다. 비록 나와는 동급생이라고는 해도 그들은 나이를 두셋씩은 더 먹은 치들이었고 그래서 덩치도 한결 우람한 편이었다. 성정은 어떤가. 그 점은 물어보는 쪽이 되레 어리석은 노릇이었다. 고로 그들은 족히 그러고도 남았을 것이다. 이 문제가 학교를 발칵 뒤집어놓게 된 데에는 피해자의 아버지가 만만치 않은 인물이기 때문이라고까지 아이들은 입방아를 찧어댔지만, 그 점을 확인해줄 만한 것이라곤 역시 아무 것도 없었다. 어쩌면 사건의 내용조차 참새 떼 같은 아이들의 입이 만들어낸 것인지도 실상은 알 수 없는 노릇이었다.

　상당수의 아이들은 또 사뭇 다른 이야기를 하고 있었다. 그들 패거리가 도둑질을 해오다 마침내 덜미를 잡힌 때문이라는 것이었다. 무대는 시내의 몇몇 시장 통이었고, 그들이 주로 업어낸 품목은 자질구레한 일용 잡화와 문구류였다. 그들은 이따금씩 여분의 장물을 학교로 들고 와서 아이들에게 강매를 하기도 했는데, 그 과정에서 잘못해 들통이 났다는 소리들이었다. 실제로 강매 현장을 내가 목격한 적도 몇 차례 있었다. 그러므로 이쪽의 얘기도 내게는 꽤나 설득력 있게 들렸다.

어쨌든 오늘 일의 발단은 그 두 가지 경우 중의 어느 한쪽에 있거나 혹은 두 쪽에 다 걸쳐 있거나 하리라고 나는 생각했다. 아이들은 여전히 새 떼처럼 재잘댔고, 몇몇 녀석들은 대담하게 도마책상 위를 뛰어다녔다. 지난 장마철엔 내내 습기만 가득 차 있던 교실은 이제 공사판처럼 혼탁한 먼지로 가득 차버렸다.

두 선생은 얼마 후에 돌아왔다. 그러나 주인공들의 면면은 보이지 않았다. 이날 이후 그들은 아마도 두 번 다시 그 교실에 모습을 나타내지 않았으리라 짐작된다. 나 역시 그 얼마 뒤에 벌거숭이 산등성이 위의 그 인상 깊던 피난 학교와는 작별을 했기 때문에 더 이상 확실한 것은 알고 있질 못하다.

우리는 종아리를 걷어붙이고 모두 책상 위에 올라섰다. 네 사람씩의 체중을 실은 도마책상은 힘겹게 삐걱거렸다. 그러나 매질을 하기에는 아주 적당한 높이였다.

흑판에 쓰인 글씨를 가리키며 한 선생이 소리쳤다.

"너희들은 아직 우리 글도 읽지 못하나? 자습이란 말도 몰라? 아니면 그다음 말이 무슨 뜻인지 모르는 거냐? 그것도 아니라면, 그럼 네놈들은 도대체 뭣 하러 온 녀석들이냐? 여기가 무슨 전쟁 고아 수용손 줄 알아?"

또 한 사람의 선생은 벌써부터 매질을 하고 있었다. 맨 뒷줄에서부터 살벌한 소리들이 잇달아 귓전을 때렸지만 그러나 뒤를 감히 돌아보는 아이는 없었다. 커다란 도마 위에 올려진 산 고기들이 푸들푸들 경련을 일으키고 있었다.

말은 이제 쓸모가 없었다. 뒤늦게 그 점을 깨달은 선생도 매질에 가세했다. 그는 교단 맨 앞줄부터 잡아들였다. 회초리는 맵고 짜고 공정했다. 도마책상 위에 진열된 아이들의 종아리로 붉고 혹은 푸른 실뱀들이 고물고물 기어 다녔다. 회초리가 허공을 가르는 소리와 살에 가 닿는 둔탁한 파열음, 그리고 아이들의 비명과 쿨쩍거리는 소리들이 간단없이 흘러나왔다.

교실은 야릇한 열기로 가득 찼다. 뜨겁고 무겁고 탁한 분위기였다. 두 선생이 가운뎃줄에서 마주치기까지는 참으로 길고 끔찍한 시간이 흐른 듯했다. 두 선생은 마지막 한 아이의 종아리를 놓고 잠시 머뭇거렸다. 그리 길지 않은 순간이었지만 그 아이에게는 더없이 가혹한 시련이었을 게다. 열외(列外)란 있을 수 없는 법, 우리는 모두 가슴을 죄었다.

두 선생 중 한쪽이 먼저 회초리를 내던졌다. 그리고 조금 사이를 두었다가 또 한쪽이 매를 내던지고 손을 털었다. 놀랍게도 그 아이는 유일하게 사면을 받은 것이다.

다시 교탁 위로 올라온 선생은 한동안 숨을 헐떡였다. 머리칼은 헝클어지고 이마엔 땀이 번들거렸다. 제왕처럼 채찍을 휘두르던 사람이라고는 믿을 수 없을 만큼 아주 지치고 초라한 모습이었다.

도마책상 앞에 무릎을 꿇고 앉아 있는 우리를 향해 선생은 입을 열었다. 낮고 탈진한 목소리였다. 그러나 다른 어느 때보다도 선생의 말은 우리의 상처 입은 마음에 날아와 박혔다.

"어둡고 혼탁한 때이다. 그러나 너희들은 굴하지 않고 꿋꿋이 자랄 것을 나는 믿는다. 너희들 중 한 사람을 잃느니보다 매일처럼 매질을 하면서라도 지키고 싶다. 그러나 너희들은 훗날 이때를 회상하면서, 우리 모두를 지킨 것은 오직 매였다고는 결코 말하지 마라. 너희들 중에, 비록 단 한 사람일지라도 매를 맞지 않은 친구가 있었다는 사실을 꼭 기억해두기 바란다……"

단숨에 여기까지 말한 다음 선생은 돌아섰다. 그러고는 판서한 것을 천천히 지웠다.

우리들이 선생의 말을 제대로 이해했다고는 생각되지 않는다. 그러나 우리의 마음은 그 말을 충분히 받아들이고 있었다. 숙연한 침묵 속에서 몇 아이가 코를 훌쩍이면서 흐느꼈고 선생은 말끔히 지운 칠판에다 새로운 판서를 시작했다. 완두콩 실험에 관한 내용이었다고 기억된다.

수업을 마치고 돌아오는 길에서 나는 예의 각다귀들을 만났다. 그들이 우정 나의 길목을 지키고 있었던 것으로 생각된다. 녀석들은 한결같이 풀 죽은 모습들이었다. 길바닥으로 내쫓김을 당한 아이들같이 초라한 몰골들이었고, 사실이 또한 그러했다.

내일 학부모를 모시고 오랬다고, 녀석들 중의 하나가 내게 말해주었다. 아주 자신 없는 목소리였다. 무엇 때문이냐고 나는 묻고 싶었다. 그러나 감히 발설할 엄두는 나지 않았다. 나 역시 그들 패거리 중의 하나이기나 하듯 우울한 기분 속으로 빠져들었다. 아무도, 무슨 말도 하려 들지 않았다. 작은 깡패들처럼, 혹은 건달들처럼 그들은 느슨한 자세로 서 있기만 했다.

"우리, 영화나 보러 가자, 어때?"

마지못해 한 녀석이 입을 열었다.

"포스타권 가진 것 없니?"

"벌써 봤잖아. 어제도 본 걸 뭣 때문에 또 보니?"

"그럼 뭣 할 거야? 떨거지들처럼 이러고만 있을 거야?"

갈 곳이라곤 결국 극장밖에 없었다.

그들은 예의 군인극장으로 갔고 거기서 남은 시간을 보냈다. 화면을 지켜본 것은 나 혼자뿐이었다. 그들은 영화가 시작되자마자 기다란 의자를 하나씩 차지한 채 드러누워버렸다.

우리가 극장을 나선 것은 저녁 무렵이었다. 도시의 하늘은 암청색으로 변해 있었다. 모든 상황은 지난번과 동일했다. 단지 비만 내리지 않을 따름이었다. 땅거미가 서서히 밀려오고 있는 거리의 풍경처럼 그들의 얼굴은 시종 침울했다.

마지막 헤어질 때 그들은 내게 손을 내밀었다. 그들이 다시는 학교로 돌아오지 않으리라는 것을 나는 확신했다. 그들의 손은 따뜻했다. 그러나 뒷모습은 몹시 쓸쓸해 보였다.

어떤 감정이 내 작은 마음속에 가득히 차올랐다. 비로소 나는 한 가지 사실을 깨닫게 되었다. 그랬다. 그들은 비록 각다귀 같고 작은 깡패 같은 녀석들이긴 했지만, 그러나 나에게서 우정을 느끼고 있었던 게 확실했다. 그러므로 그들이야말로 세상에서 가장 외로운 아이들이었다.

18. 1일 점원

이제는 학교를 포기할 때가 되었다고 생각할 무렵, 고물상을 하는 곽 씨가 우리 집을 찾아왔다. 백화점을 하는 친구가 얌전한 점원 아이를 하나 구하고 있노라는 소식이었다.

마침 아버지는 부재중이었다. 곽 씨는 어머니와 한동안 얘기를 나누었다. 나는 금세 사정을 알아챘다. 곽 씨 아저씨는 바로 나를 염두에 두고 온 것이 분명했다. 아직은 어리다고 어머니는 말했고, 그러나 얌전하고 머리 좋은 아이라고 그는 주장했다.

"형편이 이런 판에 학교가 다 뭡니까? 어차피 끝까지 못 시킬 공부라면 일찌감치 장사치로 키우는 게 좋아요. 마침 그런 자리도 있고 하니 이 기회에 그깟 놈의 학꼴랑 싹 걷어치워요, 글쎄……"

어머니는 치맛귀로 눈물만 찍어냈다. 결론은 이미 나 있다고 생각되었다.

다음 날로 나는 곽 씨 아저씨를 따라나섰다. 아주 홀가분한 기분이었다. 상점은 변두리의 시장 어귀에 있었다. '천지 백화점'이란 상호가 먼저 눈에 띄었다. 그러나 내용은 상호와 걸맞지 않았다. 백화점이라기엔 규모가 너무 작고, 잡화상이라기엔 다소 큰 정도였다.

나는 주인 부부의 면접을 받았다. 둘 다 30대 중반의 깔끔한 인상을 주는 남녀였다. 나를 찬찬히 뜯어보면서 그들은, 아직 너무 어린 나이가 아니냐고 말했고, 곽 씨는 또 어머니에게 그랬듯이 그러나 아주 얌전하고 머리가 썩 좋은 아이라고 나를 치켜세웠다. 그들 부부는 조용한 웃음으로써 대답을 대신했다.

나는 채용되었다. 그들은 내게 우선 잠자리와 하루 세 끼 밥을 제공해주기로 했다. 거기다 매월 적당한 용돈과 필요한 의복도 약속했다. 당장에는 그런 정도 이상을 바라서는 안 된다고 그들은 말했다. 합당한 대가는 먼 훗날 셈해주마고 했다. 즉, 내가 성인이 되면 장가를 들여줄 뿐만 아니라 아울러 조그만 점포 하나를 차려주겠노라는 것이었다. 그러므로 최소한 향후 10년 이후에나 이뤄질 수 있는 약속들이었다.
"오늘부터는 이 집 식구가 된 거니까 잘 해봐."
곽 씨는 내 등을 토닥거려준 다음 득의연하게 돌아갔다. 그 순간에도 나는 애매한 태도로 멍청하게 서 있기만 했다. 왠지 허공에 떠 있는 듯한 그런 기분이었다.
나를 가장 곤혹스럽게 한 것은 도무지 행동의 방향을 잡을 수 없다는 사실이었다. 이제부터 무슨 일을 해야 할 것인가? 관청에 내다 놓은 촌닭처럼 나는 어리숙한 자세로 주위를 둘러보았다. 오만 가지 상품들이 진열되어 있었다. 그것들은 저마다 개성적인 용모와 모양과 매력을 담뿍 지니고 있었다. 누나와 내가 구워내던 풀빵이 얼마나 초라하고 보잘것없는 상품이었던가가 새삼스레 느껴졌다. 나는 진열장 안을 기웃거리며 가게 안을 돌아다녔다. 눈에 띄는 것은 죄다 나의 마음을 사로잡았다. 구매 충동을 일게 하지 않는 것이라고는 하나도 없었다. 나는 그것들을 갖고 싶었다. 목각의 호랑이와 까만 박쥐우산과 금빛 나는 작은 단추와 그리고 여자의 브래지어에 이르기까지 나는 한 가지도 빼놓지 않고 죄다 갖고 싶었다. 내가 만약 거기 진열되어 있는 물건들을 가짓수대로 죄다 한 개씩만 가질 수 있다면, 나는 아마도 세상에서 가장 넉넉하고 행복한 사람일 것이었다. 이 엄청난 행운이 10년 혹은 20년 후에 어쩌면 이루어질지도 모른다고 생각되었다. 때가 오면 주인 부부에게, 장가와 점포 대신에 그 편을 제의해보리라고 나는 마음먹었다.
가게 안을 한차례 돌아보고 나자 나는 다시 곤혹을 느꼈다. 내가 해야 할 일을 나는 아직도 찾아내지 못했던 것이다. 주인 부부는 그때까지도 내게 아무런 주문도 해오지 않았다. 그러나 그들의 시선은 줄곧 나의 거동을 지켜보고 있었다. 결코 머물러 있어서는 안 될 장소에서 누군가를 기다리고 서 있는 듯한 그런 기분이었다. 손바닥에서 식은땀이 배어나는 것을 나는 초조하게 느꼈다. 누군가가 빨리 나타나서 나를 이 거북스러운 장소로부터 데려가주기를 나는 은근히 소망했다.

점심때 나는 자장면을 먹었다. 난생처음 먹어보는 음식이었다. 그 맛이 너무나 신통했기 때문에 나는 주인 부부가 나를 위해 특별히 주문해온 음식으로 생각했다. 게다가 최근 몇 개월 동안 우리 가족은 굶주려온 편이었다. 나는 언제나 허기진 상태였던 것이다. 정신없이 그릇을 비우고 났을 때 나는 비로소 어머니와 누나의 얼굴을 떠올리고 콧날이 찡해졌다.

여주인이 말했다.

"가게 안은 언제나 청결해야 돼요. 진열장 유리나 홀 바닥이나 간에 수시로 걸레질을 해야 해. 그런 다음엔 가게 앞을 지키고 서 있다가 손님이 오면 공손하게 인사를 하고 안내를 해드려야 돼요……"

그러나 가게 안은 깨끗했다. 그처럼 깨끗하고 정돈돼 있는 곳을 나는 아직까지 본 적이 없었다. 너무나 완벽한 상태였기 때문에 나로서는 되레 현실감을 잃어버릴 정도였다. 게다가 낮 시간이어선지 찾아오는 손님도 드물었다. 따라서 내게 맡겨진 안내의 일도 수행할 기회가 별반 없었다.

점심을 먹고 났을 때 손님이 몇몇 찾아들었다. 나로서는 당연히 그들을 안내해야만 옳았다. 그러나 왠지 인사말조차 나오지 않았다. 손님이 나간 뒤에 나는 주의를 받고 얼굴을 붉혔다. 여주인의 태도는 그 인상만큼이나 밝고 유연했지만, 그러나 나로 하여금 자신이 처해 있는 위치에 대해 명백한 자각을 일깨워주기엔 충분한 것이었다. 그랬다. 나는 이제 온전한 내가 아니었다. 몇 가지 장래에 관한 약속을 받고 기왕에 팔려버린 그런 아이였다. 찾아오는 손님을 안내하고 수시로 걸레질을 하고, 자질구레한 심부름 따위를 하는. 그것이 아무리 하찮은 일들이라고 하더라도 이제부터는 오직 그것만이 내가 해야 할 일의 전부였다.

나는 단단히 작정을 하고 손님을 기다렸다. 젊은 여자 하나가 들어섰다. 지체 없이, 그러나 혼신의 노력을 다해 나는 말했다.

"어서 옵쇼. 무얼 찾으십니까?"

일단 뱉어놓고 보니 쉬운 말이었다. 나는 생각했던 것보다 한결 여유를 의식하며 손님 앞으로 다가갔다. 그녀는 멈추어 선 채 상품이 아니라 내 얼굴을 물끄러미 내려다보았다. 어디선가 본 듯한 느낌이 드는 용모였다.

용기를 내어, 그리고 한쪽 손을 쳐들어 어설픈 제스처까지 해보이며 나는 또 말했다.

"무얼 찾으십니까! 손님……"

말없이 그녀는 내 앞을 지나갔다. 그러고는 안쪽을 향해 소리쳤다.

"언니, 언니 없수?"

나는 황망히 안쪽을 돌아다보았다. 여주인이 그 밝은 얼굴에 웃음을 담은 채 나를 건너다보고 있었다. 헛발을 딛고 암팡지게 나동그라진 느낌이었다. 그리고 그것이 앞으로 10년, 혹은 20년 동안 내가 이 집에서 살아가는 모습이라고 생각되었다. 얼굴이 뜨겁게 달아올랐다. 나는 머리를 깊숙이 떨어뜨린 채 그들 사이에 오가는 대화를 듣고 있었다.

"새로 온 애유?"

"그래. 오늘부터 있기로 했다."

"어디서 데려왔수? 촌뜨기 같은데?"

"그런가 보더라. 어떠냐? 순진하면서도 영리해 보이지?"

"글쎄 또 알우? 지난번 아이처럼 손이 검은 녀석은 아닌지······"

가게 문을 닫아걸고 나서 저녁상을 받은 것은 10시가 지나서였다. 상에는 하얀 이밥에 생선 토막이 올라 있었다. 지난해 시골집에서 제사를 모시던 날 밤에 먹어본 이후로는 처음 대하는 음식이었다. 그러나 나는 그것을 반도 비우지 못했다. 마음은 가볍고 담백했다. 오후 내내 골똘히 생각한 끝에 나는 이미 결론을 내리고 있었던 것이다. 상을 물리자마자 나는 내 뜻을 밝혔다. 주인 부부는 물론 서운해했다. 우리 가정 형편과 세상 사는 일과 그리고 곽 씨의 체면까지 거론해가면서 나의 생각을 바꾸어놓으려고 그들은 백방으로 노력했지만, 그러나 나의 결심은 이미 확고부동하게 굳어져 있었다. 장가를 들고 내 가게를 얻는 일은 물론 중요했다. 뿐만 아니라, 진열장 유리 속의 그 오만 가지 물건들—목각의 호랑이와 까만 박쥐 우산과 금빛 나는 작은 단추들과 심지어 여자의 브래지어에 이르기까지 단 한 품목도 빼놓지 않고 골고루 하나씩 가질 수 있을지도 모를 행운을 포기한다는 일은 나로선 정말 서운한 노릇이었다. 그럼에도 불구하고 나의 결심은 흔들리지 않았다. 불결하고 냄새나는 그 궤짝 방으로 온전히 돌아가야만 한다고 나는 믿었던 것이다.

밤늦게 되돌아온 나를 어머니는 꾸짖지 않았다. 새삼스레 내 얼굴을 들여다보며 말없이 머리를 쓸어주었다. 누나는 더없이 반가워

했다. 흡사 잃어버렸던 동생을 되찾기라도 한 듯 누나는 몇 번이고 나의 작은 손을 꼭 쥐었다. 그러고는 똑같은 말을 자꾸만 되물었다.
"그래, 어떻데? 저녁은 먹었니? 정말 먹었어?"
나는 계속 머리를 끄덕였다. 우리의 초라한, 그러나 더할 수 없이 아늑하기만 한 방을 나는 둘러보았다. 사카린을 탄 술찌끼 그릇이 윗목에 놓여 있고 누나의 입에선 단감 내 같은 술 냄새가 났다.

19. 벙어리는 어떻게 우는가

여러 날째 아버지가 돌아오지 않았다. 몹시 걱정은 되었지만 행방을 수소문해볼 길은 막연했다.
어머니는 기동을 하지 않았다. 아랫목을 차지하고 조용히 드러누운 채 밤이건 낮이건 움직이지 않았다. 하기야 원래부터 다병한 사람이었다. 병고(病苦)는 그녀에게 있어서 어쩌면 가장 오래되고 유일한 벗이기도 했다. 그렇다고는 해도 최근 들어 눈에 띄게 부쩍 더 쇠약해진 건 숨길 수 없는 사실이었다. 오밤중에 문득 깨어나 귀를 기울이면 어머니가 끙끙 앓고 있는 소리를 일쑤 들을 수 있었다. 가족들이 다 잠이 든 시간에 그녀만이 오랜 친구와 괴로운 싸움을 벌이고 있었던 것이다. 하지만 그 때문에 새삼 몸져누울 어머니는 아니었다. 단지 아버지의 귀가를 어머니는 그런 식으로 기다리고 있을 뿐이라고 우리는 생각했다.
누나와 나는 자주 골목 밖으로 나와 서성거렸다. 때로는 통금 사이렌이 막 휩쓸고 지나간 한길까지 나가보기도 했다. 하지만 우리의 기대는 매번 실망만 안겨주었다. 어쩌면 아버지는 영영 돌아오지 않을지도 모른다는 생각을 우리는 은밀히, 그리고 조금씩 쌓아 갔다. 그 불행을 한꺼번에 맞아들이기엔 너무나 무섭고 끔찍한 일이었기 때문이다.

가을비가 차갑게 뿌리다 만 날이었다. 아침나절에 우리 골목의 최 반장이 집으로 찾아왔다. 작달막한 키에, 동네일 바지런히 보고 다니는 걸로 평판이 나 있는 사내였다. 뜻밖에도 그가 아버지의 소식을 가져온 것이었다.

최 반장과 어머니 사이에는 불과 서너 마디의 말밖에 오가지 않았다. 그러나 그것만으로도 누나와 나는 사태의 심각성을 단번에 알아챌 수 있었다. 최 반장을 따라 서둘러 방을 나서는 어머니의 얼굴은 깜짝 놀랄 만치 하얗게 핏기를 잃고 있었다.

아버지가 당하고 있는 불행을 우리가 알게 된 것은 그날 저녁 무렵이었다. 완전히 탈진한 모습으로 돌아온 어머니는 한동안 울기만 했다. 전에는 결코 없던 일이었다. 언제나 마음을 드러내지 않던 어머니였다. 일상의 온갖 애환도 당신의 고요를 깨뜨리지는 못했다. 그런 어머니가 우리 남매 앞에서 소리 내어 울고 있는 것이었다.

누나가 까닭도 모른 채 그 슬픔에 동참했다. 콧날이 자꾸만 매워 왔지만 그러나 나는 버틸 수 있었다. 등을 돌리고 선 채 나는, 신문지 쪼가리가 어지럽게 덕지덕지 붙어 있는 판자벽을 무심히 보고 있었다.

아버지는 경찰서 유치장에 있다고 했다. 무슨 물건인가를 자전거로 실어 나르다가 붙잡혔다는 얘기였다. 어머니는 그것이 장물인지 밀수품인지 혹은 군수품이나 다른 무슨 암거래품이었는지를 알고

있지 못했다. 그러나 어쨌든 그런 것을 실어 나르는 일은 법에 저촉
되는 행위였고 그래서 당연히 징역살이를 하게 되리라는 것이었다.
아버지가, 그 선량한 아버지가……

도대체 그 물건은 어디서 났고 어째서 아버지가 그것을 실어 나
르고 있었을까? 그 점 역시 알 수 없는 노릇이었다. 그러나 오직 한
가지 분명한 사실이 있었다. 즉 문제가 된 그 물건이 결코 아버지의
것은 아니라는 사실이 그것이었다. 그 점은 의심할 여지조차 없이
명백했다. 최근 몇 달 동안 아버지의 주머니 속에는 빨간 1원짜리 지
폐 한 장 들어 있지 않았다는 것을 우리는 잘 알고 있었기 때문이다.

나는 말없이 방을 빠져나갔다. 등 뒤는 고요했다. 사태는 변하지
않았지만 격정의 순간은 지나갔다. 어머니는 다시 평소의 자신으로
돌아갔다. 아랫목에 드러누운 채 고요히 눈을 감고 있었다. 어머니
는 무엇을 생각하는 것일까? 아버지의 불행은 돌이킬 수 없는 것이
라 체념했을 것이었다. 격렬한 울음 끝의 흐느낌만 메마른 딸꾹질
처럼 간간이 되풀이될 뿐이어서 우리 모두의 불행도 울음과 함께
끝이 난 것처럼 느껴졌다. 어쩌면 그것은 한바탕의 악몽에 지나
지 않는지도 모를 일이라고 나는 생각했다. 고물 자전거를 털털거
리며 돌아오는 아버지의 모습이 보일 것만 같은 기분이었다.

골목에는 아이들이 왁자지껄하게 떠들고 있었다. 그들이 입을 모
아 태길이를 놀려주고 있는 중이었다. 나는 방금 낮잠에서 깨어난
아이처럼 멍하니 선 채 그들의 합창 소리를 들었다.

    서울내기 다마내기
    맛 좋은 고래 고기

한강 다리 건너서
뭣 하러 왔나?
고래 고기 다마내기
먹고 싶어 왔다……

아이들은 몇 번이고 합창을 되풀이했다. 그러나 태길이는 조용했다. 꺼져가는 저녁 햇살이 엷게 내비치고 있는 판자벽에 등을 기대고 웅크려 앉은 채 질척한 길바닥을 꼬챙이로 하염없이 헤집고만 있었다. 그의 별난 어머니로부터 그는 또 한차례 매타작을 당한 뒤였던 것이다. 그를 놀려대던 아이들도 하나씩 둘씩 흩어져버렸다.

나는 골목을 천천히 걸어서 한길가로 나왔다. 그러나 더 이상 발길을 내디딜 만한 곳이 없었다. 나는 걸음을 멈추고 서서 길의 아래위쪽을 한동안 내다보았다. 길은 포장이 되지 않아 자욱한 먼지 속에 잠겨 있었다. 위장망을 둘러친 군용 트럭이 내 앞을 줄지어 지나갔다. 그리고 보이지 않는 시간도 그 뒤를 따라 느릿느릿 흘러갔다. 어둡고 혼탁한 때라고 선언하던 피난 학교 선생의 말이 기억났다. 우리 가족이 이 우스꽝스러운 도시로 이사를 온 지 몇 달이나 되는가를 나는 또 문득 헤아려보았다.

아버지가 냉차를 팔던 자리는 비어 있었다. 한 그루 왜소한 수양버들만 빛바랜 잎사귀에 먼지를 자욱이 뒤집어쓰고 있었다. 그러나 누나와 내가 풀빵을 굽던 자리는 낯선 여자가 차지하고 있었다. 타월을 머리에 두른 그녀의 모습은 최근에 도시로 흘러들어온 시골 아낙네임을 숨길 수가 없었다. 간신히 어른 손가락만 한 굵기의 햇고구마 몇 무더기가 목판에 놓여 있었다.

옆에서 갑자기 이상한 소리가 들려왔다. 나는 그쪽으로 시선을 돌렸다. 우리가 흔히 '뻘찌학교'라고 불러온, 한길가의 그 허름한 건물 속에서 한 떼거리의 아이들이 몰려나오고 있었다. 꼭 나만 한 또래의 아이들이었다. 그러나 그들은 장난감 같은 우리 판자촌 마을의 아이들은 아니었다. 시내 곳곳에서 모여든 아이들임을 나는 잘 알고 있었다. 그들은 모두 벙어리였던 것이다.

나는 한동안 그들의 모습을 지켜보고 있었다. 수다스러운 손짓과 그들 특유의 기성을 내지르면서 그들은 뿔뿔이 흩어져갔다. 그리하여 맨 마지막 한 아이까지 사라지고 난 후에야 나는 돌아섰다. 그동안 까맣게 잊어버렸던 시골 마을이 비로소 눈앞에 선연히 떠올랐다. 내가 다니던 학교와 그 아이들을 나는 기억해냈고, 내가 그곳에서 마지막 가졌던 학예회를 생각해냈다. 그랬다. 우리는 「뻐꾸기 왈츠」를 합창했고, 동극 「팔려가는 당나귀」를 공연했었다. 나는 또 「금고기」 이야기로 갈채를 받았고 미래의 면장감으로도 인정을 받았었다. 그러나 나는 이제 아버지마저 잃어버린 아이가 되어 있었다. 울음이 목울대까지 차올랐지만 그러나 나는 울지 않았다. 나는 아직 우는 법을 익히지 못한 벙어리였기 때문이다.

제II부 굶주린 혼

1. 잠자리

　아버지가 없는 그해 가을은 세상이 죄다 텅 빈 것 같았다. 우리 집 궤짝 같은 방이 그렇게 크고 허전해 보일 수가 없었다. 어머니는 가을이 기울도록 내내 누워만 지냈는데 그 점이 내게는 되레 위안이 되었다. 그나마 조금은, 허전한 공간을 메우고 있었기 때문이다.
　마을 아이들은 한동안 잠자리 채집에 정신들이 팔려 있었다. 그 일에 너무나 홀딱 빠져든 나머지 서울내기 태길이를 골려줄 생각조차 까먹었을 정도였다. 그 친구를 위해서는 다행한 일이었지만 잠자리들에게는 수난이 아닐 수 없었다.
　우리들의 사냥터는 주로 마을 옆 천변이었다. 한때는 맑은 물이 폭넓게 흘렀음 직한 그 하천은 심하게 오염되어 있었다. 우리의 판자촌은 물론이고, 도시의 그 많은 가정으로부터 버려진 물이 죄다 이 하천으로 흘러드는 듯했다. 그래서 탁하고 악취 나는 물을 들여다보고 있노라면, 우리들의 도시가 그 뿌리부터 온통 썩어가고 있는 것처럼 느껴졌다. 바로 그런 곳에 그렇게나 작고 섬세하고 때깔 고운 생명체가 떼를 지어 날아든다는 사실은 확실히 하나의 경이였다.

별일이 없는 한——언제나 별일이 없었지만——나는 거의 날마다 이 천변에서 하루해를 지우곤 했다. 친구 태길이가 좋은 짝이 되어 주었다. 그는 잠자리 채집에도 남달리 영악한 재주가 있었다. 덕분에 그와 함께 행동하는 날은 내 열 손가락이 모자라도록 많은 잠자리를 포획할 수 있었다. 가을날 햇살이 물처럼 말갛게 흘러내리는 공간 속을 무리 지어 너울너울 날아다니고 있는 잠자리 떼를 단 한 번이라도 눈여겨본 적이 있는 사람이라면, 그 몸짓들이 얼마나 섬세한 물결을 우리의 마음속에 일렁이게 하는가를 너무나 잘 알고 있으리라. 내가 이 일에 매료당한 절반의 이유는 바로 그 점에 있었다. 태길이가 포충망을 들고 뛰어다니는 동안 내가 할 일이란 기왕에 잡아들인 잠자리들을 잘 건사하는 일이었다. 나는 손가락 사이마다 그것들을 낀 채 하천 위를 낮게 날고 있는 잠자리 떼를 망연히 지켜보곤 했다.

그랬다. 가을은 속이 온통 비어 있는 계절이었다. 티끌 한 점 없이 파랗게 드리워져 있는 하늘이 그랬고, 물처럼 말갛게 흘러내리는 햇살이 그랬다. 적어도 거기에만은 지난 전쟁이 아무런 상흔도 남기지 못한 셈이었다. 감추어진 것은 아무것도 없었다. 눈에 띄는 모든 사물들은 제각기 텅 빈 속을 훤히 드러내고 있었다.

그렇다고는 해도 잠자리들처럼 투명한 생명체가 또 어디 있을까. 가을 햇살의 무늬이듯 아른아른 날아오르는 잠자리 떼를 보고 있노라면 나는 일쑤, 콧날이 맹해지곤 했다. 가진 것이라곤 아무것도 없는, 그래서 보다 맑고 정갈한 생명들이었다. 다병한 어머니의 얼굴을 나는 자꾸 연상했다.

나는 내 열 개의 손가락 사이마다 날개를 접힌 채 가지런히 끼여 있는 잠자리들을 들여다보았다. 고추잠자리는 무엇보다 우선 그 몸매가 고왔다. 열 개의 마디마다 주홍빛 물감이 손끝에 묻어날 듯했다. 된장잠자리는 삼각형의 흑색 무늬 때문에 다소 꺼림칙한 느낌을 주었다. 누런 몸통 끝부분에 가지런히 찍혀 있는 세 개의 얼룩무늬를 보고 있노라면 매번 기분이 언짢아지곤 했다. 가슴통 양쪽에 세 줄의 검은 선이 그어져 있는 고추잠자리의 경우도 마찬가지였다. 특히 누런 빛깔의 암컷은 언제나 우울하고 불길한 느낌을 갖게 했다. 이 무렵엔 도무지 구경하기 힘든 것이긴 하지만, 어쩌다 간혹 걸려드는 밀잠자리도 느낌은 마찬가지였다. 몸통 하나 가득히 묻어 있는 흰 가루가 내게는 도무지 못마땅했다. 그것이 손끝에 묻어날 때마다 나는 영 질겁을 하곤 했다. 이들에 비해 대모잠자리는 무엇보다 그 흑갈색의 무늬가 아름답게 느껴졌다. 투명한 두 개의 날개 끝에 선명하게 박혀 있는 그 흑갈색 무늬를 나는 오래도록 들여다보며 거듭 찬탄해마지않았다.

그러나 내가 그것들에 매료당했던 가장 큰 이유는 실상 다른 데에 있었다. 그처럼 연약하고 섬세한 몸통과 가늘고 긴 세 쌍의 다리와 그리고, 명주올 같은 맥(脈)을 제하고는 온통 투명하기만 한 두 쌍의 날개에도 불구하고 어째서 거의 모든 잠자리들은 투박한 머리와 육식용(肉食用)의 단단한 구기(口器)와 한 쌍의 크고 불량한 겹눈과 그리고, 끌 같은 턱을 지니고 있는지…… 그 불가해한 모순이 나를 강하게 사로잡았던 것이다.

친구 태길이가 지친 얼굴로 돌아왔다. 포충망 속엔 또 한 마리의 잠자리가 들어 있었다. 우리는 손 대신 발로 가위바위보를 했다. 그가 이겼다. 나는 그의 앞에 내 두 손을 내밀었다.

열 개의 손가락 틈새마다 그날의 포획물이 촘촘히 박혀 있었다.

그가 왼손 것을 택했다. 바른손 것은 자연히 나의 몫이었다. 우리는 천천히 집을 향해 걸었다. 무슨 보석 반지처럼 잠자리들을 손가락 사이에 잔뜩 낀 채였다. 몹시 허기가 졌기 때문에 머리통을 이고 가기가 힘겨웠다.

어머니는 여전히 누워 있었다. 왠지 안심이 되었다. 그 머리맡에서 누나가 나를 돌아보았다. 뽀얀 얼굴이었다. 저녁 어스름 속에서도 아주 메말라 보이는 얼굴이었다. 나는 벽에 기대선 채 한동안 입을 떼지 않았다. 그리고 생각했다. 그래, 우리는 기다리고 있는 거다. 고물 자전거를 털털거리며 아버지가 돌아오기를. 어쩌면 오늘 밤쯤 그 소리를 다시 들을 수 있을지도 모른다고 나는 생각했다.

"많이두 잡았네……"

누나가 말했다. 나는 고개를 끄덕여주었다. 그러고는 잠자리를 한 마리씩 천천히 놓아주었다. 장난감 같은 우리들의 방, 그 좁은 공간 속을 그것들은 어지러이 날아다녔다. 마치 여위고 굶주린 혼백처럼 더할 수 없이 나약하고 투명한 몸짓으로…… 육식이 아니라 설사 풀을 먹는다 해도, 또는 그 끝에 맺힌 이슬만 취한다고 해도 우리는 결코 그들처럼 투명한 넋을 지닐 수는 없으리라고 나는 생각했다.

그러나 오직 한 사람 어머니만은 잠자리의 날개로도 견줄 수 없을 만큼 투명한 영혼을 지니고 있다고 나는 믿었다. 물 외에 다른 아무것도 당신은 취하지 않았다.

    2. 빵과 말씀

    일요일이면 아이들은 교회로 몰려갔다. 우리 판자촌 아이들은 거의가 유년 주일학교에 등록되어 있었다. 피난 학교에 다니는 일을 끔찍이 싫어하거나 또는, 친구 태길이처럼 아예 발길조차 하지 않는 아이들까지도 일요일의 유년 주일학교만은 단 한 번도 거르는 법이 없었다. 우리는 모두 착실한 개근생들이었다.
    교회는 마을에서 가까운 언덕배기에 있었다. 커다란 군용 천막 두 개와 조그마한 종을 매단 종루 하나가 전부인, 가난한 마을의 개척 교회였다. 그곳에 이르는 길과 좁은 마당에 언제나 검은 코크스 부스러기가 쌓여 있었다. 바로 곁에 있는 무슨 주물 공장의 용광로에서 타고 남은 찌꺼기들이었다. 그래서 아무리 조심을 해도 우리들의 발바닥은 금세 새까맣게 더러워져버리곤 했다.
    두 개의 천막 중 하나가 우리 유년주일학교를 위한 것이었다. 거의 아무런 장식도 없는 방이었다. 그도 당연한 것이 거기서 온전히 남아날 수 있는 것이라곤 아무것도 없었을 테니까 말이다. 거침없이 우리는 그곳을 점거했고, 그리고 각다귀 떼처럼 소란을 피워댔다. 몸을 사리고 있을 이유란 없었다. 일용할 양식과도 같은 부모의 저 잦은 꾸중과 매서운 회초리를 이 순간만은 의식하지 않아도 좋았다. 적어도 유년주일학교에서만은 거의 무한량의 면책 특권이 우리에게 주어져 있다고 생각했고 그래서 용서받지 못할 일이란 있을 수조차 없다고 우리는 믿었다. 태길이가 마룻바닥에다 망측한 그림을 못 끝으로 새긴 짓이라든가, 또 우리들 중 몇 녀석이 천막의 끈을 잘라내 줄넘기를 한 일 따위도 그래서 가능했다. 그런 일 때문에 매를 맞거나 쫓겨난 녀석은 아무도 없었다.

우리 유년반 선생들은 이 부잡스런 양 떼를 언제나 잘 통솔했다. 발바닥만이 아니라 손도 마음도 검은 어린양들을 조용히 잠재우는 데엔 그리 긴 시간이 필요치 않았다. 웃음 띤 얼굴로 선생은,

"자, 우리 다 함께 찬송가 한 곡 부릅시다. 찬송가 제110장 선한 목자 되신 우리 주, 다들 잘 알고 있지요? 아는 사람은 큰 소리로, 모르는 사람은 아주 조그맣게. 자, 다들 시이작!"

하고 힘차게 팔을 내저었다. 그러면 아이들은 금방 노래 속으로 속절없이 빠져들고 마는 것이었다.

"계속해서 제100장 참 아름다워라 주님의 세계는, 시이작!"

노래는 우리 마음속의 온갖 불순한 충동들을 쉽게 잠재워주었다. 연거푸 서너 곡을 부르고 나면 우리는 어느새 작고 순한 양들이 되어 있었다. 여러 가지 이야기를 우리는 들었다. 십자가에 매달린 나사렛 예수와 그가 행한 온갖 이적들을 우리는 그 초라한 천막 속에서 다시 보았다. 가시의 관이 머리에 씌워지고 기다란 못이 손바닥에 꽝꽝 박힐 때 아이들은 모두 얼굴을 찡그렸다. 우리들 중 단 한 녀석이라도 그 아픔을 느끼지 못한 자가 있었다고는 결코 믿기지 않는다. 개중에는 더러 외마디 비명을 내지르거나, 또는 아주 메마른 딸꾹질 소리 같은 것을 되풀이하는 아이도 없지 않았던 것이다.

실제로 조그만 소동이 일어난 적도 있었다. 내 또래의 계집아이 하나가 갑자기 발작을 일으킨 때문이었다. 그 계집애는 우리와 이

웃한 골목에 살고 있었으므로 내게는 꽤나 낯익은 아이였다. 핏기 한 점 없이 파리한 얼굴에 언제나 겁먹은 눈을 하고 다니는 그런 애였다. 내가 들은 바로는 전쟁이 났을 때 그녀는 다섯 살이 채 못 되었다고 했다. 고향인 황해도 회령 땅에선 착실한 예수꾼이었고 지금은 통운 창고에서 손수레를 끌고 있는 그의 아버지는 휴전선을 넘어올 때 커다란 광목 자루 하나만 달랑 둘러멘 채였는데 나중에 그 속에서 꺼내놓은 게 바로 그 계집아이더라는 것이다. 덕분에 그녀는 우리 이웃의 하나가 되어 있기는 했지만, 평소에도 몹시 선병질적인 체질을 드러내왔었다.

우리는 그 계집아이의 주위로 몰려들었다. 그러고는 작은 이적을 묵묵히 내려다보았다. 눈을 하얗게 까뒤집은 채 그녀는 마룻바닥에 모잽이로 쓰러져 있었다. 입가엔 끈적끈적한 타액이, 그리고 창백한 이마엔 구슬 같은 땀이 송골송골 맺혀 있었다. 코크스 부스러기 때문에 까마귀발을 하고 둘러선 우리들은 누구 하나 입을 열지 못했다. 그러나 저마다 선연히 의식할 수가 있었다. 그녀는 분명 앓고 있었던 것이다. 그 작고 허약한 몸뚱어리가 마구 뒤틀릴 만큼 너무나 가혹하게 앓고 있었기 때문에 우리의 조그만 가슴들이 죄다 마른 장작개비들처럼 빠개질 지경이었다.

하지만 우리를 신명나게 하는 이야기도 얼마든지 있었다. 나사렛 예수가 행한 갖가지 이적이 바로 그러했다. 문둥병을 고치고 앉은 뱅이를 일으켜 세우며, 벙어리를 말하게 하고 마귀에게 사로잡힌 아이를 구하며, 또 물 위를 걷고 무화과나무를 말라 죽게 한 이적들에 우리는 경악과 찬탄을 금치 못했다. 그러나 그 많은 이적들 중에서도 우리의 마음을 가장 절실하게 사로잡은 것은 게네사렛 대안

(對岸)의 빈 들판에서 보인 기적이었다. 빵 다섯 개와 물고기 두 마리로 5천 명의 장정을 배불리 먹게 한 다음 남은 조각들을 주워 모으니 열두 광주리에 가득 찼다고 선생이 말했을 때 우리는 일제히 탄성을 내질렀던 것이다. 발을 구르고 박수를 치는 녀석까지 있을 정도였다.

"그뿐만이 아닙니다."

선생은 빙글빙글 웃으며 이야기를 계속했다.

"「마태복음」 제15장 32절로부터 38절을 보면 또 이렇게 씌어져 있습니다. 예수께서 제자들을 불러 가라사대 내가 무리를 불쌍히 여기노라. 저희가 나와 함께 있은 지 이미 사흘이매 먹을 것이 없도다. 길에서 기진할까 하여 굶겨 보내지 못하겠노라. 제자들이 가로되 광야에 있어 우리가 어디서 이런 무리의 배부를 만큼 떡을 얻으리이까. 예수께서 가라사대 너희에게 떡이 몇 개나 있느냐. 가로되 일곱 개와 작은 생선 두어 마리가 있나이다 하거늘 예수께서 무리를 명하사 땅에 앉게 하시고 떡 일곱 개와 그 생선을 가지사 축사하시고 떼어 제자들에게 주시니 제자들이 무리에게 주매 다 배불리 먹고 남은 조각을 일곱 광주리에 차게 거두었으며 먹은 자는 여자와 아이 외에 4천 명이었더라······"

우리는 다시 함성을 질렀고 더러는 휘파람을 휙휙 불어젖히기도 했다. 배고픔을 깨달은 것은 바로 그다음 순간의 일이었다. 거의 대부분의 아이들은 만성적인 공복감에 시달리고 있었던 터였다. 풍요한 말씀의 향연에 도취되어 있던 아이들은 그새 깜박 잊고 있던 용건을 그제야 황망히 기억해냈다. 그리고는 예배가 채 끝나기도 전에 우르르 밖으로 몰려나갔다.

코크스가 깔려 있는 좁은 마당엔 어느새 기다란 줄이 생겼다. 한결같이 오종종하게 찌들고 허기진 얼굴들이었다. 경이와 외경으로 가득 차 있던 눈망울들은 이제 영악하게 반들거렸다. 호주머니 속에 넣어 왔던 밀가루 부대며 시멘트 봉지 따위를 저마다 하나씩 꺼내들고서 우리는 초조하게 차례를 기다렸다. 허기가 가장 짙게 느껴지는 순간이었다. 재빠른 녀석들은 벌써 자기 몫을 받아들고 기세 좋게 언덕길을 달려 내려갔다. 아직 차례를 기다려야 하는 쪽은 그럴수록 더 마음이 탔고, 그래서 줄이 자꾸만 흐트러졌다. 비록 맨 꽁무니에 서 있는 아이라고 해도 빈손으로 돌아가게 한 적은 결코 없다는 사실을 너무나 잘 알고 있으면서도 말이다. 내 차례를 지키기가 나는 언제나 버거웠다.

마침내 나의 몫을 받아들었을 때 나는 기쁨보다 더 큰 허전함을 항용 맛보곤 했다. 탈진한 몸으로 돌아서면 친구 태길이가 어릿광대처럼 허연 입을 하고 서 있었다. 그의 등 뒤로 우리의 마을이 잘 내려다보였다. 판자와 루핑과 깡통 쪼가리로 누덕누덕 기워놓은 그 마을이야말로 무언가 엄청난 기적 같은 것이 조만간 일어나리라고 믿어졌다. 그 밖에, 우리 가족과 이웃들이 기대할 수 있는 일이라곤 아무것도 없다고 생각되었다.

나는 몹시 지치고 허기가 졌지만, 그러나 어머니와 누나가 기다리고 있는 집을 향해 천천히 뛰기 시작했다. 태길이가 다시, 한 줌의 전지분유를 집어내 어릿광대처럼 허연 입에다 털어넣으며 내 뒤를 스적스적 쫓아왔다.

3. 하느님도 당하지 못해

누가 먼저 길을 텄는지 모를 일이나, 우리들 중 일부는, 교회 못지않게 성당에도 열심히 드나들었다. 그곳에서 아이들이 받아오는 것은 전지분유 대신 노란 옥수숫가루였다. 그것도 한 번에 두 됫박씩이나…… 나는 그것이 탐났다. 우리 3인 가족이 적어도 이틀은 버틸 수 있는 양이라고 판단되었기 때문이다.

실용성에 있어서도 그랬다. 전지분유를 우리의 위장은 제대로 소화해낼 능력이 없었다. 생식을 하든 화식을 하든 어느 경우나 마찬가지였다. 간신히 공복을 달래고 나면 위장은 금세 홍수를 일으켰다. 저 만인을 위한 최소 공간을 황망히 서너 차례 드나들고 나면 종당엔 오금이 잘 떼어지지 않곤 했다. 그래서 분유는 언제나 우리들의 입을 위해서만 봉사했다.

그에 비해 옥수숫가루는 한결 실속이 있었다. 조리법 또한 다양하여 묽게 쑤면 죽이 되고, 좀 되게 쑤어 식히면 묵이 되었다. 더러는 노랗고 고슬고슬한 떡을 만들었고, 또 더러는 곱게 빻아 미숫가루 대용으로 삼았다. 오직 한 가지, 맛을 제하고 나면 그것은 우리의 일용할 양식으로 손색이 없었다.

성당은 꽤나 먼 곳에 있었다. 도시의 중심부에 위치하고 있는 관계상 그곳과 인연을 맺기 위해서는 몇 개의 번화가를 지나다니지 않으면 안 되었다. 그 점이 나를 망설이게 한 첫번째 이유였다. 나는 아직도 도시의 거리를 두려워하는 시골뜨기였다. 게다가 내게는, 저 피난 학교로 전학을 온 첫날 여지없이 사냥을 당한 기억이 생생하게 남아 있었다. 한 떼거리의 아이들 속에 묻어서 가면서도 도무지 불안감을 털어버릴 수가 없었다. 덫은 거리의 도처에 감추어져 있다고 나는 생각했다. 전후의 도시가 아니라 흡사, 공룡들만 우글거리고 있는 중생대(中生代)의 초원을 걸어가고 있는 기분이었다.

그러나 내가 성당에 가는 일을 주저했던 보다 큰 이유는 내 마음 속에 있었다. 일테면 교회와 성당 양측과 내가 동시에 거래를 갖는다는 일은 무언가 온당치 못한 행위로 의식되었던 것이다. 의식(儀式)이나 교리의 문제가 아니었다. 내게는 그런 것을 분별할 능력이 없었을뿐더러, 솔직히 고백하자면 어차피 그런 것엔 관심이 없었다. 내가 관심을 둔 것은 소량의 전지분유, 혹은 두 됫박의 노란 옥수숫가루였다. 물론 교회나 성당 어느 쪽에서건 그런 것을 나누어주는 대가로 자기네 신앙을 강요한 적은 없었다. 그렇다고는 해도, 최소한의 분별심은 필요하다고 나는 생각했다. 그곳이 성당이 아니라 또 다른 교회라도 사정은 마찬가지였다. 동시에 두 개의 교회와 거래를 갖는다는 일 역시 나로서는 비난받아 마땅한 행위로 생각되었다.

이런저런 사정 때문에 성당을 찾아간 첫날 나는 몹시 부끄러움을 탔다. 마주치는 눈길마다 나의 치사한 행위를 꿰뚫어보는 듯했다. 게다가 줄은 길고 진행은 더디었다. 아이들만 아니라 덩치 큰 처녀와 젖먹이 딸린 아낙네와 그리고 나이 많은 할머니 들까지 상당수 끼여 있었다. 그 점이 나를 더 부끄럽게 했다. 고개를 숙인 채 차례를 기다리면서 내가 줄곧 작심한 것은 이제부터나마 교회와는 거래를 끊어야겠다는 점이었다. 분유를 포기해야 한다는 사실은 몹시 서운했으나 그 대신 옥수숫가루를 타내는 일엔 당당할 수 있으리라고 믿어졌기 때문이다.

그때 앞에 서 있던 태길이가, 몹시 지겨운 얼굴로 주위를 둘러보다 말고 갑자기 말했다.

"야, 저기 좀 봐. 저 계집애도 여기까지 왔는데 그래?"

나는 태길이가 가리키는 곳을 보았다. 그랬다. 언젠가 마을의 천막 교회에서 갑자기 발작을 일으켜 우리를 놀라게 했던 그 계집아이가 분명히 거기 서 있었다. '아버지의 광목 자루' 속에서 나온 그녀는 여전히 핏기 한 점 없이 창백한 얼굴에 몹시 피로하고 병약한 눈빛을 한 채였다.

"쟤네 아버진 우리 교회 집사잖아?"

태길이가 다시 소곤댔다. 나는 아무런 대꾸도 하지 않았다. 줄줄이 늘어서 있는 사람들 사이에서 그 계집아이의 모습은 창호지 한 장 정도의 질량으로밖에 느껴지지 않았다. 그나마 금세 구겨져버릴 것만 같은 그런 기분이었다.

태길이는 아주 흐뭇해했다. 나와 마찬가지로 그도 초행이었던 것이다. 나의 기쁨도 그에 덜하지는 않았다. 어깨에 둘러멘, 단지 두 됫박의 중량이 그처럼 마음을 넉넉하게 할 수가 없었다. 별스런 일이 없는 한 1주일 후에도 그것은 약속되어 있었다. 그리고 그 1주일 후에도 마찬가지일 것이라고 믿겼다. 갑자기 부자가 된 그런 기분으로 나는 아이들의 뒤를 부지런히 쫓아갔다. 마침 번화가의 네거리를 지나가던 중이었지만 먼저처럼 그렇게 주눅이 들진 않았다. 행인들이 호기심 많은 시선을 보내왔다. 그러나 그렇게 부끄러울 것도 없다고 나는 생각했고 다음 주엔 누나도 데려와야겠다고까지 마음먹었다. 예의 계집아이가 그림자처럼 소리 없이 우리 뒤를 따라오고 있었다. 걔네 아버지의 하나님이나 우리가 새로 찾아낸 하느님이나 결국은 엇비슷한 분일 것이라고, 다소 모호하고 자신없는 노릇이긴 하지만 어쨌든 나는 그 아이를 위해 대충 그렇게 결론지어두었다.

하지만 성당에 걸었던 나의 기대는 지나치게 성급한 것이었다. 아니, 너무 때늦은 것이었다. 한 주일에 단지 두 됫박의 옥수숫가루일망정 그것을 필요로 하는 사람들이 우리 말고도 너무나 많이 몰려들었기 때문이었다. 내가 세번째 걸음을 했을 때 사정은 이미 달라져 있었다. 궁여지책이었으리라. 성당 뜨락엔 드럼통만 한 가마솥이 서너 개나 걸린 채 묽고 누런 옥수수죽을 대량으로 끓여내고 있었던 것이다.

그날부터 우리가 나눠 받은 것은 두 됫박 용량의 옥수수죽이었다. 당연히 자루나 시멘트 봉지 대신에 주전자며 냄비며 바께쓰 따위가 동원되었다. 그런 것을 저마다 하나씩 쳐든 우리 패거리가 번화한 거리를 지나올 때마다 숱한 행인들이 던져오던 그 기이한 눈빛과 웃음을 나는 결코 잊을 수가 없다. 누나를 끌어들이지 않은 것은 역시 잘한 일이었다고, 아이들 속에 묻어서 묵묵히 발걸음을 떼놓으며 나는 고작 그런 생각만 부질없이 되풀이하곤 했다.

"하느님도 당하지 못해……"

우리들 중 큰 아이가 킥킥대고 웃으며 말했다.

"아마 그분 호주머니도 머잖아 바닥나고 말 거란 말이야."

아이들은 왁자하게 웃었고 나는 「마태복음」에 기록된 이적들을 생각했다. 아무 일도 일어나지 않았다.

4. 공원

집을 나서서 10분쯤 걸으면 공원에 닿을 수 있었다. 우리의 도시에서는 오직 하나뿐인 공원이었다. 그곳에는 활터가 있고, 낡은 정자가 두 개나 있으며, 옛 토성(土城)의 일부가 허물어진 채로나마 남아 있었다. 그 밖에 작고 아담한 호수와 향토 출신 시인의 시비(詩碑)도 있었다.

그러나 공원이라고 이름하기엔 너무나 황폐한 곳이었다. 나무들은 왜소했고 호수는 악취를 풍겼다. 심하게 훼손된 잔디는 그 강인한 생명력에도 불구하고 도저히 회생될 가망이 보이지 않았다. 헐벗은 구릉들은 산사태가 남긴 크고 작은 흔적들을 을씨년스럽게 드러내고 있었다. 지난 전쟁 중엔 한때 이 도시의 인구보다 더 많은 난민들을 수용한 적도 있다는 장소였다. 돌계단 하나, 나무 한 그루에도 지난 시련의 흔적이 역력히 남아 있었다.

햇빛이 물처럼 말갛게 젖어내리던 것으로 보아 가을이 꽤나 깊었던 때라고 짐작된다. 이 무렵엔 극성스럽게 꾀어들던 잠자리 떼도 뜸해지고 그것을 사냥하는 일에도 시들해진 나는 자주 이 공원을 오르내렸다. 텅 빈 하루해를 메우기엔 그런대로 안성맞춤인 장소였다. 아무 할 일도 없고 호주머니마저 텅텅 빈 사람들이 그곳엔 휴지처럼 널려 있었다. 박보 장기와 뺑뺑이 판과 고누놀이와 싸움판 따위를 기웃기웃하면서 나는 무료하고 허기진 시간들을 때웠다.

공원 입구의 첫번째 돌계단에 그녀는 언제나 앉아 있었다. 내가 아는 한 그 자리를 바꾼 적은 거의 한 번도 없었다. 쪽 찐 머리를 타월로 단정히 둘러싼 모양도 한결같았다. 뿐만 아니라 땅바닥에 깔아놓은 헌 신문지, 그 위에 서너 개씩 쌓아올린 홈집투성이의 사과, 그리고 손님을 기다리는 그녀의 담담한 눈빛까지도 판에 박은 듯 변함이 없었다. 그녀는 언제나 그런 식으로 좌판을 벌이고 있었던 것이다.

하지만 단지 그런 이유들뿐이라면 그녀만이 유독 내 눈길을 끌 상황은 아니었다. 그녀 외에도 그런 식으로 좌판을 벌이고 있는 장사치들은 얼마든지 널려 있었다. 내가 무심히 그 곁을 지나쳐버릴 수 없었던 것은 그녀의 기이한 버릇 때문이었다.

한눈에도 그녀의 상품들은 지극히 불량했다. 산지(産地)에서라면 진작 돼지우리에나 쓸어 넣었을 정도로 홈집투성이에다 심하게 썩은 사과들뿐이었다. 아무리 싼 게 비지떡이라고 해도, 그리고 비지나마 흔치 않은 세상이라고는 해도, 그런 것을 상품으로 내놓기에는 적잖이 낯 뜨거운 노릇이라고 생각되었다.

하지만 그녀는 태연했다. 취할 수 있는 부분보다도 내버려야 할 부분이 더 많은 사과들을 헌 신문지 위에다 네 개 또는 다섯 개씩 모듬을 지어놓고 아주 천연덕스러운, 또는 백치처럼 무표정한 그런 얼굴로 그녀는 하염없이 앉아 있는 것이었다. 제철이 지났는데도 쇠파리와 날파리들이 좌판 주위로 꾀어들었다. 그들에게라면 더할 나위 없이 훌륭한 성찬이었으리라. 좌판으로 집요하게 엉겨드는 날것들을, 그러나 그녀는 쫓지 않았다. 흡사 그들을 위해 좌판을 벌여놓기라도 한 듯 그녀는 얼마든지 그대로 방치해두었던 것이다. 참으로 푸짐한 보시(布施)였다.

하기야 그녀의 좌판을 기웃거리는 손님이라곤 단지 그런 것들뿐이곤 했다. 단 한 알의 사과일지언정 그녀로부터 사 먹는 사람을 나는 거의 구경한 적이 없는 터였다. 어쩌다 간혹 그곳을 기웃거리던 사람도 종당엔 야릇한 얼굴로 돌아서버리곤 했기 때문이었다. 그녀는 조금도 서운해하지 않았다. 그럴 때마다 백치 같은 웃음을, 그 고요한 얼굴에 잠시 떠올렸을 따름이었다.

그녀의 기이한 버릇은 그다음에 드러났다. 그동안 깜빡 잊고 있기라도 한 것처럼 그녀는 불현듯 사과를 집어드는 것이었다. 그러고는 나무젓가락처럼 메마르고 긴 손가락 끝으로, 그것도 지금껏 온갖 쇠파리와 날파리들이 게걸스럽게 엉겨붙어 있던 부위만 후벼내어 얌전히 입으로 가져갔다. 군것질하는 아이들처럼 아주 조금씩 조금씩 아껴가며…… 그렇게 썩은 부분만 알뜰히 파먹은 다음 그녀는 곧 다른 것과 바꾸어 들었다.

그녀에게서 나는 왜 어머니를 연상했는지 모를 일이다. 비록 황폐한 모습이긴 해도 공원에 내리는 햇살은 내 비어 있는 위(胃)처럼 가볍고 명징했다. 똑같은 가을 햇빛이지만 그러나 우리의 마을을 적시고 있는 것은 칙칙하고 건조했다. 하루해를 다 채우지 못한 채 지척지척 귀로에 오른 나는 비좁고 질척한 판자 골목 여기저기에 낡은 기저귀처럼 내걸려 있는 저녁 햇살을 볼 수 있었다. 깔고 앉아 있던 헌 신문지 한 장 남김없이 채곡채곡 좌판을 걷어 머리에 이고서 어딘가로 총총히 사라져가던 그 여자를 나는 또 문득 떠올렸다. 썩은 사과 조각들로 가득 차 있는 위장을 상상해보았다. 적어도 허기를 면할 수는 있으리라고 생각되었다. 심한 공복감에 부대껴온 하루가 비로소 아득하게 돌아 보였다.

5. 썩은 사과 한 알

마을 사람들이 죄다 가난했다고는 말할 수 없다. 고물상을 하는 곽 씨, 양키 시장에서 난전을 벌이고 있는 한 씨, 부인이 달러 장사를 하고 있는 최 반장 댁 등은 소문난 알부자들이었다. 그들이 정말, 궤짝 같은 방구석 어딘가에 빳빳한 돈다발들을 숨겨두고 있었는지 어쨌는지는 자신할 수 없다. 그러나 마을 사람들은 죄다 그렇게 믿었고, 내가 알기로도 이 반열에 들 수 있는 사람은 몇몇 더 있었다. 일테면 원폭병 환자 김 씨도 그중의 하나였다.

김 씨는 보다 큰 전쟁의 희생자였다. 팔척장신에 크고 부리부리한 눈을 가진 그는 한때—모국까지 포함하여—서너 개 나라의 국경을 바자 울타리 넘나들듯하며 살았었다고 했다. 질풍노도와도 같은 그 격정의 마지막 시기에 그가 잠시 몸담고 있었던 곳은 불행히도 히로시마였다(혹은, 나가사키였는지도 모를 일이다). 악몽 같은 그해 8월 6일이었다(혹은, 사흘 후인 9일이었다). 아침부터 날씨는 쾌청했다. 그 하늘에 은익을 반짝이는 비행 물체가 고공 높이 떠 있었다. B29였다. 꼬리짬에서 흘러나온 비행운이 하늘을 곱게 갈라놓았다. 그뿐이었다.

그것은 전시(戰時)의 하늘이라고는 믿기지 않을 만큼 티 없이 맑고 아름다운 한 폭의 그림이었다. 김 씨는—그렇게 말했다—불현듯 고향을 생각했고, 놓쳐버린 연을 아쉬워하던 유년 시절의 한때를 추억했다고 한다. 그 누구도 일찍이 경험해본 적이 없던, 한 마당의 거대한 빛과 소리가 산산조각으로 화폭을 찢어발긴 것은 바로 그다음 순간의 일이었던 것이다.

　눈을 떴을 때—몇 번이나 그는 거듭 말했다—맨 먼저 가슴에 와 박힌 것은, 나는 두 번 다시 일어설 수 없으리라는 예감이었다고 김 씨는 말했다. 불행히도 그 예감은 적중했다. 그것을 암처럼 가슴에 지닌 채 그는 이날까지 누워서만 살아오고 있는 터였다. 이따금 김 씨의 집 안을 기웃거려보면, 그는 언제나 베개를 높이 한 채 잠든 것처럼 누워 있었다. 꿈속에서도 자주 끔찍한 경험을 한다고 했다. 이따금씩 김 씨가 내지르는 비명 소리를 우리는 들을 수 있었다. 그 개인에게는 너무나 길고 긴 2차대전(大戰)이었다. 때로는 벌건 대낮에도 궤짝 같은 그의 방 천장에 B29의 은익이 떴고, 그러면 이미 일흔의 일흔 번에 해당하는 원폭이 또다시 그의 작은 우주를 박살내버리곤 하는 것이었다.

　"빌어먹을 놈의 세상! 오냐. 네가 질기냐 내가 질기냐그래……"
　태풍 같은 악몽이 지나가고 나면 김 씨가 항용 뇌까리는 말이다. 때로는 기진한 목소리로 이상야릇한 노래를 읊조리기도 했는데 그럴 때면 나는, 그의 발끝에서부터 심장을 향해 서서히 진행되고 있는 죽음을 차갑게 느낄 수 있었다.

　"사라바 히로시마요 마다구루 마데와……"
　전상자 김 씨의 생계를 지원해준 것은 전승국 미국도, 패전국 일본도 아니었다. 물론 패배한 그의 조국도 아니었다. 김 씨에게는 우애 깊은 아우가 있었다. 그리고 그 아우는, 적수공권으로 건너간 일본 땅에서 그런대로 성공한 사업가로 소문나 있었다. 결국 그가, 광기 어린 전쟁이 망쳐놓은 형의 여생을 떠맡고 있었던 것이다. 김 씨는 그래서 우리 마을의 소문난 알부자 중 한 사람이었고, 항상 지출

보다 더 많은 돈이 현해탄을 건너왔으므로 그의 베개는 자꾸만 높아질 수밖에 없다고 이웃들은 부러워했다. 그만한 아우를 두었다는 데 대한 부러움 때문에 정작, 원폭을 맞은 사실까지도 부러워할 정도였다.

"아, 누워 살 수 있는 팔자만 된다면야 원자폭탄 할애비라도 맞아주지."

내 이웃들이 흔히 지껄이던 말이다. 삶의 어려움이 원폭의 무서움보다 결코 덜하지 않다는 푸념이기도 했을 게다. 내가 이 말에 조금은 공감할 수 있었다고 말해도 좋다. 맛을 음미하고 소화하는 일 외에는 먹고 배설하는 일까지 온통 부인의 손을 빌려야만 하는 처지라고는 해도, 김 씨의 곁에는 언제나 군것질감이 떨어지지 않았다. 돌사탕과 센베이 과자와 오징어 다리에서부터 한 되들이 병에 담긴 정종에 이르기까지. 그의 아이들조차도 거의 온종일 무언가를 입에 물고 다녔기 때문에 나의 불행감은 더 컸다.

그래도 할 짓은 다 하는가 보다고, 김 씨네 아이들을 두고 마을 사람들은 곧잘 농지거리를 했다. 아이들의 나이를 역산해보면 도무지 불가사의한 의문이 남는다는 것이었다. 더러는 남자 못지않게 활달한 부인의 성품에서 해답을 찾았고, 또 더러는 과학 기술의 영역에서 가능성을 논증하고자 부질없는 입씨름을 늘어놓곤 했다.

고물상 곽 씨와 부지런한 최 반장은 무시로 김 씨네 방을 드나드는, 그의 다정한 이웃들이었다. 그 두 사람은 김 씨의 착실한 술동무 말동무였다. 그들이 함께 어울려 떠들어대는 소리를 밖에서 듣고 있노라면, 김 씨조차도 자리를 털고 일어나 멀쩡한 사람처럼 움직이고 있는 듯한 착각이 들었다. 언젠가 그들 사이에 오가는 대화를 나는 들은 적이 있다.

"솔직히 한번 말해보시오. 밤 농사는 그래 누가 짓는 거유?"

신소리 잘하기로 이름난 곽 씨의 목소리였다.

"난 그게 도무지 신통하기만 하단 말이야. 무슨 묘법이라도 있수?"

짤막한 웃음 뒤에 튀어나온 목소리는 분명히 김 씨 부인의 것이었다.

"왜요? 설마하니 놉을 사서 할까 봐?"

낭자하게 웃음의 폭풍이 터져나왔다. 가장 크고 유쾌하게 웃어젖힌 사람은 김 씨 부부였다. 그 가운데서도 특히, 김 씨의 걸쭉한 너털웃음은 너무나 인상적이어서 나는 문득, 저 앉은뱅이처럼 그가 벌떡 일어난 게 아닌가 생각했다.

"저 사람, 품앗이라도 들고 싶은 모양이지……"

김 씨가 웃음 섞인 목소리로 말했고, 그때까지 웃기만 하던 최 반장이 이렇게 뒤를 댔다.

"요즈막 벌이가 시원찮은 모양입니다그려."

그래서 또 한바탕 낭자한 웃음의 꽃이 피었다. 그러므로 원폭병 환자 김 씨는 적어도, 외로운 사람은 아니었다. 설사, 그의 우주가 장방형의 궤짝 같은 방이 전부이며, 또 그 두세 평 남짓한 공간 속에서도 행동 반경이 거의 제로에 가까운 사람이라고 할지라도 김 씨의 삶은 역시 그다운 여유와 걸쭉함이 드러나 보였다.

그에 비해 내 어머니의 우주는 얼마나 외롭고 초라한가. 빈 물그릇 외에는 아무것도 놓여 있지 않은 그녀의 머리맡에 나는 조용히 앉아 있었다. 와병 석 달째에 접어드는 무렵이었다고는 해도 이처럼 꼼짝 않고 드러누워버린 적은 없던 어머니였다. 이따금씩 물을 청하는 것 외엔 거의 아무것도 찾지 않았다. 당신 자신이 자리를 털고 일어난다는 일은 곧 아버지에의 기다림을 포기하는 행위이기나 한 것처럼 어머니는 아버지가 없던 그해 가을 내내 누워만 지냈던 것이다.

김 씨 부인이 우리 방으로 건너왔다. 흰 가운의 사내를 하나 데리고서였다.

"자, 좀 일어나 앉아요."

어머니를 부축해 일으키며 그녀는 거침없이 말했다.

"드러누워 있는 사람만 보면 난 속에서 천불이 인다니깐……"

흰 가운의 사내는 의사였다. 그는 한 달에 한 번꼴로 김 씨를 검진해온 사람이었다. 아마도 왕진길에 김 씨 부인에게 등을 떼밀려 건너온 게 분명하다고 나는 단정했다.

"도대체 어디가 잘못됐는지 진찰이나 한번 받아봅시다. 만날 이러고만 있어서야 되겠수?"

고집스러운 아이를 달래듯이 김 씨 부인은 어머니에게 말했고, 흰 가운의 사내는 가방을 열기 전에 잠시 방 안을 둘러보았다. 여자처럼 곱고 하얀 피부를 가진 사내였다. 의사는 모두 저런 얼굴, 저런 피부를 가졌으리라고 나는 멋대로 단정했다. 흰 가운과 검은 왕진 가방을 지니고 있지 않다고 해도 나는 그의 신분을 금방 알아맞힐 수 있을 것처럼 생각되었다.

어머니는 몹시 수줍음을 탔다. 그도 당연할 것이 내가 알기로는 그것이 어머니가 받아본 첫번째이자 마지막 진찰이었기 때문이다. 결과는 우리를 몹시 당황케 만들었다. 김 씨 부인은 너무나 어이가 없었던지 나중에 키들키들 웃기까지 했다. 그러나 당사자인 어머니는 정작 차분했다. 잠시 얼굴만 붉혔을 뿐, 조금도 놀란 표정이 아니었다.

"문제는 모체가 너무 허약하다는 것입니다."

의사가 말했다.

"이대로는 정상 분만을 기대하기가 어렵군요. 그렇다고 손을 쓸 시기도 지났고요. 건강이 문젭니다. 태아가 자랄수록 모체의 부담이 더 커질 테니까 말입니다. 마음을 단단히 가지세요. 어떻게든 기운을 차려야 합니다……"

김 씨 부인과 의사가 자리를 뜨고 나자 우리 방은 전보다 더 텅 빈 것 같았다. 어머니는 당신의 자리로 가 누웠고, 누나와 나는 그 머리맡에 조용히 앉아 있었다. 궤짝 같은 방 안에 어둠이 서서히 차올랐지만 우리는 불을 켜지 않았다. 어머니의 얼굴은 벽 쪽을 향해 있었다. 누나는 잠자코 방바닥만 내려다보고 있었는데 나로서는 그녀가 무슨 생각을 그처럼 골똘히 새기고 있는가를 도무지 어림할 재간이 없었다. 이따금씩 엷은 미소가 입꼬리에 떠도는 것을, 어둠 속에서도 나는 잘 느낄 수 있었다.

내 머릿속은 온통 뒤죽박죽이었다. 한동안 생각의 갈피를 제대로 집어낼 수가 없었다. 김 씨와 그의 원폭 얘기와, 그 부인과 아이들에 관한 얘기와, 그리고 지금은 곁에 있지 않은 아버지와 어머니의 임신을 두루두루 생각했다. 머리가 터질 것 같았지만 그러나 아직도 뚜렷한 느낌이 얻어지지 않았다. 나는 다시, 여자처럼 곱고 하얀 피부를 지닌 의사를 떠올렸고 그가 남기고 간 말을 생각해냈다.

그때 김 씨 부인의 얼굴이 다시 나타났다. 아이들을 위해 자장면을 시켰다면서 그중의 하나를 들여놓았다. 어머니가 마지못해 일어나 앉아 몇 술 뜨는 시늉을 했다. 왜 느닷없이 그런 생각을 하게 됐는지 모른다. 누나와 머리를 맞대고 앉아 남은 국수 가락을 게걸스럽게 퍼먹다 말고 나는 문득, 공원에서 본 그 여자를 떠올렸고 그리고 썩은 사과를 기억해냈다. 입안에 잔뜩 쓸어넣은 음식 때문에 목이 메었다. 물, 그래, 어머니는 거의 물밖에 취한 것이 없었다. 그런데도 그 배 속에 썩은 사과 같은 게 들어 있다니…… 나는 심하게 딸꾹질을 했다.

6. 두부살

그녀는 누나보다 두 살쯤 위로 보였다. 이름이 영자였는지 정자였는지는 기억에 없다. 커다란 체구에 영양 상태가 썩 좋은 피부만 생각날 뿐이다. 나이와 덩치만 문제 삼지 않는다면 그녀의 몸집은 어디다 내놓아도 빠지지 않는 우량아의 그것이었다.

두부를 많이 먹은 덕분이라고들 했다. 두부는, 우리가 알고 있던 최상의 영양식이었다. 계란과 고래 고기를 제외하고 나면 그보다 양질의 식품을 우리는 상상할 수 없었다. 얼마만큼 근거 있는 이야기인가는 모를 일이로되, 지난 전쟁의 후유증으로 인해 전반적인 영양실조 상태에 빠져 있는 국민들의 건강을 걱정한 나머지 이승만 대통령까지도 적극 보급을 권장했다는 식품이 바로 두부라고 우리는 다들 믿고 있었던 것이다.

얼마나 행복한 일인가. 그녀의 아버지는 마을에서 단 하나뿐인 두부 공장을 경영하고 있었다. 비록 소규모의 가내공업 형태일지언정 고명딸의 입마저 단속해야 할 만큼 적은 생산량은 아니었다. 어쩌다 그 집 안을 기웃거려보면, 수증기가 겨울 안개처럼 자욱한 속에서 그녀의 아버지와 장성한 네 오빠가 비지땀을 흘리며 열심히 맷돌질을 하고 있고, 커다란 물탱크 안에는 이미 만들어진 두부가 가득 잠겨 있곤 했다. 지난 전쟁에 그녀는 한 오빠를 빼앗기고, 그리고 또 한 오빠의 다리를 잃었다. 그렇다고는 해도 우리 판자촌 마을에서 그녀는 역시 행복한 사람 축에 서 있었다. 나는 무엇보다, 그녀의 주위에 언제나 흔전만전 쌓여 있는 두부 목판에서 그 점을 확신할 수 있었다. 그녀의 건강 상태가 그렇듯 양호하고, 게다가 두부처럼 유연하고 허연 피부를 지닐 수 있었던 것도 너무나 당연한 결과이리라. 우리는 그래서 그녀를 흔히 '두부살'이라고 불렀다.

두부살은 누나의 친구였다. 혹은 누나가 두부살의 친구였는지도 모른다. 어느 쪽이 먼저 우정을 제의했는가는 알 수 없지만, 한 가지 분명한 사실은, 누나에게 있어서는 그녀가 유일한 친구라는 점이었다. 두부살은 사정이 달랐다. 누나 외에도 여러 친구를 그녀는 두고 있었고, 내가 또 아는 바로는 적지 않은 남자 친구까지 그녀는 사귀고 있었다. 나이와 건강과 그리고 무엇보다, 넉넉한 환경이 그녀로 하여금 분방한 교우를 가능케 했으리라고 나는 믿는다. 이런 사정을 감안한다면 누나는 두부살의 많은 친구 중 하나에 지나지 않는 셈이다.

누나가 돌아온 것은 밤이 꽤나 깊어서였다. 전에는 결코 없던 일이었다. 어머니는 아무 내색도 하지 않았다. 속이 빈 자루처럼 누워 있을 뿐이었다. 그래서 누나를 기다리는 일은 나 혼자만의 일인 것처럼 생각되었다. 몹시 외롭고 지루한 일이었지만 그러나 나는 참고 기다리기로 했다. 누나가 두부살과 함께 나갔다면, 나로서는 기다릴 만한 보람은 있다고 판단되었기 때문이다.

나를 몹시 지치게는 했지만 그러나 기다린 보람은 있었다. 지금까지 어디서 무엇을 하고 있었노라는 알리바이이기나 하듯 누나는 들고 온 것을 조심스럽게 방바닥에 펴놓았다. 의심할 여지가 없었다. 누나는 이 늦은 시간까지 두부살과 함께 그녀의 집에 있었던 것이다. 내 어머니인들 무엇을 더 추궁할 수 있으랴. 대접에 담긴 한 모의 두부와 그리고, 적지 않은 양의 비지가 누나의 결백을 간명히 증명하고 있었다.

나는 참 철부지였다. 푸짐한 식탁을 대한 어린아이처럼 환호성을 내지를 뻔했던 것이다. 그때까지 속이 빈 부대처럼 누워만 있던 어머니가 조용히 일어나 앉았다. 그러고는, 게걸스럽게 덤비는 나를 제지하며 꼭 한마디 이렇게 말했다.

"그거 내다 버리고 오너라……"

잠이 오지 않았다. 사람은 편안한 잠을 이루기 위해서라도 창자를 비워두어서는 안 된다는 사실을 나는 새삼 깨달았다. 옆을 돌아보았다. 번히 열려 있는 누나의 두 눈이 어둠 속에서도 잘 보였다. 무슨 생각인가에 깊숙이 가라앉아 있는 얼굴이었다.

나는 그녀의 귀에 입을 바짝 가져다 대고 아주 조그만 목소리로 물었다.

"누난 정말 그 집에만 있었어?"

어둠 속에서 누나가 가만히 머리를 끄덕였다.

"누난 두부살이 좋은 친구라고 생각해?"

이번엔 아무런 대꾸도 하지 않았다. 한동안 사이를 두었다가 나는 다시 물었다.

"내일 또 갈 거야?"

"아니……"

분명하게 그녀는 대답했다.

"엄마가 허락하시지 않을 테니까……"

잠은 좀처럼 오지 않았다. 오랜 시간 동안 서로의 얼굴만 멀거니 바라보며 우리는 누워 있었다. 이웃들의 고단한 숨소리가 판자벽을 허물듯 낭자하게 들려왔다.

다음 날 아침에 두부살이 나이 든 여자 하나를 데리고 찾아왔다. 나는 그 여자가 누구인지를 당장 알아챌 수 있었다. 두부살의 어머니였던 것이다. 다소 부대하긴 했지만 딸 못지않게 부드럽고 허연 살집을 지닌 마님이셨다. 당연해, 두부 덕이야…… 그들 모녀가 우리의 비좁은 방 안에 들어와 앉았을 때 나는 그렇게 생각했다. 방 안이 꽉찬 기분이었다.

어머니는 마지못해 일어나 앉았다. 그러나 그 얼굴빛은 굳고 차가웠다. 모처럼 찾아온 손님을 혹 불쾌하게 돌려보내지는 않을까 나는 적이 걱정스러웠다. 누나도 똑같은 기분이 드는 모양이었다. 두 어머니를 바라보는 눈이 불안한 빛을 띠고 있었다.

다행히 우리 어머니들의 대좌는 빨리 끝났다. 두부살의 어머니는 그 인상만큼이나 대범했고 또 내 어머니는 주저할 이유가 아무것도 없었기 때문에 둘 사이에 오고 간 대화 역시 분명하고 간결했다. 일 테면, 따님을 자기네 집에 맡기는 게 어떻겠느냐고 두부살의 어머니가 제의했고, 그런 일은 생각조차 하고 싶지 않다고 내 어머니가 대답하셨다. 남의 귀한 딸을 그냥 빼앗아가겠다는 소리는 아니니 한번 잘 생각해보라는 말에 대해선 또, 흙을 집어 먹는 한이 있더라도 그런 거래는 할 수 없다는 식의 대거리가 있었다. 피차 주고받은 어투가 대충 그런 판속이었으므로 흥정이 이뤄지기를 기대하기란 어려운 노릇이었다. 말속엔 어느새 가시가 박히고 살얼음이 지피는 듯했다.

"내 형편이 좀 넉넉하다고 해서 이런 소리 예사로 꺼내놓은 건 아니니 절대 고깝게 여기진 말아요. 애가 하두 얌전하고 탐이 나길래 내간엔 생각이 있어 해본 소리야요. 아들 가진 어미의 속마음이란 다 그런 거 아니겠어요?"

종당엔 두부살의 어머니가 꽤나 팽팽한 목소리로 그렇게 말했다. 내 어머니의 아둔함을 꾸짖기라도 하듯 이런 말도 서슴지 않았다.

"아무리 부모요 자식 간이라고 해도 먹을 것 입힐 것 제대로 가림해주고 나서야 그게 부모요 자식이지…… 잘 한번 생각해보세요. 이처럼 배를 곯리느니 차라리 민며느리쯤 준다고 생각하고 우리한테 보내는 것도 그다지 밑지는 일은 아닐 테니깐요."

어린 마음에도 조금은 모욕감을 느끼게 하는 이 말들에 대해, 그러나 어머니는 묵묵부답이었다. 단지 누나만 얼굴을 붉혔을 따름이었다. 두부살은 시종 웃고 있었다. 이야기가 어느 방향으로 굴러가는가에 대해서는 그다지 관심이 없는 듯한 태도였다. 아니, 너무나 여유 있는 태도여서 나로서는, 누나와 그들 사이엔 이미 모종의 담합이 있는 게 아닌가고 생각될 정도였다.

그들이 돌아간 후에 나는 두부살의 네 오빠를 생각했다. 어쩌면 그들 중의 하나가 미래의 내 매형일 수도 있다고 생각하자 영 이상한 기분이 들었다. 하지만 내가 관여할 수 있는 문제가 아님은 명백했다. 원컨대 다리 하나가 모자라는 매형만 아니기를 나는 소망했다.

7. 외가

이른 아침부터 어머니가 기동을 했다. 뜻밖의 일이었다. 그것은 누나와 나의 간절한 바람이었기 때문에 되레, 뭔가 잘못되어가는 건 아닌가고 불안하게 생각될 지경이었다.

어머니는 먼저 방 안팎을 깨끗하게 정돈했다. 그런 다음 머리를 감아 곱게 쪽을 쪘다. 오랜 병상을 털고 일어난 사람답지 않게 기민하고 조용한 움직임이었다.

윗목에 놓인 구식 장롱 앞에서 어머니는 한동안 망설이고 있었다. 좀 낡기는 해도 옷칠이 잘된 그 조그만 장롱 속에는 우리 가족의 사철 옷이 차곡차곡 담겨 있었다. 고름 하나, 소맷부리 한 귀 비어져 나온 데가 없어서 나는 흡사 당신의 마음속을 열어보고 있는 기분이 들었다.

한낮의 햇빛도 쓸쓸하게 느껴지는 때였다. 어머니가 우리들의 겨울옷을 점검하고 계시는가 보다고 나는 생각했다. 장롱 구석구석을 뒤져가면서 어머니는 몇 벌의 옷들을 꺼내놓았다. 그러고는 한참을 고심한 끝에 마침내 그중의 한 벌을 골라 입으셨다. 우리 가족이 이 우스꽝스러운 도시로 이사를 나오기 전까지만 해도 닷새거리의 읍내 장에 나들이할 때마다 당신이 즐겨 입으시던 뉴똥 치마저고리였다. 연푸른 빛깔의 그 의상을 마침내 어머니가 걸치고 일어섰을 때

나는 모호한 슬픔 같은 것을 느꼈다. 어머니의 건강 상태는 우리가 막연히 상상하던 것보다 확실히 더 심각하다는 사실도 아울러 깨달을 수 있었다.

"날 따라오너라."

가라앉은 목소리로 어머니는 내게 말했다. 비좁은 판자 골목으로 아침 해가 찾아들고 있었다.

외가에 닿은 것은 점심 무렵이었다. 어머니는 몹시 힘겨워했다. 버스에서 내려 10리 남짓한 길을 두 시간이나 걸어야만 했다. 들판에 가을걷이가 일부 시작되고 있었다. 눈에 띄는 온갖 풍경들이 한결같이 풍요한 느낌을 주었다. 어머니의 심정이 어떠했는지는 알 수 없다. 어머니는 자주 걸음을 멈추었고, 그때마다 무연한 눈길을 가을 들판 위에 내던지곤 했다.

정확하게 말해 그곳은 외삼촌 댁이었다. 그리고 그 외삼촌은 내 어머니의 배다른 동생들 중 한 분이셨다. 지난 전쟁 통에 팔 한 짝을 잃어버렸다는 소문 외에 내가 그에 대해 알고 있는 지식이라고는 아무것도 없었다. 만약에 전쟁을 치르지 않았고 또 그가 온전할 수만 있었다면 나로서는 그런 외삼촌이 있는가조차 모를 뻔했던 인물이었다.

그의 첫인상은 그다지 좋지 못했다. 벌겋게 녹이 슬고 작은 부품들이 망가져 있으면서도 그러나 본래의 기능만은 그대로 간직하고 있는 총기류(銃器類)를 대했을 때처럼 무언가 차고 섬뜩한 느낌을 주는 그런 인상이었다. 그는 평소 말수가 적은 사내임이 분명했다. 처음 대하는 조카에게 거의 한마디의 말도 걸어오지 않았다. 그곳에 머물고 있었던 너덧 시간 동안, 그가 뱉어놓은 말이라곤 고작 서너 차례에 불과했고, 그것이 모두 내 아버지의 무능을 통박하는 내용이었다.

"이 판에 병신이라고 누가 봐주는 줄 아슈? 아, 내가 무슨 훈장이라도 타낸 줄 알아요? 이런 꼴로 시장 바닥을 헤매고 다닐 때도 누구 하나 거들떠보는 새끼 없습디다. 그런 나도 이러고 사는데 하물며 사지 멀쩡한 사내가 한다는 짓이 고작 장물 운반이나 하다 쇠고랑을 찬답디까그래?"

어머니는 대꾸 한번 하지 않았다. 조그맣게 웅크리고 앉아 고개를 숙인 채 가만히 듣고만 있었다. 집을 나설 때부터 아마도 단단히 작심을 했던 모양이라고 나는 생각했다. 잘 쪽 찐 머리와 반듯한 가르마가, 어떤 수모에도 결코 흔들리지 않으려는 결의 같은 것을 단단히 드러내고 있다고 생각되었다.

그렇다고는 해도 나는 불만스러웠다. 어머니는 무엇 때문에 이따위로 껄렁한 외삼촌을 굳이 찾아왔는가. 그것도 성치 못한 몸을 간신히 이끌고 말이다. 나는 어머니의 치맛귀를 자꾸만 잡아당겼다.

귀가한 것은 밤이 깊어서였다. 너무나 지쳐버렸기 때문에 우리 가족은 그대로 잠자리에 들었다. 참 오랜만에 하얀 이밥을 대하고 입안이 온통 군시러워진 것은 다음 날 아침의 일이었다. 개다리소반을 마주하고 세 식구가 둘러앉았을 때 나는 어제 만난 외삼촌의 얼굴을 떠올렸다. 어쩌다 녹슨 총기를 보았을 때처럼 역시 기분 나쁜 인상이었다. 그러나 이만한 보상만 따른다면 또 한 번 그를 만나도 좋다고 생각했다. 게 눈 감추듯 내 몫을 먹어치운 다음에 나는 기운차게 밖으로 튀어나갔다. 어쩌면 오늘은 아주 신명나는 일이 생길지도 모른다고 생각되었다. 골목엔 아이들이 잔뜩 나와 있었다.

다른 어느 날보다도 밝은 얼굴에 깨끗한 차림들이었다. 사내아이들 몇몇은 종이 화약을 빵빵 터뜨려댔고, 계집아이들은 또 빨래판을 내다놓고 널뛰기를 하고 있었다.

나는 좀 멍해진 기분이었다. 왠지 그들 속으로 냉큼 섞여들 수가 없었다. 무슨 기억인가가 잡혀 나올 듯했다. 아주 신명나고 엄청난 그런 추억이……

어느새 내 뒤에 다가와 선 누나가 아주 조그맣고 쓸쓸한 목소리로 말했다.

"오늘이 추석 명절이래……"

이 아침의 골목 풍경이 비로소 이해되었다. 나는 멍하니 고개를 끄덕였다. 무언가 신바람나는 일을 해보기도 전에 무참히 저지당한 기분이었다.

8. 면회

무궁화표인지 곰표인지는 분명치 않다. 약간 붉고 검은 빛깔을 띤 점으로 보아 그다지 질 좋은 것은 아니었다고 기억된다. 어쨌든 그런 밀가루 한 포를 들고 최 반장이 우리 집을 찾아왔다. 다소 때 늦은 감은 있지만, 지난 추석을 기해 당국이 극빈자들에게 무상으로 지급한 구호 양곡이라고 했다. 사실이 그러한지 어떤지에 대해서도 우리로서는 전혀 아는 바가 없었다.

그러나 최 반장이 우리를 찾아온 용건은 그것만이 아니었다. 그는 동네일 잘 보고 다니는 것으로 기왕에 소문나 있는 명반장이었다. 학창 시절 한때는 탁구 선수로도 활약한 바가 있어서 각종 시 대회나 도 대회 같은 데서 몇 차례 수상한 기록도 가지고 있다는 사람이었다. 달러 장수로 발 벗고 나선 부인은 평균치가 훨씬 넘는 체구인 데 비해 그는 곱상한 얼굴에 몸집도 자그마한 사내였다. 이웃 곽 씨의 비유를 빌리자면 솥뚜껑과 거기 앉아 있는 파리 같은 부부였다.

"아무리 다급한 상황이라도 절대로 최 형이 밑에 깔려선 안 돼. 조의금 들고 오랄까 봐 난 그게 항상 겁이 난단 말이야."

곽 씨는 일쑤 그런 말로 웃곤 했던 것이다.

솥뚜껑 같은 부인 덕분에 최 반장은 오뉴월 쇠파리같이 한가한 팔자였다. 그 한가한 시간을 그러나 그는 낭비하지 않았다. 마을과 이웃들을 위해 언제나 바지런을 피우고 다녔다. 기왕에 그가 보여 준 공적만으로도 판자촌 주민 일동의 이름으로 송덕비 하나쯤은 세워줘서 아까울 것 없다는 평판이었다.

허옇게 밀가루 묻은 손을 털며 그가 어머니에게 말했다.

"거길 좀 다녀올까 합니다. 조만간에 형이 확정돼서 이동이 있을 듯한데 그렇게 되면 찾아가보기도 쉽지 않을 테지요. 아마도 이번이 마지막 면회가 아닌가 싶은데 웬만하면 아주머님도 함께 나서시지요?"

무슨 이야기인지 나는 금세 짐작할 수 있었다. 어머니는 아무런 대꾸도 하지 않으셨다. 병약한 얼굴을 깊이 떨어뜨리고 있을 뿐이었다.

그러자 최 반장이 다시 말했다.

"아닙니다. 절대로 무리하실 건 없지요. 그래서 피차 좋을 일도 아니구요. 이번에도 나 혼자서도 그냥 만나보고 오지요."

어머니로부터는 역시 아무런 말이 없었다. 고개를 좀더 깊이 꺾었을 따름이었다. 나는 무언가 좀 절실한 감정에 사로잡혔다. 단지 그 때문이었으리라. 황황히 돌아서려다 말고 최 반장의 눈길이 내게 와 멎었다. 뜨거운 살이 내 작은 가슴에 와 박힌 것 같은 느낌이었다.

최 반장이 다시 어머니에게 말했다.

"내가 이 애를 데리고 갔다 오면 어떨까요?"

나는 비로소, 내가 무엇을 열망하고 있는가를 깨달았다. 초조하게 나는 어머니의 입을 지켜보았다. 역시 아무런 말도 흘러나오지 않았지만, 그러나 우리는 어머니의 의중을 족히 헤아릴 수 있었다. 나는 주저 없이 최 반장을 따라나섰다.

구치소는 법원과 시청 건물 사이에 있었다. 그곳에 닿고 보니 한 시간도 채 걸리지 않았다. 그처럼 지척지 간에 아버지가 있으리라고는 정말이지 꿈에도 상상해보지 못한 일이었다. 나는 뭔가 옴팡지게 속아 살아온 것 같은 기분이 들었다. 나야말로 얼마나 어리석었던가. 그처럼 가까운 곳에 두고서도 나는 아버지가 영영 돌아올 수 없는 먼 땅으로 쫓겨간 것이라고만 생각해왔던 것이다. 진작 찾아오지 못했던 것을 나는 후회했다.

그러나 정작 아버지를 만나기 위해서는 두어 시간 이상이나 기다려야만 했다. 그 지루한 시간 동안 나는 줄곧 대기실의 나무 의자에 앉아 있었다. 그곳엔 우리 외에도 많은 사람들이 있었다. 어둡고 침울한 분위기만 아니라면 조그마한 역 대합실 같은 풍경이었다. 그들이 기다리는 차는 이미 지나가버렸거나 아니면 끝내 와 닿지 않을 것 같았다. 기다림보다 더 큰 절망을 나는 그들의 얼굴에서 읽을 수 있었다.

구치소 건물은 아마도 오랜 역사를 지닌 듯했다. 그때까지만 해도 나는 우리의 도시에서 그처럼 낡고 우울한 건물을 본 적이 없었다. 문이 없는 벽과 잿빛 지붕과 조각나 있는 하늘을 나는 보았다. 유폐감이 가슴을 짓눌렀다. 나는 그 안에서도 인간이 숨 쉬고 움직이고 사육될 수 있다는 사실이 도무지 믿기지 않았다. 더군다나 내 아버지가 지금까지 그곳에서 감쪽같이 살아왔다고는 상상할 수 없었다.

지루한 기다림 끝에 면회가 이루어졌다. 아버지의 모습은 그다지 변한 데가 없었다. 아무렇게나 자라난 턱밑 수염과 이상한 모양의 수의(囚衣)를 제하고 나면 평소의 모습 거의 그대로였다. 털털거리는 고물 자전거를 끌고 우리의 비좁은 판자 골목을 드나들 때와 다름없는 얼굴을 대하고 나는 적잖이 맥이 풀렸다. 잔뜩 긴장해 있는 나를 향해 혓바닥이라도 날름 내밀 것 같은 기분이 들었다.

아버지는 물론 그런 짓을 하지 않았다. 혀를 내밀어보이기는커녕 몹시 쑥스러워하는 표정이었다. 면회실을 양분한 쇠의 칸막이 너머에서 엉거주춤한 자세로 선 채 아버지는 꽤나 어색한 웃음을 지었던 것이다. 내가 아버지에게서 그나마 새로운 면을 찾아낼 수 있었다면 예의 웃음이 거의 유일한 것이었다. 어떻게 보면 어딘가 좀 어처구니없고 얼뜨기조차 한 그 웃음은 면회를 끝내고 돌아온 후에도 내게는 두고두고 잊히지 않았다. 아버지는 어쩌면 자신의 그 규제당한 삶이 도무지 실감되지 않았는지도 모를 일이었다.

면회실 밖의 좁은 뜨락엔 한 무리의 비둘기 떼가 무성한 잡초를

쪼고 있었다. 그리고 우리보다 서너 발짝쯤 앞선 곳에 노부부 한 쌍이 걸어갔다. 바람처럼 허전한 걸음걸이였다.

　나는 문득 도시의 소음을 들었다. 닫힌 공간을 비집고 밀려든 그 소음은 몹시 생소하고 기이한 느낌을 불러일으켰다. 사람들이 웅성대는 소리와 자동차의 경적 소리와 그리고 그 밖의 온갖 소리들이 내 비어 있던 가슴을 눅눅하게 적셨다. 나는 어머니를 생각했고 누나를 생각했다. 아버지가 아니라, 불현듯 그 얼굴들이 그리워졌다.

9. 이삭 줍기

　아침 일찍 골목길에 나가보면 서리가 허옇게 내려 있곤 했다. 때로는 칼날 같은 서릿발이 밤새 무성히 자라나 있기도 했다. 우리의 도시, 헐벗은 마을로 겨울이 점점 뒤덮어오고 있는 징조였다.

　우리는 길바닥에 하얗게 깔려 있는 서리를 밟으며 마을을 나섰다. 아침 햇살이 하루 중 가장 신선한 빛깔로 피어날 무렵이었다. 마을의 골목길은 물론, 루핑과 깡통 조각과 마분지 따위로 누덕누덕 땜질을 한 지붕들까지 은빛 고기 떼들로 온통 눈이 부셨다. 작고 빛나는 결정(結晶)들이 우리의 발아래서 부스러졌다. 더러는 바늘 모양 같고 기둥 모양 같은, 또 더러는 널 모양 같고 컵 모양 같은 그 작고 청결한 세빙(細氷)들은 기분 좋은 감촉을 주었다. 그래서 피부에 오슬오슬 돋아나는 소름만큼이나 선명하게, 우리는 계절의 추이를 느낄 수 있었다.

　아침 장은 거지반 끝나가고 있었다. 근교의 농장에서부터 몰려든 온갖 과일과 채소류가 몇 손을 거쳐 마지막 소매 상인들에게 넘겨진 직후였다. 시장 통을 메우고 낟가리처럼 쌓여 있던 물건들은 자전거와 리어카와 함지박에 조금씩 나뉘어 실린 채 도시의 골목골목으로 풀려나갔다. 이른 아침 한때의 도매 시장은 썰물이 빠지듯 파장을 맞은 것이다. 두둑한 전대를 허리에 두른 화주들마저 빈손을 툭툭 털며 해장국 집을 찾아가고 나면 그때부터 우리의 작업은 시작되었다.

일테면 그것은 도시의 이삭 줍기였다. 가을걷이가 끝난 논밭에서 지스러기를 줍듯 우리는 거래가 끝난 시장 바닥에서 그것을 찾고 있었던 것이다. 물론 대단한 성과를 기대할 수는 없었다. 그러나 거래량이 많고 운이 좋은 날은 비록 심하게 상하거나 짓물러터진 것일지언정 두어 관 가까운 푸성귀들을 얻어낼 수 있었다. 이것은 물론 나와 누나의 몫을 합친 분량이다. 하지만 그런 경우란 역시 흔치 않아서 이 아침의 우리네 소득은 대체로 보잘것이 없었다.

시장 통은 그다지 길지 않았다. 아무리 혼잡한 때라고 하더라도 10분이면 족히 통과할 수 있는 거리였다. 그곳을 우리는 보통 두 시간, 때로는 서너 시간 동안이나 뒤지고 다녔다. 그것도 마치 굶주린 들쥐 떼처럼 여러 패거리로 작당을 한 채.

"저 각다귀 같은 녀석들이 들쑤시고 다니는 꼴을 보니 오늘 장은 이미 파장이구먼······"

어쩌다 한발 늦게 나온 상인들은 별수 없이 빈손으로 돌아서며 일쑤 그런 식으로 투덜대게 마련이었다.

우리 일행은 자연스레 두 패거리로 나뉘었다. 그래서 시장 통의 양쪽 끝에서부터 각각 뒤져나가기 시작했다. 전략상 누나와 나도 갈라졌다. 누나가 입구 쪽에서부터 시장 안으로 추어오는 동안 나는 그 반대쪽에서부터 입구 쪽을 향해 거슬러 나왔다. 당연한 귀결로서 그로부터 한 시간쯤 후에 누나와 나는 시장 통 중간 지점에서 마주쳤다. 언제나 그랬듯이 나는 누나의 바구니를 재빨리 점검해보았다. 새알만 씩한 감자 스무남 개와 약간의 양배추 겉쪽이 담겨 있었다. 그만하면 평균치가 넘는 소득이라고 나는 생각했다. 그에 비해 내 쪽은 좀 실속이 없었다. 자루 하나 가득히 눌러 담은 것은 모두 무청뿐이었기 때문이다.
"그래두 양은 네가 훨씬 많다, 얘."
누나가 콧등에 보송보송 돋아난 땀을 훔치며 내게 말했다. 멋쩍게 나는 웃어 보였다.
"우린 그만 집에 가는 게 좋겠다."
누나가 앞장을 서 걸으며 말했다.
"애들이 너무너무 뒤지고 다녀서 시장 바닥이 다 말갛다, 얘……"
잠자코 나는 누나의 뒤를 따라 걸었다. 시장 바닥은 말갛기는커녕 우리들이 극성스레 파헤친 쓰레기들로 온통 어지러웠다. 그것을 거두어 갈 사람이라고는 이제 청소부들뿐이리라. 마지막 한 조각까지도 사람이 취할 수 있는 건 우리가 샅샅이 뒤져내고 남은 찌꺼기들뿐이었다.
"내일부터는 우리 나오지 말자."
갑자기 누나가 말했다.
"그건 왜?"
"글쎄…… 아무래도 그러는 게 좋을 것 같애."
시장 어귀에 우리 패거리 중의 몇 녀석이 웅성거리고 서 있었다.

그들의 표정을 보는 순간, 나는 무언가 심상찮은 일이 있다고 판단했다. 완장을 두른 시장 관리인 하나가 우리들 중 한 녀석의 멱살을 우악스럽게 다잡아 쥐고 있는 광경이 얼른 눈에 띄었다.
"저 새끼가 뭘 쌔볐대!"
우리들 중의 한 녀석이 재빨리 내게 속삭였다. 그 음성은 야릇한 흥분으로 떨리고 있었다. 단번에 나는 가슴이 써늘해짐을 의식했다.
"쥐어박기 전에 그걸 몽땅 쏟아내봐!"
관리인이 멱살을 풀어주며 다그쳤다. 더 이상 발뺌할 여지가 없다고 판단했음인지 마침내 녀석이 자루 속에 든 것을 땅바닥 위에 죄다 쏟아놓았다. 싱싱하고 때깔 좋은 무 몇 덩이가 굴러나왔다.
"저 새끼! 내 그럴 줄 알았어. 어제두 호박을 두 개씩이나 쌔볐다니깐……"
내게 귀엣말을 하던 녀석이 분개한 음성으로 중얼댔다.
예의 관리인에게 우리도 죄다 조사를 받았다. 결과는 그 관리인을 더 노엽게 만들었다. 다른 몇몇 녀석들에게도 그런 잘못이 드러났기 때문이었다. 결코 대단한 것이었다고는 생각되지 않는다. 뿐만 아니라 개중에는 더러 억울한 경우도 있었으리라고 믿긴다. 그러나 단지 과일 한 개, 푸성귀 한 포기에 지나지 않는 것이라 할지라도 우리가 변명할 수 있는 상황은 전혀 못 되었다. 이 아침의 이삭 줍기에서 조그만 행운을 차지했던 자들은 그 당연한 값으로 예의 관리인에게 따귀를 한차례씩 얻어맞아야만 했던 것이다.
그러나 우리를 가장 부끄럽고 수치스럽게 했던 것은 문제의 잘못도, 따귀를 얻어맞은 일도 아니었다. 만인 환시리에 길바닥에 쏟아놓은 우리들의 소득물이 너무나 초라하다는 사실이 새삼스레 깨달아졌기 때문이었다. 그토록 초라한 것을 얻기 위해 우리는 모두 아침잠을 설치곤 했던 것을 생각하고 나는 몹시 부끄러워졌다.

땅바닥에 쏟아놓은 것들을 누나가 경황없이 쓸어담았다. 무엇에 쫓기고 있는 사람처럼 두 손이 허둥거렸다. 빨갛게 얼어터진 누나의 손을 나는 멍하니 내려다보고 있었다. 그 손등에 빗물 같은 것이 두어 방울 떨어져 번졌다.

문득 나는 고개를 쳐들었다. 하늘을 보았다. 아침 햇살이 도시의 하늘을 노랗게 물들이고 있었다.

10. 번데기

고모가 우리 집을 찾아왔다. 이사를 나온 이래 일가붙이로는 첫 방문객이었다.

내가 고모를 만난 것은 골목 어귀에서였다. 해가 적당히 기울어가고 있을 무렵이었다. 그리고 허기를 가장 짙게 탈 때이기도 했다. 그 고비만 넘기면 견디기가 한결 수월해진다는 것을 나는 경험으로 잘 알고 있었다. 고통 대신에 약간의 현기증이 남을 것이었다. 한 공기의 냉수를 나는 빈 위 속에다 부어넣을 것이고, 그러면 그 어지럼증은 말끔히 가실 게 분명했다. 위가 비어 있을수록 머릿속은 얼마나 청청하게 맑아지는지……

특별한 일이 일어나지 않는 한 나는 아주 명징한 의식(意識)을 지닌 채 잠자리 속에 들 것이었다. 난데없는 고모의 방문을 어떻게 상상인들 할 수 있었으랴.

판자벽을 등지고 쪼그려앉은 채 해바라기를 하고 있는 내 앞을 그녀가 막아섰다. 천천히 나는 그 훼방꾼을 쳐다보았다.
"윤이구나."
그녀가 내려다보며 말했다.
"너, 나 모르겠니?"
어딘가 낯익은 얼굴이라고 나는 생각했다. 장작개비처럼 마른 얼굴에 날카롭고 긴 코. 그것은 영락없이 사내의 코였다. 아니, 내 아버지의 코였다.
비로소 나는 고모를 알아봤다. 남보다 일찍 시집을 갔고, 그래서 남보다 일찍 남편을 잃은 그녀는 흔한 전쟁 미망인 중의 하나였다. 난리가 일어나기 한두 해 전에 있었던 잔치를 나는 기억해냈다. 아직은 버틸 만한데도 어지럼증이 그 어렴풋한 기억에서부터 묻어나왔다.
마을의 고샅길과 외줄기 들녘 길로 허옇게 모여들던 하객들을 나는 보고 있었다. 우리 집 너른 마당엔 차일이 바람을 타고, 마을은 온통 잔치 분위기에 들떠 있었다. 할머니가 내게 술을 먹였다. 사내 꼬투리를 달고 세상에 나왔으면 말술은 못 되더라도 한두 잔 술은 사양치 말아야지, 하고 할머니가 말했다. 네 애비, 할애비처럼 밀밭 곁에만 가도 어지럼증을 타서는 못쓴다⋯⋯
한 떼거리의 사람들이 웃었다. 잔칫상 못지않게 푸짐한 웃음이었다. 겁 없이 나는 술을 꼴깍꼴깍 마셔댔고, 종당엔 멍석 위를 데굴데굴 구르며 울어댔었다. 그날의 어지럼증이, 아니 그날의 포만감이 빈 창자를 쿨렁거리게 했다.
어쨌거나 고모는 그렇게 시집을 갔다. 그리고 전쟁이 일어난 바로 그해 겨울에 미망인이 되었다. 제 또래들은 아직도 태반이 처녀로 남아 있을 때였다.

슬그머니 나는 일어섰다. 오금이 저렸다. 입을 다문 채 우리 궤짝 같은 방을 향해 스적스적 걸어갔다.

누나도, 그리고 어머니도 마찬가지였다. 환한 얼굴로 반겨 맞아 주는 사람은 아무도 없었다. 가엾게도 고모는 박대를 받았다. 너무나 속이 상한 나머지 그녀는 방 안에 들어서자마자 곧바로 울음을 터뜨렸다. 어머니의 머리맡에 퍼질러 앉은 채 지아비를 잃었을 때보다 더 슬프게 울어댔다.

어머니는 벽을 향해 돌아누워 있었다. 그러나 당신의 서러움을 감출 재간은 없었다. 갈퀴같이 여윈 어깨가 이따금씩 격하게 출렁거리는 것을 나는 완연히 보고 있었다.

또, 누나라고 어찌 인내만 할 수 있으랴. 그녀는 고모의 새우등에 얼굴을 묻은 채 아주 작고, 그리고 아주 단단한 울음을 한 조각씩 흘리고 있었다. 급기야는 앞집 김 씨 부인이 맨발로 뛰어들 정도로 질긴 울음들이었다.

코가 맹해졌지만, 그리고 횡경막이 부러질 듯 가슴에 결렸지만 그러나 나는 울 수가 없었다. 운다는 일은 무엇인가? 그것은 몸 안에 꽉차 있는 무언가를 뜨겁게 뱉어놓는 일이었다. 하지만 진실로 내가 뱉어놓을 아무것도 내 작은 몸뚱이 속에는 들어 있지 않았다. 그러므로 그들의 슬픔에 동참할 수 없었던 나를 비난해서는 안 된다.

고모가 가져온 몇 가지 선물 중에서 나를 가장 즐겁게 한 것은 번데기였다. 패나 큼직한 양은 찬합 속에 그 갈색의 벌레들은 담겨 있었다. 아, 그 앙증스러움이란…… 반들반들하게 윤기가 흐르는 그

진갈색의 몸통이며, 깊고 오종종한 주름살, 그리고 작은 나이테처럼 짜부라져 있는 눈 무늬 따위들을 나는 진기하게 들여다보았다.

단박에 군침이 돌았다. 어쩌면 그처럼 앙증맞고 맛깔스럽고 정갈한 것들만 가려 찬합 하나 가득히 채워올 수 있었단 말인가. 나는 갑자기 고모가 위대하게 생각되었다.

당일로 고모는 돌아갔다. 약도를 한 장 남겨놓고서였다. 우리는 그다음 날 정오에 그녀의 직장을 방문할 작정이었다. 그러나 누나와 내가 실제로 그곳을 찾아간 것은 약속보다 하루 뒤의 일이었다. 고모의 진기한 선물을 너무나 게걸스럽게 포식한 덕분에 둘 다 배탈이 났기 때문에였다.

그곳은 놀랄 만치 커다란 생사(生絲) 공장이었다. 고모는 누나와 나를 조사기(繰絲機) 앞으로 데려갔다. 눈에 띄는 모든 게 다 진기했다. 자로 잰 듯 가지런히 늘어서 있는 기계들과 여공들, 양은 냄비만 한 가마들과 견사가 감긴 얼레들, 더러는 땅콩 모양 같고 또 더러는 타원형·구형·방추형 등 온갖 모양의 누에고치들. 진기하지 않은 것이라곤 아무것도 없었다.

고모가 도시락에서 소금을 꺼내놓았다. 그제야 우리는 잠시 잊었던 허기를 되찾았다. 고모가 일러주는 대로 가마 속의 번데기들을 우리는 조심스럽게 집어내 먹기 시작했다. 별나게 감칠맛이 있었다. 끓는 물에서 막 건져낸 그 갈색의 벌레들은 뜨겁고 부드러웠다. 아무리 값진 즉석 요리라고 한들 그보다 맛깔스럽고 자양이 풍부한 음식을 나는 상상할 수가 없다. 누나와 나는 곧 맹렬한 속도로 먹어대기 시작했다.

엊그제의 그 양은 찬합과 나일론 보자기 하나 가득 번데기를 담아 들고 나서면서 나는 잠긴 목소리로 누나에게 말했다.

"누나도 이런 공장에 취직했으면 좋겠다. 그럼 우리 만날 번데기만 먹고도 살 수 있을 것 아냐?"

누나인들 그 순간만은 다른 무엇을 상상할 수 있었으랴. 그녀는 간절한 소망이 담긴 그런 눈빛을 하고 뒤를 돌아보았다. 수위실 앞에 우두커니 서 있는 고모의 모습이 보였다.

11. 우리들의 만찬

어머니의 낯빛은 갈수록 희고 투명해졌다. 얼굴만이 아니었다. 이불 밖으로 삐져나온 손이며 발목들도 마찬가지였다. 핏기 한 점 없이 창백한 피부 아래 실낱 같은 정맥들이 아른아른 내비쳤다.

당연하다고 나는 생각했다. 어머니의 변모는 너무나 당연한 결과여서 조금도 놀랄 일이 못 되었다. 아주 이따금씩 한두 모금의 물을 청해 마시는 것 외에는 거의 아무것도 취하려 하지 않는 어머니였다. 당신의 몸이 뱀의 허물처럼 투명해짐도 그 당연한 결과가 아니랴.

벽을 향해 죽은 듯 누워 있는 어머니를 보고 있노라면 나는 곧잘 환상에 사로잡히곤 했다. 아주 눈부신 환상이었다. 마침내 남루한 육신을 벗어던지고 나비처럼, 또는 잠자리처럼, 햇빛 화사한 창공으로 투명하게 날아오르는 환상이었다.

언덕 위의 개척 교회에서는 더 이상 아무것도 얻을 수 없었다. 겨울로 접어들면서부터 그곳 창고는 바닥이 나버렸다. 전지분유의 그 빠닥빠닥하고 찰진 맛을 기억하며 우리는 주일마다 몰려갔지만 그러나 매번 빈손으로 돌아왔다.

　사정은 성당도 마찬가지였다. 그해 연말에 옷가지 몇 점을 얻어낸 것으로 그만이었다. 하느님도 마침내 거덜이 나신 모양이라고, 아쉽게 우리는 체념했다. 하지만 그 옷들이 그해 겨울을 나는 데에 도움을 주었던 것만은 우리들 중 아무도 부인할 수 없으리라.

　비록 누군가 입던 것이긴 해도 그것은 우리들의 추위를 조금은 가려주었다. 제아무리 잘 만들어진 방한복이라고 한들 안의 추위까지야 막을 수 없는 노릇이다. 공복에서 오는 추위가 실상은 더 가혹했다. 하지만 그것들을 뒤집어쓰고 나서면 안의 추위도 조금은 견딜 만했다.

　그래, 아주 조금이다. 그리고 꼭 그만한 농도로 우리들의 신앙심도 남아 있었다.

　물론 예외도 있다. 저 광목 자루 속에서 나온 소녀가 그 비슷한 예였다. 우리는 잘 기억하고 있었다. 그녀의 아버지가 휴전선 저쪽에서도 독실한 신자였다는 사실을. 그러나 예의 선병질적인 소녀만은 사정이 달랐다. 나는 감히 단정할 수가 있다. 그녀가 만약 독실한 신앙심을 지니고 있다면 그것은 결코 저 휴전선 너머의 것이 아니라는 점을 말이다. 왜냐하면 그녀 역시 우리들처럼 언덕 위의 개척 교회와 시내의 성당을 번갈아 드나들었기 때문이다. 소량의 전지분유와 두 됫박의 옥수숫가루 또는 풀떼죽 중 그녀 역시 어느 한쪽도 포기하지 않았던 것이다.

　그녀에게는 하나의 계기가 있었다고 나는 믿고 있다. 통운 창고에서 손수레를 끌던 그녀의 아버지—정확히 말하자면 '끌던'이 아니라 '밀던'이 옳다. 왜냐하면 그 손수레마저 자기 것이 아니었으므로. 어쨌든 그녀의 아버지가 허리를 심하게 다쳐 몸져누운 게 바로 그것이었다.

아버지의 불행한 사고를 계기로 그녀의 태도는 표변했다. 자신의 신앙이 바로 아버지의 지팡이기나 하듯 그녀는 독실해졌던 것이다. 바람 드센 언덕배기의 그 천막 교회를 그녀는 새벽마다 오르내렸다. 한겨울에도 내의를 입지 않았다. 믿음이 추위를 잊게 해준다고 여전히 창백한 얼굴과 나약한 몸매의 그녀는 말했다.

만성적인 공복감 때문에 항시 껄떡거리고 있는 아이들을 보면 그녀는 또 이렇게 말했다.

"기도를 해. 열심히, 열심히 기도드리면 배고픈 것도 잊어버린다. 너. 아버지가 말했어. 사람은 빵으로 살 것이 아니라 하나님의 말씀으로 살아야 한다고…… 그러므로 믿는 자는 배고프지 않대."

가엾은 그들 부녀가 어떤 식으로 날마다의 허기를 달랬을 것인가를 나는 충분히 상상할 수가 있다. 머지않아 그 병약한 소녀마저 제 아버지의 곁에 쓰러져버릴 것이라고 나는 생각했다. 하지만 놀랍게도 그녀는 잘 견디어냈다. 그들의 운명이 어떻게 결판났는지를 나는 알고 있지 못하다. 그러나 적어도 한 가지 사실만은 분명하다. 즉 우리 가족이 마침내 그 판자촌을 떠나기까지, 예의 선병질적이고 허약한 소녀는 꺾이지 않고 꿋꿋하게 잘 버티어내고 있었다는 점이다.

고통 없이는 결코 그 작고 창백한 얼굴을 회상할 수가 없다. 특히 퀭하게 열려 있는 그녀의 두 눈을 말이다. 먼 훗날, 나는 그와 유사한 눈빛을 비아프라 난민들 속에 섞여 있는 아이들에게서 발견하고 놀란 적이 있다. 그러나 그 소녀의 눈매처럼 타는 듯 빛나고 있지는 않았다.

 이제는 고백해야겠다. 나는 그 소녀에게 조금씩 이끌려들고 있었다. 처음엔 우리 모두를 놀라게 했던 그 발작 때문에, 다음엔 병적인 그녀의 용모 때문에, 그리고 최후엔 그 감동적인 신앙 때문에 내 작은 마음은 점점 기울어져갔다. 교회나 길목에서는 물론, 꿈속에서조차도 그녀의 주위를 기웃거릴 만큼.

 그녀의 말이 전혀 거짓은 아니었다. 때로는 소녀의 얼굴을 머릿속에 그리는 것만으로도 나는 공복감을 잠시 달랠 수 있었다. 물론 아주 잠시였다. 하물며 하나님을 생각하고 그분에게 기도드림으로써 배고픔을 잊을 수 있다는 그녀의 말이 내게도 조금은 수긍이 되었다. 잘은 모를 일이로되 저 병약한 소녀보다야 하나님 쪽이 훨씬 더 효과적이리라고 나는 결론지었다.

 몹시 허기진 날 저녁 무렵에 나는 언덕 위의 교회로 슬며시 올라갔다. 우리 유년 주일학교 천막은 다행히 비어 있었다. 조금은 계면쩍기도 했지만 보다 절실한 감정이 나를 떼밀어넣었다. 그것은 고통이었다. 주린 육체의 아픔이었다. 나는 마룻바닥에 무릎을 꿇고 두 손을 모아 쥐었다.

 결과는 몹시 부끄러운 것이었다. 차라리 그 소녀에게 기도를 드렸던 편이 더 나았으리라. 허리가 끊어지는 듯한 공복감 때문에 나는 잠시도 버텨낼 재간이 없었다. 부끄럽게, 허망하게 나는 도망쳐 나왔다. 몸이 온통 걷잡을 수 없이 떨리고 있었다. 너무나 심한 떨림이어서 식은땀이 끈끈하게 내밸 지경이었다. 바람 세찬 언덕배기를 게걸음으로 내려오면서 나는 딱히 누구에게라고 할 것 없이 두루두루 알감자를 먹여주었다.

"물을 마시렴."

누나가 담담한 얼굴로 말했다. 그러고는 어머니의 머리맡에 놓여 있던 물 대접을 집어다 주었다. 나는 그것을 한 모금 들이켰다. 아주 차가웠다. 관자놀이께로 찬바람 한 줄기가 빠져나갔다. 진저리를 친 다음에 나는 또 한 모금을 들이켰다. 이번에는 견딜 만했다. 식도를 타고, 비어 있는 위장 속으로 부드럽게 스며드는 감촉을 나는 의식했다. 상쾌한 기분이 들었다.

"물도 급하게 마시면 체하는 거다."

누나가 대접을 집어갔다. 그러고는 천천히 한 모금 들이켰다. 나는 다시 그것을 받아들고 누나처럼 천천히, 맛을 음미하듯 또 한 모금을 마셨다.

예의 소녀보다 누나 쪽이 한결 현명하다고 생각되었다. 물은 온갖 맛을 지니고 있었다. 결코 맛만이 아니다. 그것은 내가 상상할 수 있는 거의 모든 음식물의 빛깔과 형태와 미각으로 쉽게 환치되었다. 온통 푸짐한 환상의 만찬이었다.

누나와 나는 이불로 몸을 둘둘 감고 마주 앉은 채 번갈아가며 한 모금씩 물을 마셨다. 아니, 만찬을 즐겼다. 그러고는 상상의 포만감 속으로 빠져들었다. 무거운 식곤증과 더불어 잠이 쏟아졌다.

12. 수인

더 이상 넘어설 수 없는 어떤 벽에 와 닿았다고 나는 생각했다. 그해 겨울 들어 매섭게 몰아닥친 첫 추위 때문에 새우잠을 자고 난

새벽의 일이었다. 눈을 뜨자마자 나는 그 벽을 보았다. 그것은 내 시야를 차단한 채 견고하게 우뚝 서 있었다.

더 이상 외면할 도리가 없다고 나는 결론지었다. 이상하게도 마음이 차분하게 가라앉았다. 이처럼 명백한 것을 말이다, 하고 나는 속으로 중얼댔다. 이 막다른 벽을 허물고 넘어설 수 있는 길은 딱 두 갈래뿐. 그중의 어느 쪽을 선택해야 할 것인가도 이미 자명했다.

나는 누운 채로 방 안을 천천히 둘러보았다. 궤짝 같은 방의 내벽(內壁) 중 방바닥만 제하고는 모두 성에가 하얗게 끼어 있었다. 어머니와 누나는 아직도 잠들어 있는 게 분명했다. 새우처럼 등을 웅크린 채 춥고 허기진 잠 속에 빠져 있었다.

나는 가만히 문을 밀고 나왔다. 첫눈이 판자촌을 소담스레 뒤덮고 있었다. 눈 오는 날 거지들은 처마 밑에 웅크리고 앉아 넝마 속의 이를 잡아낸다던가. 밤 기온보다도 한결 푸근한 기분이었.

언제부터인가 우리 집 안에 굴러다니던 군용 반합을 나는 부엌에서 찾아냈다. 그만한 용량이면 충분하다고 판단되었다. 나는 털모자를 눈썹 아래까지 푹 눌러쓴 후에 집을 나섰다. 굳이 이웃들의 눈을 피해야겠다고는 생각지 않았다. 그러나 눈 덮인 판자촌 골목을 다 빠져나올 때까지 아무와도 마주치지 않았다. 그것은 역시 다행스런 일로서 적잖게 내 용기를 북돋아주었다.

하지만 귀로에도 그런 요행수를 바랄 수는 없는 노릇이었다. 눈은 여전히 푸설푸설 떨어져내려 발목께까지 잠겼지만, 그러나 판자촌 주민들은 누구나 부지런을 피워야 할 시간이었다. 속절없이 나는 이웃들의 얼굴과 부딪쳐야만 했다. 한 떼거리의 아이들까지 비좁은 골목길에서 질탕한 눈싸움을 벌이고 있는 판이었다.

군용 반합은 묵직했다. 나는 그것을 굳이 감추려 하지 않았다. 낯익은 얼굴들과 맞닥뜨릴 때마다 내가 취할 수 있었던 최선의 태도란 고작, 털모자를 끌어내리고 발부리를 내려다보는 것뿐이었다.

죄다 예상했던 일이었다. 누나는 내가 내민 반합을 뱀보다 더 만지기를 꺼렸다. 물론 어머니에게도 내색하지 않았다. 그녀와 벌인 투쟁은 힘겨운 것이었다. 격렬하면서도 말없는 싸움이었다. 만약 누나가 끝까지 고집을 꺾지 않았다면 나는 그놈의 저주스러운 군용 반합을 어떻게 처분했을까? 부엌 바닥에다 내용물을 쏟아버린다거나 혹은, 그것을 들고 다시 집 밖으로 나선다는 것은 참으로 끔찍한 일이 아닐 수 없었다.

그러나 싸움은 쉽게 끝나지 않았다. 누나가 고개를 숙인 채 내 얼굴을 쳐다보는 것조차도 두려워하고 있음이 분명했다. 그녀의 귓불이 온통 빨갛게 물들어 있었다. 나는 가슴이 터질 것만 같아서 더 이상 그녀와 마주 서 있을 수가 없었다. 누나의 상대는 단순히 나의 치욕스러운 행위만이 아니었다. 그녀는, 자기 자신까지 포함해서 지금까지 속해 있던 하나의 세계와 무언의, 그러나 치열한 싸움을 벌이고 있었던 것이다.

배를 채운 대신에 누나와 내가 치른 대가는 결코 가벼운 것은 아니었다. 그날 하루 종일 우리는 궤짝 같은 방을 단 한 발자국도 벗어나보지 못했다. 소담스럽게 푸설푸설 떨어져 내리는 눈발이 우리를 유혹했지만 누나와 나는 꼼짝도 하지 않았다. 좁은 공간 속에 웅크리고 앉은 채 나는 참으로 오랜만에 아버지의 모습을 떠올렸다. 우리는 수인(囚人)이었다. 양심을 팔아먹은 아버지와 자존심을 거덜 낸 그 아들은 똑같은 수인이었다.

13. 혼의 굶주림

그날은 행운과 액운이 번갈아 나를 찾아들었다. 그것들은 무슨 약속이나 되어 있는 것처럼 거듭거듭 나를 놀라게 만들었던 것이다. 느슨한 일생을 하루에다 몽땅 압축해 보여주는 듯한, 바로 그런 날이었다.

행운이 먼저였다. 그렇게 많은 곳을 순례하지 않고도 나는 나의 그릇을 채울 수가 있었다. 이례적인 일이었다. 용량 2리터들이 군용 반합을 채우기 위해 때로는 2킬로 밖의 마을까지 순례하지 않으면 안 되었었다. 밤에는 설사 대문을 열어둘지라도 식사 시간만은 꼭꼭 문단속이 요구되던 시기였기 때문이다.

허물도, 탓할 일도 아니다. 그것은 바로, 피폐한 1950년대를 살아가는 하나의 양식(樣式)이었을 따름이다. 다들 거덜 난 살림이었다. 도둑이 들어도 집어갈 것이 없으므로 문단속은 필요치 않았다. 그러나 밥상 앞에 앉아 한 숟갈의 적선을 거절할 만큼 모질지는 못했다. 그 모질지 못한 마음에 빗장을 걸어 잠가야 했던 사람들을 나는 원망하지 않는다.

때로는 우리의 도시를 거의 반 바퀴나 우회하고도 끝내 내 그릇을 채우지 못한 날도 없지 않았다. 자존심이란 한 번의 거래로 몽땅 팔아넘길 수 있는 그런 것이 아니었다. 바닥난 샘에 다시 물이 괴듯이 내게는 언제나 거의 온전한 자존심이 남아 있었다. 그것이 나를 불편하게 만들었다. 나는 매번 서툴고 부끄럼을 많이 타는 순례자일 수밖에 없었다. 그러므로 가능한 한 그릇이 가득 채워지기를 나는 소망했다. 그만큼 순례의 횟수를 줄일 수 있기 때문이었다.

결코 작은 행운이 아니었다. 나는 용량부터 확인했다. 만족할 만한 양이었다. 이 정도면 사흘쯤은 버틸 수 있겠다고 판단되었다.

내용물도 다양했다. 오곡(五穀) 정도가 아니었다. 들판에서 거두어들일 수 있는 거의 모든 종류의 알곡들을 내 작은 그릇 속에 알뜰히 표본 채집해둔 것 같았다. 불과 한 해 전만 해도 나는 흙 속에서 뒹굴던 아이였으므로, 그리고 아직도 변함없는 시골뜨기였으므로 그것들을 잘 헤아려낼 수가 있었다. 반합에다 코를 박고, 손가락으로 헤집기까지 하면서 나는 내용물을 일일이 점검했다. 쌀, 보리, 밀, 수수, 기장벼, 차조, 메조, 강낭콩, 풋대콩, 완두, 녹두, 팥, 누렁콩, 밤콩, 아주까리콩, 압맥, 안남미 등등……

이날의 행운을 나는 비로소 이해했다. 결코 우연이 아니었다. 정월 대보름날 아침을 나는 맞고 있었던 것이다.

액운이 들이닥친 것은 그다음 순간의 일이었다. 흔히 그러하듯 그것은 불시에 나를 덮쳤다. 전혀 손쓸 재간 없이 나는 길바닥에 나동그라졌다. 너무나 호되게 나가떨어졌으므로 한동안 정신을 차릴 수조차 없었다.

내가 당한 재난이 어떤 것인가를 인지한 것은 한참 뒤의 일이었다. 땅바닥에 모잽이로 쓰러져 누운 채 나는 멍하니 보고 있었다. 재앙은, 나를 습격한 그 액운은 셰퍼드 모양을 하고 있었다. 놈이 시뻘건 혓바닥을 빼물고 나를 노려보고 있었다. 공포감이 등줄기를 긋고 지나갔다. 나는 꼼짝도 하지 않았다. 손가락 한 마디라도 움직이기만 하면 놈이 또다시 공격해올 것 같았기 때문이었다.

중년 사내 하나가 창황히 뛰어나왔다. 나보다 더 놀란 얼굴이었다. 낯빛이 파랗게 굳어 있었다.

　나는 안심을 했다. 결국 별것이 아니었다. 나의 재앙 덩어리는 순순히 집 안으로 쫓겨 들어갔다. 날카로운 이빨을 곤두세우는 대신 놈은 비열하게도 아첨의 꼬리를 흔들고 있었다. 그 꼴이 나를 분통 터지게 했다. 약자처럼 더 이상 쓰러져 있을 수가 없었다. 나는 몸을 털며 가볍게 일어섰다.

　왼쪽 다리에서 통증이 왔다. 한순간 전류가 흐르는 듯한 아픔이었다. 그러나 나는 그것을 대수롭지 않게 치부했다. 보다 큰 아픔은 내 몸의 밖에 있었다. 엉거주춤한 자세로 선 채 나는 길바닥을 내려다보았다. 속이 텅 빈 군용 반합이 발부리에 뒹굴고 있었다. 얼어붙은 땅바닥에 낭자하게 흩어져 있는 것들…… 내가 당한 재난이 얼마나 참담한 것인가를 나는 서서히 깨닫기 시작했다. 치욕스러운 내 작은 우주가 온통 엎질러져 있는 느낌이었다.

　그러나 나는 금세 원기를 회복했다. 그 재앙으로 하여 또 다른 행운이 찾아들었기 때문이다.

　내게 두번째의 행운을 쥐여준 것은 예의 중년 사내였다. 처음에 몹시 놀랐던 만큼 그는 아주 침착했다. 내가, 셰퍼드에게 물린 상처가 대단치 않다고 말했기 때문에 그는 굳이 그것을 확인하려 들지 않았다. 그 대신 주의를 섞은 몇 마디 위로의 말을 내게 들려주었다. 그는 또, 허무하게 속이 비어버린 내 군용 반합을 다른 것으로 채워주겠다고 제의했지만 단호히 나는 그것을 거절했다. 왜 그랬는지 알 수 없다. 결국 사내는 호주머니를 뒤적뒤적하더니 몇 장의 지폐를 꺼내 내 손에 쥐여주었다.

　현금을 갖는다는 것은 단순한 행운 이상의 것이었다. 다른 아무것도 나는 생각할 수가 없었다. 어둠 속에서 갑자기 탐조등의 집중 조사를 받은 것처럼 나는 얼이 빠진 채 멍청하니 서 있었다. 예의 중년 사내가 단단히 닫아거는 두 짝의 대문만 멍하니 보고 있었다.

의심할 여지 없이 분명한 행운이었다. 그런데도 왠지 가슴으로 다가오지 않았다. 나는 조심스레 주먹을 펴보았다. 있었다. 이날 내게 찾아든 두번째의 행운은, 낡고 해진 석 장의 지전(紙錢)으로 현신해 있었다.

나는 재빨리 손가락을 오므렸다. 불안했다. 행운이 또 한차례 환신하여 새처럼 푸드덕 날아가버릴지도 모른다 싶었다. 꼭 움켜쥔 주먹을 나는 주머니 속에다 깊숙이 찔러넣었다. 그러고는 도망치듯 그 장소를 떠났다.

풀빵을 사먹은 것이 내가 맨 처음 한 일이었다. 그것은 씨알 굵은 붕어 모양을 하고 있었다. 등때기가 노리끼리하고 뱃구레가 말랑말랑했다. 꼬리짬에서부터 한입 덥석 베어물었을 때의 그 달착지근함, 따뜻함, 부드러움을 나는 잊을 수가 없다. 혓바닥처럼 확실한 것이 어디 있으랴. 공허한 가슴이 아니라 영악한 혓바닥으로써 나는 비로소 내가 잡은 행운을 확인했다. 이제는 믿어도 좋다고 나는 생각했다.

지전 한 장을 치른 다음에 나는 더 많은 거스름돈을 받아들었다. 그것을 호주머니 깊숙이 간직했다. 길을 걸었다. 휘파람을 날리고 싶은 그런 기분으로 나는 대중 없이 거리를 쏘다녔다. 호주머니 속에 단단히 손을 찔러넣은 채. 두 마리의 어미 참새와 여러 마리의 새끼들이 둥우리 속에서 즐겁게 재잘대는 소리를, 나는 손끝으로 항시 들을 수 있었다.

길거리에는 나를 유혹하는 것들이 지천으로 널려 있었다. 호떡과 군고구마와 어묵과 떡볶이와 땅콩과 센베이 과자와 흰 엿과 문화빵과 곤달걀과…… 나는 자주 걸음을 멈춰야만 했다. 주저할 이유가 없었다. 너무나 오랫동안 나는 굶주렸었고, 그리고 내 주머니 속에는 분명한 행운이 들어 있었다. 의심할 수 없는 행운이.

한때 새벽의 이삭 줍기를 했던 그 시장 바닥에도 나를 유혹하는 것은 얼마든지 있었다. 번철 위에서 지글지글 끓고 있는 군만두와 포대기로 둘둘 싸감은 동이 속의 수제비, 탄불 위에서 김을 피워올리고 있는 팥죽과 작은 냄비 속의 가께우동, 그리고 좁쌀떡과 당면 무침과 뒷고기와 꽁치구이 등등.

위가 바라고 혀가 요구하는 거의 모든 것들을 나는 취했다. 욕망은 끝이 없었다. 그것은 흡사 광기처럼 나를 온통 사로잡고 있었다. 제동을 걸 수 있는 방법이라곤 아무것도 없었다. 종당엔 분별심도 사라졌다. 미친 듯이, 흡사 열병 환자와도 같이 나는 이곳저곳을 기웃거리며 다녔고, 그것이 입으로 처분할 수 있는 것이면 가리지 않고 닥치는 대로 취했다.

마침내 위가 거부했다. 그리고 다음에는 혀가 그것을 밀어냈다. 폭발할 것 같았다. 조금만 동체를 기울여도 안엣것이 흘러넘칠 것만 같았다. 나는 그제야 어기적거리며 천천히 시장 바닥을 빠져나왔다. 포만감이 천근만근 무게로 나를 찍어눌렀다.

그러나 나를 절망케 한 것은 터질 듯한 그 포만감이 아니었다. 이제는 물 한 모금, 콩 한 쪽도 더 받아들일 수 없는 절대 수위인데도 불구하고, 그러나 기이하게도 여전히 남아 있는 그 욕망이 문제였다. 그것은 계속 새로운 먹이를 요구하고 있었다. 퍼내도 퍼내도 결코 다함없는 갈증이었다.

 보리개떡 같은 꼴을 하고 나는 어기적거리며 집으로 향했다. 한쪽 발목엔 터질 듯한 포만감을, 또 한쪽 발목엔 바닥 모를 절망감을 쇳덩이처럼 질질 끌면서였다. 울음이 끓어올랐다. 누나와 어머니의 얼굴을 나는 떠올렸다. 이 장난감 같은 도시의, 저 우스꽝스런 상자 속에서 그들은 나의 귀가를 기다리고 있을 것이었다. 가슴이 빠개질 것 같았다.

 나의 행운은 이제 바닥이 나버렸다고 나는 생각했다. 최후에 나를 기다리고 있었던 것은 역시, 변함없는 재난이었다. 속이 빈 반합과 다시 빈털터리가 되어버린 주머니와 그리고, 여전히 게걸스럽게 껄떡거리고 있는 굶주린 혼 외에 다른 아무것도 나는 가진 것이 없었다.

14. 민며느리

 어머님이 기동을 했다. 어떤 변화를 예감케 하는 일이었다.
 몹시 추운 날이었다. 머리맡의 자리끼가 꽁꽁 얼어붙어 있었다. 추위 때문에 아침 해도 한결 더디게 찾아오는 듯했다. 봉창 구멍을 붉게 물들인 햇빛마저 이가 시리게 느껴졌다. 천장과 네 벽에 하얗게 서려 있는 성에들을 나는 보았다. 눈보다 깨끗하고 결이 고왔다. 눈부신 수정 상자 속에 누워 있는 기분이었다.
 방문이 열리고 어머니가 들어왔다. 젖은 머리칼이 여윈 어깨를 덮고 있었다. 어머니는 구석 장롱 위에다 쪽거울을 세워놓고 빗질을 시작했다. 반듯하게 가르마를 타고 동그랗게 쪽을 찐 다음에 비녀를 꽂았다. 아주 조용한 몸짓이었다. 너무나 조용한 몸짓이어서 움직이고 있다는 느낌마저 들지 않았다.

실상 어머니의 건강은 말할 수 없는 상태였다. 평소 말수가 적은 만큼 야무지던 그 얼굴은 부기로 누렇게 들떠 있었다. 눈언저리에 짙은 그늘이, 콧마루와 입술엔 푸른빛이 그리고 여윈 목과 어깨쯤엔 보는 이의 시선을 써늘하게 만드는 어떤 냉기 같은 것이 선연히 드리워져 있었다. 실지렁이 같은 정맥들이 아른아른하게 내비치고 있는 손등을 나는 또 보았다. 투명한 열대어처럼 속이 훤하게 들여다보였다.

도무지 양감을 느낄 수 없는 몸이었다. 흡사 종이를 접어 만든 인형처럼 가볍고 마르고 얄팍한 모습이었다. 어머니가 그 육체를 스스로 움직일 수 있다는 것만으로도 나는 가슴이 온통 더워짐을 의식했다.

머리 단장을 끝낸 어머니는 조용히 장롱을 열었다. 나들이옷을 찾으시는가 보다고 나는 생각했다. 외삼촌 댁을 찾아갔던 일이 기억났다. 비록 소득이 있었다고는 하더라도 그러나 몹시 씁쓸한 기억이었다. 어머니가 또다시 그 외팔의 사내를 찾아가지는 않으리라고 생각되었다. 그러면 갑작스러운 나들이의 행방은 어디일까?

최 반장의 출현으로써 그 의문은 금세 사라졌다. 분명했다. 당신은 갑자기 아버지를 만나고 싶었던 것이다.

최 반장을 따라 어머니는 집을 나섰다. 참으로 오랜만의 기동이었다. 이웃 아주머니 몇이 추연한 얼굴로 어머니의 뒷모습을 지켜보고 있었다. 전혀 움직이는 것 같지 않게 어머니는 조용히 골목을 빠져나갔다.

 그들이 돌아온 것은 해 질 무렵이었다. 최 반장은 원폭병을 앓고 있는 김 씨네 집으로, 어머니는 누나와 내가 기다리고 있는 우리 방으로, 말 한마디 나누는 일 없이 갈라졌다. 두 사람 다 추위와 피로로 기진맥진해 있었다.

 하지만 어머니는 바로 자리에 들지 않았다. 나들이옷을 걸친 채로 장롱 앞에 조그맣게 웅크리고 앉았다. 우리는 보았다. 어머니가 고개를 떨어뜨린 채 참으로 오랫동안 미동도 않고 앉아 있는 모습을. 숨소리조차 거의 들리지 않았기 때문에 나는 당신이 마침내 운명하신 게 아닌가 하고 더럭 겁을 집어먹었다.

 나는 가만히 누나를 돌아보았다. 어머니처럼 그녀도 고개를 꺾고 있었다. 왠지 그녀의 귓불이 발그레하게 물들고 있었다.

 어머니가 다시 장롱을 열었다. 그러고는 몇 점의 옷들을 골라냈다. 당신의 것이 아니었다. 나는 그것들이 죄다 누나의 것임을 한눈에 알아볼 수 있었다. 그렇다. 그 옷들은 죄다 누나의 것이었다. 그러므로 거기에는 누나의 모든 것들이 담겨 있었다. 내게 보이던 눈빛 한 점, 이따금씩의 미소 한 가닥, 그리고 여린 숨소리 한 음에 이르기까지 누나에 대해 내가 연상할 수 있는 모든 것들이 올의 틈새마다 촘촘히 박혀 있는 그런 옷들이었다.

 어머니가 우리를 향해 돌아앉았을 때 나는 비로소 그 눈이 젖어 있음을 발견했다. 눈언저리에 항시 괴어 있는 어둠 때문에 물기는 잘 눈에 띄지 않았다. 그러나 어머니는, 당신의 저 깊은 어둠 속에 아직도 마르지 않은 샘을 감추고 있음이 분명했다.

 "애야, 일어서거라……"

어머니가 말했다. 난생처음 들어보는 음성이었다.
"네 아버지는 1년 후에나 돌아오신다."
단지 그 말뿐이었다.

누나의 옷가지를 챙겨들고 어머니는 일어섰다. 누나의 귓불은 여전히 발그레 물들어 있었다.

너무나 추운 날씨 탓이리라. 골목은 텅 비어 있었다. 각다귀 같은 아이 녀석 하나 보이지 않았다. 좁고 긴 시궁창처럼 얼어붙은 판자 골목을 갈퀴 같은 바람만 드윽득 긁어대고 있을 뿐이었다.

어머니가 앞서고 누나가 그 뒤를 따랐다. 아주 먼 길을 떠나는 사람들 같았다. 옷 보퉁이를 앞가슴에 꼭 끌어안은 어머니는 한번도 뒤를 돌아보지 않았다. 그러나 누나의 작은 얼굴은 자주자주 나를 돌아보았다. 웃고 있었다, 누나는…… 하지만 나는 마주 웃어 보일 수가 없었다. 왠지 돌팔매라도 한바탕 해주고 싶은 심정이었다.

두 사람의 모습이 골목을 꺾어 돌았다. 내게는 더 이상 보이지 않았다. 갑자기 텅 비어버린 골목이 들판처럼 황량하게 느껴졌다. 고개를 떨어뜨리고 발부리를 내려다보며 나는 가만히 계산했다. 이제 조금 더 가서 왼쪽으로 한 번만 더 꺾어들면 된다. 그곳엔 누나 친구 두부살이 있고, 그의 네 오빠들이 있고, 그리고 또 무진장의 두부가 있다. 누나는 이제 거기서 산다. 그 집 민며느리가 된 거다……

생각할수록 약이 올랐기 때문에 나는 그만 앙앙 울어버리고 싶어졌다.

15. 언제나 주검은 낯설다

주검〔屍身〕과 사귈 수 있는 사람은 없다. 주검은 언제나 낯설기 때문이다.

설사 가족이나 이웃의 주검이라고 해도 그것은 마찬가지이다. 나는 결코, '잠든 것 같은' 주검을 상상할 수가 없다. 잠은 이승의 것이다. 어쩌면 '죽음'조차도 이승에 속해 있는 그런 것이다. 그러나 주검만은 결코 이승의 것일 수가 없다. 그것은 이승 밖의 어딘가로 떠나버린 사람들만이 남길 수 있는 그런 것이기 때문이다.

그러므로 사자(死者)의 얼굴은 낯설고 외경스럽다. 그에 관한 어떤 기억도 무력할 뿐이다. 생전에는 결코 볼 수 없었던, 너무나 차갑고 낯선 얼굴인 것이다. 그 위에다 서둘러 한 삼태기의 흙을 끼얹는 것 외에 우리가 할 수 있는 일이란 결국 아무것도 없는 셈이다.

우리 도시의 하나뿐인 공원엔 그런 주검이 자주 발견되었다. 한때는 이 도시의 주민들보다 더 많은 피난민들을 수용했던 공원이었다. 헐벗은 구릉과 왜소한 나무들이 그 무렵의 상흔을 증언하고 있었다.

처음 내가 목격했던 주검은 어느 목이 긴 사내가 남긴 것이었다. 나이는 도무지 헤아릴 재간이 없었다. 그 얼굴 표정이 너무나 고통스럽게 일그러진 채로 딱딱하게 굳어버렸기 때문이었다. 사내는 철 지난 남방 차림에 맨발이었다. 체구는 좀 작고 마른 편이었다. 그 밖에 특별히 눈에 띄는 점은 없었다. 말하자면 그는 이 무렵의 공원 주변 어디서나 흔히 볼 수 있는 실향민의 한 사람에 지나지 않았다.

별스럽게 그의 목이 길게 느껴진 까닭은, 그것이 자신의 체중을 힘겹게 매달고 있었기 때문이다.

이승 밖의 어딘가에 또 다른 세계가 있는지 없는지에 대해 나는 물론 아는 바가 없었다. 그러나 만약 그런 곳이 있다면, 사내를 이승에서 그 세계로 건너보낸 다리는 한 그루 왜소한 나무였다. 단풍목과의 그 나무는 공원의 헐벗은 구릉 위에 서 있어서, 사내처럼 가지에 매달려 앞을 내다보면 우리의 도시가 한눈에 잘 조망되었다. 나는 그 점을 잘 알고 있었다. 언젠가 그 나무에 올라앉아 거의 한나절이나 소일한 적이 있었기 때문이다. 거기서는 모든 게 다 잘 내려다보였다. 우리의 도시가 훤하게 내려다보이고, 도시의 외곽을 돌아가는 두 가닥 철길이 내려다보이고, 그리고 또 그 너머 우리의 장난감 같은 판자 마을이 손에 잡힐 듯이 들여다보였었다.

바로 그런 위치에 사내의 주검은 내걸려 있었다. 그러나 그는 이미 떠나고 없었다. 남은 것은 낯선 얼굴의 주검뿐이었다. 어떤 외경 속에서 나는 잠시 생각에 잠겼었다. 그 사내의 마지막 기억은 어떤 것이었을까?

그것을 증언해줄 자는 아무도 없다. 이승을 떠나는 마지막 순간에 그가 볼 수 있었던 것, 혹은 간절히 보고자 소망했던 것, 그것이 과연 무엇이었던가를 말이다.

그러나, 적어도 한 가지 사실만은 분명하다고 나는 생각했다. 말하자면, 그것은 결코 내가 보고 확인할 수 있었던 그런 따위들은 아니었으리라는 사실이었다. 왜냐하면 이 허기진 도시와 우스꽝스러운 마을들을 내려다보기 위해 거기다 굳이 목을 매달 필요는 없기 때문이었다.

더러는 방치된 주검을 본 적이 있었다. 그 본래의 주인으로부터, 한때는 그가 속해 있었던 사회로부터, 그리고 마침내는 이승으로부터 철저하게 버려진 주검들은 어쩌면 그렇게도 빨리 부패해버리고 마는지…… 약명 미상의 극독물을 희석한, 2홉들이 소주 한 병을 들이켜고 이승을 하직해버린 어떤 주검은 그 점을 특히 실감케 했다.

외경이 아니다. 이물스러운 낯섦만도 아니다. 쇠파리들과 날파리 떼와, 그리고 한 줌의 바람, 한 조각의 햇살이 그 주검 위에 머물고 있는 것을 나는 보았다. 한 삼태기의 흙을 굳이 끼얹어줄 것도 없었다. 그것은 스스로, 온갖 사물들이 필연적으로 가야 할 그 해체의 길을 서둘러 가고 있었던 것이다.

그 공원에도 예외 없이 겨울이 오고 추위가 몰아닥쳤다. 주검은 도처에서 흔하게 발견되었다. 추위가 남긴 것들이었다.

분지(盆地)의 겨울 날씨는 변덕스럽고 혹독하다. 불행히도 그 속에 갇힌 우리 도시는 불과 하룻밤 사이에도 수명의 동사자(凍死者)들을 만들어내곤 했다. 그 주검들은 특히 공원 주변에서 자주 눈에 띄었다. 공원으로 오르는 돌계단과 그 바깥쪽의 메마른 하수구, 그리고 두 개의 정자와 어느 시인의 시비(詩碑) 아래까지 주검은 뒹굴고 있었다. 돌보다 더 딱딱하게, 얼어붙은 벌거숭이의 땅보다 더 황량하게.

추위란 어떤 것인가? 우리는 그것을 눈으로 볼 수는 없다. 그것이 남긴 상흔만 볼 수 있을 따름이다. 동사자들의 주검도 그런 상흔에 지나지 않는 것인지도 모른다. 그러나 그 흔한 주검들 앞에 서면 나는 문득문득 추위의 진면목이 보이는 듯했다.

그랬다. 그것은, 이승 밖의 어딘가에 내걸려 있는 한 그루의 왜소한 나무, 혹은 약명 미상의 극독물이 희석된 2홉들이 소주병과 너무나 흡사한 얼굴이었다.

서른 개도 넘는, 공원의 돌계단 중간쯤에 한 여자의 주검이 있었다. 원래부터 그 자리에 놓여 있었던 무슨 고형물처럼, 작고 초라한 주검이었다. 나는 그 앞에서 발길을 세웠다. 혼자였다. 한낮인데도 햇빛을 구경할 수 없는, 음산하게 얼어붙은 날씨였다. 하릴없이 공원을 배회하는 사람은 거의 없었다. 간혹 돌계단을 오르내리는 사람들도 그 작고 초라한 주검 때문에 굳이 발길을 멈추진 않았다.

칼날 같은 바람이 헐벗은 공원을 가르며 한차례 지나갔다. 그러나 나는 아직 버틸 만했다. 때로는 추위와 싸우는 일이 허기를 잊게 해주었다. 나는 고개를 숙이고 그 주검을 들여다보았다.

낯선 얼굴이었다. 돌계단의 입면(立面)에 밀착해 있는 좁은 이마, 자신의 뺨을 부드럽게 받치고 있는 숱 많은 머리칼, 그리고 반쯤 열린 채 굳어버린 건조한 입술 따위들을 나는 꼼꼼하게 내려다보았다. 어제까지도 바지런하게 움직였을 그녀의 두 손이 가슴과 턱 사이에서 멎어 있었다. 이제는 누구도, 그 여위고 불결한 두 손을 움직이게 하지는 못하리라. 그것은 참으로 영원한 정지였다.

저항한 흔적은 아무 데도 보이지 않았다. 추위와 죽음과, 그리고 마지막 순간의 외로움과도 그녀는 쉽게 친화했음이 분명했다. 그녀의 주검을 받치고 있는 돌계단조차도 아주 따뜻하게 느껴질 만큼 흐트러짐이 없는 자세였다. 진실로 아무것도 그녀는 남기고 있지 않았다. 주검까지도 결코 그 자신의 것이 아니었다. 그녀가 너무나 온전하고 완벽하게 이승을 떠나버렸기 때문에, 돌계단 위에 똬리처럼 조그맣게 버려져 있는 그 주검은 철저히 낯선 사물처럼 보였다.

나는 허리를 펴고 천천히 주위를 둘러보았다. 정작 낯익은 무엇을 발견한 것은 바로 그 순간이었다. 그녀의 것이 분명했다. 조금 떨어진 지점에서 그녀의 것으로 판단되는 함지박 하나와, 그리고 그 안에 담겨 있는 두어 알의 썩은 사과를 나는 발견했던 것이다.

지난가을의 기억을 되돌아볼 필요는 없었다. 나는 예의 주검을 다시 돌아보았다. 그토록 낯선 그 주검에서 나는 간신히 한 여인의 얼굴을 희미하게나마 읽어낼 수 있었다. 낡은 기억처럼 희미하게 바랜 얼굴이었다. 내가 보고 있는 것은 그녀의 얼굴이 아니라 어쩌면, 나 자신의 기억인지도 모를 일이었다.

공원 관리인으로 보이는 한 사내가 다가왔다. 무표정한 얼굴이었다. 하기야 새삼 놀랄 이유도 없을 게다. 지난 한 철 내내 지겹도록 그녀의 얼굴을 보아왔을 테니까 말이다. 그는 둘둘 말아가지고 온 가마때기를 확 펼쳐 그 초라한 주검을 덮었다.

충분했다. 너무나 조그맣게 웅크리고 있는 주검이어서 가마때기 한 장만으로도 넉넉히 가릴 수가 있었다. 그녀가 이승에서 잠시나마 차지할 수 있었던 공간도 그보다 크지는 않았으리라. 머리칼도 발끝도 보이지 않았다.

나는 돌계단을 천천히 내려왔다. 하늘은 여전히 음산하게 얼어붙어서 햇빛 한 점 새어 나오지 않았다. 칼날 같은 바람이 가슴에 와 박혔다. 갑자기, 돌아가야 할 길이 아득하게 느껴졌다.

바람 속을 떨면서 걸으며 나는 무슨 생각인가를 열심히 했다. 골이 지끈지끈 팼다. 온갖 기억과 환상 가운데서 맨 마지막까지 남은 것은 몇 알의 썩은 사과였다. 비로소 상념의 갈피가 잡혔다.

머릿속에서 찬바람이 일 만큼 아주 명징한 의식으로써 나는 생각했다. 그녀는 언제나 썩은 사과를 먹고 있었다. 불결한 손가락 끝으로 항시 썩은 부위만 열심히 후벼서 파먹곤 했었다. 그 밖의 다른 아무것도 그녀는 취하지 않았다. 내 어머니가 물밖엔 거의 아무것도 취하지 않듯. 메마른 헛구역질 같은 것을 나는 심하게 느꼈다.

저 작고 초라한 주검을 남긴 채 그녀는 이제 공원을 떠났다. 우리들의 헐벗은 공원엔 두 번 다시 돌아오지 않을 것이다. 그 발치쯤에 버려져 있던 함지박과 두어 알의 사과를 나는 또 생각했다. 분명했다. 그녀는 이제 썩은 열매를 더 이상 취하지도 팔지도 않을 것이었다. 나는 또다시 심한 헛구역질을 느꼈다.

바로 그날 밤에 원폭병 환자 김 씨가 운명했다. 이웃이 모두 그의 죽음을 슬퍼했다. 우애 깊은 동생을 둔 덕분에 그동안 가려져왔던 그의 불행을 이웃들은 비로소 발견해낸 기분이었다. 이미 10년 가까운 세월을 그는 궤짝 같은 그의 방 속에서만 갇혀 살아왔었다. 한때는 서너 개 나라의 국경을 바자 울타리 넘나들듯했다는 그 사내가 말이다. 김 씨가 기다려온 것은 무엇일까? 그것은 발끝에서부터 심장을 향해 서서히 진행해온 죽음 외에 다른 아무것도 아니었음을 이웃들은 그제야 분명히 깨달을 수 있었다.

바지런한 최 반장이 관을 사오고, 고물상 하는 곽 씨가 조등을 내걸었다. 겨울 들면서부터 찬바람만 할퀴고 지나가던 우리 골목이 갑자기 문상객들로 복작대고, 이웃 아낙네들이 그 집을 기웃거리며 질금질금 울어댔다. 하지만 정작 김 씨 부인은 울지 않았다. 이미 10년쯤 전부터 이날이 올 것을 알고 마음의 준비를 단단히 해온 듯했다. 누구보다 활달한 목소리로 그녀는 남편의 장례를 지휘하고 있었다.

살아서는 궤짝 같은 방이 우주의 전부였던 김 씨가 죽어서는 그보다 더 작은 공간을 차지했다. 그의 주검을 거두어들인 관은 그때까지 내가 볼 수 있었던 가장 작은 방이었다. 너무나 작은 방이었기 때문에 오직 그의 몸뚱이 외에는 다른 아무것도 수용할 수가 없었다. 그의 부인과 아이들은 속절없이 그 작은 방 밖에서 서성거리고 있었다. 허물 없는 벗이었던 최 반장과 곽 씨조차도 도무지 비집고 들어앉을 자리가 없었다. 아마도 그 때문이리라. 그들의 모습이 다른 어느 때보다도 허전하고 맥 풀려 보였다.

골목 어귀에 내걸린 조등을 밤이 깊도록 나는 내다보고 있었다. 우리 방 봉창 구멍을 통해 그 희미한 불빛이 잘 보였다. 김 씨가 언제나 차지하고 있던 그 공간만큼 훤한 불빛 아래 이승의 눈발이 희끗희끗 날리고 있었다.

16. 차 목사

어머니와 함께 교회에 갔다. 아주 힘이 들고 쑥스러운 일이었다. 길은 미끄러웠다. 게다가 어머니는 내 손을 빌리지 않고는 도무지 발걸음을 떼놓지 못했다. 언덕 위의 천막 교회가 그처럼 아득하게 느껴진 적은 다시 없었다. 천신만고 끝에 그곳에 닿았을 때 나는 식은땀에 온통 젖어 있었다. 오한이 나고 다리가 허둥거려졌다.

어머니가 왜 갑자기 교회를 찾게 되었는지에 대해 나는 전혀 아는 바가 없었다. 전지분유가 바닥난 지도 이미 오래였다. 이제는 교회에서 얻어낼 수 있는 거라곤 아무것도 없다고 나는 진작부터 생각해오던 터였다. 저 광목 자루 속에서 나온 소녀는 기도로써 배고 픔을 잊을 수 있다고 말했었다. 하지만 나로서는 그것이 불가능했 던 것까지도 나는 잊지 않고 있었다. 그러므로 어머니의 이 때늦은 행차가 내게는 도무지 이해되지 않았다.

코크스 부스러기가 지저분하게 깔린 교회 뜨락엔 낯익은 얼굴들 이 서성거리고 있었다. 한때는 그리도 부지런히 드나들던 곳이다. 다시 낯익은 얼굴들을 대하자 나는 왠지 쑥스러움을 느꼈다. 결코 어머니 때문만은 아니었다.

다행히 그들은 나를 나무라지 않았다. 뿐더러 우리를 따뜻하게 맞아주었다. 흡사 길 잃은 어미 양과 새끼 양을 찾아낸 것처럼 반갑 게 손을 잡아주었다. 그들의 손은 한결같이 차갑게 얼어 있었지만, 그러나 마음을 따뜻하게 덥혀주는 힘이 있었다.

"이 녀석, 아주 기특한 일을 했구나. 복 받을 일을 했어."

입구에 서 있던 사내가 내 머리를 툭툭 치며 말했다. 비록 후줄근 하게 낡은 것이긴 해도 명색만은 신사복에 넥타이까지 단정하게 착 용한 사내였다. 그가 바로 이 언덕배기 위 개척 교회의 차 목사였다.

그에 관한 몇 가지 소문을 나는 알고 있었다. 좋은 의미든 나쁜 의미든 간에 그는 적어도 우리 판자촌 주민들 사이에까지 평판이 나 있는 목사였기 때문이다. 그에 관한 항간의 소문이란 일테면 이 런 따위들이었다.

언젠가 술에 취해 있는 차 목사를 본 적이 있다고 누군가가 소문 을 퍼뜨린 적이 있었다. 목격자의 말에 의하면 그가 백주대로를 벌 겋게 술 취한 낯짝을 하고 비틀비틀 걸어가더라는 것이었다. 또 한 번은 그가 변두리의 삼류 극장에서, 그것도 내용이 극히 수상쩍은 영화를 구경하다가 같은 교회의 신자에게 들킨 적도 있다고 했다. 깡패들과 주먹다짐을 벌인 적도 있고, 또 빚쟁이들에게 자주 먹살을 잡히기도 한다는 소문이었다.

그러나 그런 소문들 중에서도 판자촌 사람들의 귀를 가장 거슬리게 하는 것은 이른바 '빨간 돈' 문제였다. 그가 우리 유년반에서 설교한 적은 없기 때문에 나는 한 번도 들어보지 못했지만, 그러나 차 목사는 설교 때마다 으레 빨간 돈 얘기를 빼놓지 않는다는 것이었다. 그것도 아주 당당하게, 단하에 앉아 있는 신자들을 꾸짖듯이 말이다.

"하나님 앞에 빨간 돈 내놓지 맙시다. 코 묻은 1환짜리 빨간 돈 하나님께 내놓는 일을 부끄럽게 생각하십시다!"

물론 그 모든 소문에는 항시 꼬리가 따라다녔다. 그 점이 차 목사를 차 목사답게 만드는 일면이었다. 나는 역시 들어서 알고 있었다. 일테면 저 음주 소동만 해도 그랬다.

또 다른 사람이 전하는 바에 의하면 차 목사가 취했던 것만은 분명했다. 그러나 우리 마을의 그 흔한 모주꾼들처럼 그가 분별없이 술을 들이켠 결과는 아니라고 했다. 그가 먹은 것은 술이 아니라, 그 사악한 음식을 걸러내고 남은 찌끼였다. 나는 너무나 잘 알고 있다. 사카린으로 조미했을 때의 그것은 결코 사악 시할 수만은 없는, 우리 이웃들의 일용할 양식일 수도 있음을.

그러므로 비난받아야 할 쪽은 차 목사가 아니라 그가 심방했던 어느 신자의 가난이었다. 그것밖에는 다른 아무것도 내놓을 수 없었던 그 가난이 문제였다. 그러나 가난이 문제이기는 해도 결코 비난받아 마땅한 죄악은 아니다. 나는 충분히 상상할 수가 있었다. 차 목사는 감사의 기도와 더불어 기꺼이 그 음식을 함께 나누었으리라는 것을. 그 속에 남아 있던 알코올 성분이 아마도 전혀 훈련되어 있지 않은 그의 육신을 속절없이 비틀거리게 했을 것이었다.

극장에 간 것도 그랬다. 그가 스크린에서 보고자 했던 것은 벌거벗은 여배우의 육체나 치열한 전투 장면이 아니라고 했다. 그 영화 속에 간간이 삽입돼 있는, 지난 전쟁의 기록 필름들을 그는 열심히 보고 있었던 것이다. 특히 남으로 흘러 내려오는 피난민의 대열을, 그는 숨조차 멈춘 채 뚫어져라 보고 있더라는 얘기였다.

차 목사에게는 가족이 없었다. 따라서 이렇달 만한 재산도 세간도 지닌 것이 없었다. 그는 두 개의 천막 중 한쪽 귀를 베니어판으로 막은 곳에서 거처했고, 식사는 먹을 것이 놓여 있는 곳이면 아무 데서나 취했다. 아침부터 밤늦게까지 발길을 들여놓을 수 있는 장소면 가리지 않고 쏘다녔다. 그 많은 소문에도 불구하고 그가 자신을 위해 겨자씨 한 알이라도 몰래 감추어둔 것이 있다고 믿는 사람은 아무도 없었다. 차 목사는 그런 사람이었다.

그러므로 그가 깡패와 싸웠다거나, 빚쟁이들에게 멱살잡이를 당했다거나 또는 설교 때마다 빨간 돈 운운했다고 해서 그런 것들이 흠이 될 수는 없었다. 보다 크고 숭고한 동기가 반드시 있었으리라고 나는 믿었다.

나는 기분이 아주 좋아졌다. 차 목사의 손길을 머리에 느끼면서, 앞으로는 한 주일도 거르지 않고 꼬박꼬박 교회를 찾겠다고까지 결심했다. 비록 전지분유를 나누어주지 않더라도.

마룻바닥은 차디찼다. 턱이 달달 떨릴 지경이었다. 그러나 어머니는 끝까지 잘 견뎠다. 찬송 한 가지, 사도신경 한 구절 모르는 어머니셨다. 기도는 눈을 감으면서 시작하여 아멘으로 끝난다는 것 외엔 거의 아무런 지식도 갖고 있지 않았다. 게다가 오랜 병상에서 간신히 기동한 처지였다. 그런 어머니가 그 길고 지겨운 예배가 다 끝날 때까지 인내할 수 있다는 사실이 놀라웠다. 뿐만 아니라 조금도 고통스러운 빛이 없었다. 당신은, 궤짝 같은 우리 방 아랫목에 드러누워 있을 때보다 한결 편안한 모습이었다.

다음 날 차 목사는 궤짝 같은 우리 방을 찾아왔다. 혼자였다. 한 차례 기도가 끝난 다음에 두 분이 나누던 대화를 나는 아직도 생생하게 기억하고 있다.

"예수님만 지성으로 믿으면 애 아버지도 돌아오고 남의 집에 보낸 딸년도 찾아오게 될까요, 목사님……"

당신의 마지막 소망은 그런 것이었다. 나는 분명히 들었다. 차 목사가 거침없이 대답하는 소리를.

"그렇습니다 아주머니. 예수님께 열심히 기도만 드리십시오. 그러면 틀림없이 온 가족이 다 함께 모여 살 수 있는 날이 올 겝니다."

조심스럽게 어머니는 또 물었고, 차 목사는 역시 거침없이 대답했다.

"기도는 어떻게 하는 건가요, 목사님?"

"삼신할미께 빌듯이 그렇게만 하십시오, 아주머니."

그러나 당장에는 어머니의 병환이 더 위중하게 생각되기 때문에 어떻게든 치료받을 수 있는 길을 찾아보겠다면서 차 목사는 일어섰다. 우리 유년 주일학교의 선생들이 그처럼 자주 들려주시던, 저 예수의 온갖 이적들을 목사는 끝내 얘기하지 않았다. 문둥병을 고치고 앉은뱅이를 일으켜 세우며, 벙어리를 말하게 하고 마귀에게 사로잡힌 아이를 구한 얘기들을 들려주었다면 어머니의 기쁨은 얼마나 더 컸을 것인가.
그 점이 나를 좀 실망시켰지만 그러나 감히 청할 용기는 없었다. 종이봉투에 담아들고 왔던 납작보리 두어 됫박과 약간의 돈을, 차 목사는 우리 방에 남겨두고 갔다.

17. 국물 없는 국수

누나가 왔다. 두부살의 집으로 간 이후 첫 번 걸음이었다.
"오늘은 쉬어요. 걔네 오빠의 생일이거든요"
하고 누나는 말했다. 그러나 두부살의 네 오빠들 중 누구의 생일인가를 밝히지는 않았다.
나는 그때까지도 화가 풀리지 않은 상태였으므로 그 점을 굳이 캐어 묻지 않았다. 누구의 생일인들 무슨 상관이랴. 나는 단지, 다리가 한 짝뿐인 오빠의 생일이 아니기만을 마음속으로 바랐다.
누나는 우리와 함께 있을 때보다 한결 원기 왕성해 보였다. 당연한 결과이리라. 그녀는 우리 가족의 곁을 떠남으로써 그 지긋지긋한 배고픔으로부터도 벗어날 수가 있었던 것이다. 그 점이 나를 다시 약 오르게 했다.
나는 생각했다. 이제 누나의 얼굴에도 살이 포동포동 오를 것이다. 친구 두부살처럼 희고 부드러운 살이 말이다. 하지만 그 친구처럼 다른 사내들을 만나러 다니지는 못할 게다. 그녀는 그 집의 방종한 딸이 아니라 정숙해야 할 민며느리이기 때문에.

누나는 몇 가지 선물과 함께 꼬깃꼬깃 접은 몇 장의 지전을 고쟁이 속에서 꺼내놓았다. 조금은 뽐내는 듯한 얼굴이었다. 그러고는 말했다.

"엄마, 뭐 잡숫고 싶은 거 없어?"

나는 재빨리 어머니의 표정을 살폈다. 판자벽에 등을 의지하고 앉아 있던 어머니는 무언가를 곰곰이 궁리하는 눈치였다. 나는 침을 꿀꺽 삼켰다. 어머니가 무엇을 생각하고 있는가를 간파했기 때문이었다.

교회를 나가면서부터 어머니의 심경에는 커다란 변화가 일고 있음이 분명했다. 무엇보다 다행인 것은 잃어버렸던 소망을 되찾은 일이었다. 당신의 소망이란 흩어진 우리 가족이 다시 모여 함께 사는 일이다. 이 일에 대해 어머니는 차 목사의 말을 굳게 믿고 있는 것도 확실했다. 그날 이후 어머니는 자주 언덕 위의 그 교회를 찾아갔고, 집에서도 종종 벽을 향해 앉아 있곤 했다. 물론 소리 내 중얼대지는 않았지만 그러나 나는 당신이 무엇을 하고 있는가는 알 수 있었다. 삼신할미에게 빌듯 지성으로 기도를 드리고 있는 모습이었다.

기동을 하면서부터 어머니는 조금씩 음식을 취하기 시작했다. 그것도 당연한 변모라고 나는 생각하고 있었다. 비록 하나님의 말씀만으로 살 수는 있을지 몰라도 물만으로는 어려울 것이기 때문이었다. 그런데도 어머니는 오랫동안 거의 물만으로 버텨온 사람이었다. 갑자기 왕성해진 식욕을 채울 길도 없었지만, 취한 것을 제대로 삭여내지도 못했다. 나의 눈에는 그 두 가지가 다 딱해 보였다.

딱하다니!

어머니의 그 변모는 나를 더없이 고통스럽게 만들었다. 철부지

아이처럼 분별없이 탐욕스러워진 어머니의 식욕을 내 작은 손이 무슨 수로 감당해낼 수 있단 말인가. 누나를 떠나보낸 대가——이렇게 말하면 당신의 가슴에 영원한 못을 박는 것이 되리라——로 얻어낸 것이 분명한 돈도 속절없이 바닥나버렸다. 겨울은 여전히 끝나지 않았지만 나는 다시 군용 반합을 챙겨들고 얼어붙은 거리로 나서야 할 판이던 것이다.

뿐더러, 어렵게 취한 음식을 제대로 소화해내지 못하는 것 역시 이만저만 고통스러운 일이 아니었다. 몇 차렌가 어머니는 지진아 같은 실수를 저질렀었다. 오랫동안 물만 소화해내느라고 쇠약할 대로 쇠약해진 위장만의 잘못은 아니었다. 우리 마을에서 단 두 곳밖에 없는 그 '만인을 위한 최소 공간'도 문제였다. 그곳까지 어머니가 기동하기란 결코 쉬운 일이 아니었던 것이다. 몇 번의 실수를 저지른 끝에 어머니는 결국 누운 자리에서 다급한 용무를 보곤 했었다.

나의 기대는 결코 성급한 것이 아니었다. 한참을 곰곰이 궁리하던 끝에 어머니가 마침내 입을 열었다.

"그 왜 있지 않니? 중국집에서 시켜다 먹는 그 국물 없는 국수 말이다."

그 말을 하면서 어머니는 소녀처럼 수줍어했다. 언젠가 김 씨 부인이 디밀어준 자장면을 나는 기억해냈다. 처음이면서 마지막으로 당신이 의사의 검진을 받던 날의 일이었다.

"자장면 말이지, 엄마?"

커다란 목소리로 내가 말했고 어머니가 웃으며 고개를 끄덕였다.

두 그릇의 국물 없는 국수가 배달되어 왔다. 누나는 굳이 사양했기 때문에 어머니와 내가 통째로 하나씩 차지했다. 그러고는 정신

없이 먹어댔다. 그것은 자장면이라는 이름으로도, 또는 국물 없는 국수라는 이름으로도 쉽게 말해버릴 수 있는 그런 것이 아니었다. 나는 생각한다. 그날 우리가 취한 두 그릇의 음식은 보다 화사한 이름으로 불려야 마땅하다고.

그러나 어머니는 국물 없는 국수라고 명명했다. 그리고 그 한 그릇의 국물 없는 국수가 결국, 당신이 이승에서 취할 수 있었던 그나마 초라하지 않은 마지막 음식이었다.

미처 해가 떨어지기 전에 어머니는 운명했다. 김 씨 부인이 그때의 의사를 데려온 것은 한 시간쯤 후의 일이었다. 태아(胎兒)가 떨어졌군요, 하고 의사는 말했다. 급체라고 믿었던 우리의 생각은 잘못이었다. 금세 가방을 챙겨들고 일어서며 그가 또 말했다.

"모체가 워낙 허약해서 버티지를 못한 겁니다. 이따 누굴 보내시면 진단서 떼드리겠습니다."

나는 그를 멍하니 쳐다보았다. 흰 가운의 그 사내는 여전히 여자처럼 희고 부드러운 살결을 지니고 있었다. 김 씨 부인이 그를 배웅했다.

누나의 울음이 얼마나 질긴 것이었는가를 회상하면 지금도 목젖이 내려앉을 것만 같다. 금세 이웃들의 얼굴이 방문을 메우고 모여들었다. 그러나 누나는 부끄러움도 잊은 채 어머니의 주검 위에서 발버둥을 쳤다. 내게는 아직도 당신의 운명이 실감되기 전이었다. 그 작은 누나의 몸뚱이 어느 구석에 그토록 질기고, 뜨겁고, 격렬한 울음이 숨겨져 있었는지 나로서는 도무지 헤아릴 수조차 없었다. 안쓰럽게 드러난 발끝에서부터 수세미처럼 엉망이 되어버린 머리카락 한올 한올에 이르기까지 오열하지 않는 것이라곤 하나도 없었다.

몇 차렌가 그녀는 혼절했고, 깨어나서는 다시 발버둥쳤다. 마침내 김 씨 부인이 누나의 뺨을 후려치며 밖으로 끌어내지 않았던들 이웃들은 또 하나의 작은 주검을 보게 되었을지도 모를 일이었다.

18. 벙어리가 어떻게 우는가를 나는 안다

 다음 날로 어머니의 장례는 끝이 났다. 생각하면 조등(吊燈) 한 점 내걸지 않은 쓸쓸한 장례식이었다.
 이번에도 최 반장의 손을 빌리지 않고는 되는 일이 없었다. 운명한 직후부터 다음 날 화장(火葬)에 이르기까지 그는 우리 오누이와 행동을 함께했다. 아무리 초라한 장례라고 해도 최소한의 비용은 필요했을 것이다. 그러나 나는 그것이 어떻게 충당되었는가를 알지 못했다. 아마도 달러 장사를 하는 최 반장 부인과 앞집의 김 씨 부인, 그리고 고물상 곽 씨의 호주머니들을 두루 축냈으리라. 어쩌면 잠시나마 누나가 가 있던 그 두부살네 집에서도 한몫을 맡아주었는지 모를 일이다. 장례가 끝났을 때 최 반장은 얼만가를 내 손에 챙겨주기까지 했던 것으로 기억된다. 가난은 하지만 마음만은 넉넉한 사람들이 아닐 수 없다.
 지난해 여름, 장마 뒤의 낙과(落果)를 줍기 위해 우리 판자촌 아이들과 위험한 도강(渡江)을 했던 그 강변에서 우리는 어머니와 작별을 했다. 쉬운 일이 아니었다. 강바닥은 두껍게 얼어붙어 있었다. 우리는 그 얼음판 위를 걸어 강심(江心)에까지 접근하지 않으면 안되었다. 등 뒤에서 최 반장이 자꾸만 주의를 주었기 때문에 나는 겁이 났다. 그러나 누나는 추연했다. 어제의 그 격렬한 슬픔을 누나는 어느새 극복하고 있었다.

　빙판 때문에 강심을 흐르는 물은 더 맑고 차가워 보였다. 바람은 매섭게 찼지만 햇빛 밝은 날이었다. 수면에는 빛의 영롱한 흔들림이 있었다. 그래서 거짓말처럼 한 줌의 가루로 우리 오누이의 작은 손아귀에 쥐여진 어머니의 주검을 천천히 던져넣었을 때, 정말이지 나는 온통 눈이 부신 그런 느낌이었다. 내가 보아온 주검보다도 당신의 그것은 밝고 맑고 환한 것이었다. 엉뚱하게도 나는, 한 떼의 잠자리들이 투명하고 눈부시게 날아오르고 있는 환상에 잠시 사로잡혔다.

　냄비국수를 먹었다. 춥고 허전한 귀로에서, 그러고 보니 만 하루를 공복으로 지내온 셈이었다. 최 반장과 나는 맛있게 냄비를 비웠다. 그러나 누나는 국물만 두어 모금 넘겼을 뿐이었다. 나는 마음이 쓰였지만 아무 말도 하지 않았다. 어쩌면 누나가 어머니의 자리를 차지하고 그렇게 누워버리는 것이나 아닐까 불안스러웠다. 하지만 역시 내색은 하지 않았다.

　우리 마을의 골목들은 텅 비어 있었다. 그 비어 있음이 다른 어느 때보다도 내 가슴에 선연히 다가왔다. 석탄 부스러기들이 지저분하게 흩어져 있는 길바닥, 잡동사니들과 함께 얼어붙은 시궁창, 깡통 조각들과 루핑으로 기운 지붕, 엉성한 판자벽 따위들이 그처럼 선명한 빛깔로 다가올 수가 없었다.

　골목 어귀의 '뻘찌학교'도 텅 비어 있었다. 교정엔 먼지를 뒤집어 쓴 그네만 허전하게 흔들리고 있었다. 방학이 끝나지 않은 탓이리라. 벙어리들은 지금 무엇을 하고 있을까? 나는 문득 그런 생각을 했다. 왠지 참을 수 없는 기분이었다.

만약 골목 중간쯤에서 저 광목 자루 속에서 나온 소녀와 맞닥뜨리지 않았다면 나는 더 이상 참아내기가 어려웠으리라. 그녀는 아버지와 함께였다. 다친 허리 때문에 비록 지팡이를 짚고는 있었지만, 그러나 그녀의 아버지는 딸의 부축 없이 발걸음을 떼놓고 있었다. 아주 힘겨운 걸음마였다.

그녀가 환하게 웃으며 말했다.

"우리 아버지가 혼자서도 걸으실 수 있대……"

정작 어머니의 죽음을 내가 실감한 것은 궤짝 같은 우리 방으로 돌아와서였다. 맨 먼저 내 눈에 띈 것은 오랫동안 어머니가 누워 있던 그 아랫목이었다. 그리고 당신의 머리맡에 항시 놓여 있던 그 물 대접이었다. 아무것도 거기엔 없었다. 당신도 물 대접도 보이지 않았다. 불시에 살을 맞은 것처럼 나는 가슴을 후벼 파고 날아드는 통증을 느꼈다. 그것은 무슨 말로도 형용할 수 없는, 내 어머니의 부재감(不在感)이었다.

벽에다 등을 기대고 나는 조그맣게 웅크리고 앉았다. 끓어오르는 울음을 더 이상 참을 길이 없었다. 끌어안은 두 무릎 위에다 나는 얼굴을 묻었다. 그러나 눈물은 흘리지 않았다. 그제야말로 벙어리가 어떻게 우는가를 나는 알 것만 같았다.

제Ⅲ부 유다의 시간

1. 사냥

 아이들은 밤마다 사냥을 나갔다. 지난가을 한때 우리를 그토록 매료시켰던 잠자리 채집 따위는 아무것도 아니었다. 아이들은 두 번 다시 그런 일에 열을 올리지 않았다. 그 빈 계절이 가고, 헐벗은 겨울과 빈곤의 봄도 갔다. 그리고 뒤이어 닥쳐든 것은 악(惡)이 무성한 여름이었다. 이 무렵부터 시작된 밤사냥이야말로 아이들의 마음을 거의 완전히 사로잡고 있었다.
 저녁마다 우리는 마을 옆 철길에 집결하기로 되어 있었다. 거지처럼 시시껄렁한 하루해가 공원의 붉은 구릉 너머로 떨어지고 나면 어둠이 장난감 같은 우리 판자촌을 뒤덮으며 서서히 차올랐다. 그러면, 콜타르를 끈끈하게 처바른 루핑과 국방색 군용 텐트 자락과 그리고, 오만 가지 깡통 조각들로 덕지덕지 기워놓은 판자 지붕들이 그 어둠 속으로 부드럽게 엉켜들었는데, 그때쯤이면 마을 아이들이 죄다 거기로 모여들곤 했다.

 출발에 앞서 큰 형들 중 하나가 으레 인원 점검을 했다. 지난 전쟁을 단 한 해만 더 끌었더라도 영락없이 총대를 메워 싸움터로 내몰렸을 만큼 덩치가 큰 그 형은 이 일을 한 번도 거른 적이 없었다. 그러나, 특별한 경우를 제하고 나면 우리는 거의 언제나 '결원 무, 전원 집결 완료'였다. 강제하는 사람은 아무도 없었다. 단지, 사냥의 유희에 우리가 그만큼 미치게 사로잡힌 탓일 뿐이었다. 그 신나는 카니발에 무심할 수 있는 녀석이라곤 우리들 중 단 하나도 없었던 것이다.

 물론 드문 경우이긴 하지만 간혹 결원이 생길 때도 없진 않았다. 그런 날은 우리들의 출발이 잠시나마 지연되었기 때문에 그 훼방꾼은 가차 없이 매도당했다. 어둠 속에서 아이들은 재빨리 확인하며 투덜댔다.

 "어떤 새끼야? 기분 잡치게……"
 "서울내기 태길이 아냐? 그 새끼가 안 뵈는데 그래?"
 "맞았어. 그 새끼가 또 빠진 거야. 그 새낀 아예 빼버려야 돼!"

 그랬다. 어쩌다 결원이 생겼다 하면 십중팔구는 태길이였다. 하지만 나는 그의 사정을 잘 알고 있었다. 그에게는—우리 모두가 대체로 알고 있듯—괴팍한 성정을 지닌 홀어머니가 있어 그 무렵에도 그는 거의 매일처럼 한차례씩 매타작을 당하고 있었던 것이다. 그 일은, 거칠고 어두운 시대에 제 자식을 지킬 수 있는 유일한 방법이 오직 그것뿐이라고 믿고 있는 그 어머니의 생각이 바뀌지 않는 한 그로서는 피할 길 없는 재난이었다. 따라서 불행한 친구 태길이에게는 그 잦은 매야말로 단 하루도 걸러선 안 될 일용할 양식이었던 셈인데 그 정도가 다소 지나쳤을 땐 만부득이 우리들의 사냥에도 빠질 수밖에 없었던 것이다.

그 괴팍한 어머니의 어리석음만 탓할 수는 없다. 제아무리 맵고 짠 매라고 할지라도 오직 그것 하나만으로 세상의 무성한 악을 죄다 가릴 수야 없는 노릇이다. 그런데도 불구하고 대다수 다른 부모들의 심정 또한 그러했기 때문이다. 그러므로 나는, 그 가엾은 친구 태길이의 불행이 모두에게 이해되기만을 기대할 뿐이었다. 하지만, 우리들의 출발을 잠시나마 지연시켰던 그 훼방꾼에 대한 불평과 욕설은 한참씩 더 계속되곤 했다.

사냥터는, 어둠에 잠긴 우리 도시의 밤거리였다. 지난 전쟁의 상흔들이 대부분 그대로 남아 있는 그 거리들은 여름밤 속에서도 더없이 거칠고 적막하게 느껴졌다. 게다가 제한 송전을 하는 판이라 가등마저 드물었으므로 그런 무대 조건이 우리의 가당찮은 모험심을 한층 더 부채질했다. 행인마저 뜸한 거리엔 사냥의 포인트인 사각(死角) 지대가 얼마든지 널려 있었다. 침략군처럼 은밀히 우리는 진군했고, 하나의 덫을 중심으로 재빨리 어둠 속에 산개(散介)했다. 사냥이 시작된 것이다. 여름날 밤의 그 후텁지근하던 공기가 갑자기 물수건처럼 차갑게 피부에 와 감김을 나는 매번 느꼈고, 그래서 심하게 몸을 떨었다.

사냥감을 끌어들이기 위해서는 미끼가 필요했다. 큰 형들은 언제나 이 일을 신중히 했다. 누구나 쉽게 입질할 수 있는 미끼—그래서 우리들 중 덩치가 가장 왜소하거나 어딘가 허약해 보이는 녀석이 대체로 그날의 미끼로 차출되었다. 그가 사냥의 주역인 셈이다.

그것은 참으로 신나는 역할로서 나 역시 그런 행운을 몇 차례 누린 바가 있었다. 그랬다. 어찌 상상인들 할 수 있으랴. 흡사 제왕처럼 나는 거리를 활보할 수 있었다. 내가 두려워해야 할 상대란 아무도 없었다. 한 손은 허리춤에 반쯤 찔러 넣고 또 한 손은 단단하게 주먹을 만들어 쥔 채 나는 잇새로 「서울 가는 십이열차」며 「신라의 달밤」 따위를 찌익찍 불어댈 수 있었던 것이다.

물론 나의 호기는 오로지 등 뒤, 어둠 속에 근거를 둔 것이었다. 하지만 신통하게도, 나는 그런 사실을 거의 온전히 잊어버리곤 했다. 비록 작고 허약한 체구이긴 할지언정 그러나 그 속에 무슨 엄청난 괴력을 숨기고 있는 것같이 스스로 믿어졌다. 사지에 힘이 차오르고 가슴이 홧홧 달아올랐다. 나는 아무에게나 분별없이 시비를 걸고, 거친 욕을 내뱉고, 내 작은 주먹을 겁 없이 휘둘러댔다. 때문에 내게 부여된 역할, 즉 사냥감을 우리들의 함정으로 끌어들이는 미끼의 역할을 다른 녀석들보다 훨씬 더 잘 해낼 수 있었는지도 모른다. 결과는 언제나 빛나는 찬사뿐이었다.

우리들의 사냥은 매번 성공적이었다. 누구든 쉽사리 우리의 덫에 걸려들곤 했기 때문이다. 우리가 던져둔 미끼를 겁 없이 덥석 깨물었던 자치고 온전할 수 있었던 인물은 없었다. 그가 어떤 인간이든 우리가 개의할 바가 아니었다. 또, 그가 설사 자신의 경솔을 금세 깨달았다고 해도 마찬가지였다. 그가 우리들의 미끼를 뱉기도 전에 우리는 일제히 어둠 속에서 튀어 나갔고, 그러고는 벌 떼처럼 달라붙어 무차별 집중 포화를 퍼부어댔다.

아무도 견디어내지 못했다. 대체로 1,2분의 공격이면 족했다. 처음엔 더러 저항을 보이던 자도 곧 무릎을 꿇고 잠잠해지게 마련이었다. 워낙 중과부적이기도 했으리라. 그러나 결코 수의 문제만은 아니었다고 나는 생각한다. 그것이 단순한 물리적 승리에 지나지 않는 것이었다면 사냥의 유희가 우리를 그토록 사로잡지는 못했으리라 생각되기 때문이다. 덫에 걸려든 먹이를 미친 듯 쪼아대던 우리들의 광기와, 그리고 돌아와 비로소 이룰 수 있던 그 깊은 단잠을 나는 지금도 잘 기억하고 있다.

2. 깡씨 이발소

우리 아이들만 유독, 사냥놀이 같은 것에 홀딱 빠져 있었다고는 말할 수 없다. 왜냐하면, 어른들의 세계에서조차도 그와 흡사한 유희들을 얼마든지 목격할 수 있었기 때문이다. 일테면 '깡씨 이발소'가 그 좋은 예이다.

우리 판자촌 골목에는 내가 아는 것만도 대여섯 개나 되는 이발소들이 있었다. 그러나 내부 사정은 그만두고라도 제대로 간판이나마 버젓이 내걸고 있는 집은 단지 한 곳뿐이었다. 나머지는 죄다, 이른바 무허가 업소였기 때문이다. 양자 간에는 당연히 여러 면에서 차이가 났다. 예컨대 시설·기술·요금, 그리고 고객들의 성분에 이르기까지.

우리 같은 조무래기들이 어느 쪽의 고객이었는가를 묻는 일은 어리석다. 불밤송이 같은 대갈통을 버짐 자국이 드러나도록 빡빡 밀어내기만 하면 그만인 우리들로서는 시설이니 기술이니 서비스 정신 따위를 따질 여지가 없었다. 때로는 길바닥에 쪼그려 앉은 채 뜨내기 이발사에게 머리를 내맡기기도 했으니까 말이다.

그렇다고는 해도 사실, 우리가 드나들던 그 무허가 이발소들엔 변변한 의자 하나 제대로 갖추어져 있지 않았다. 투박한 판자 쪽으로 급조된 그 의자들은 고객보다 이발사 자신의 편의를 더 많이 고려한 것이었기 때문에 불편하기 짝이 없었다. 거기다 이 빠진 기계와 서툰 솜씨와 무성의로 매번 머리를 생잡이로 쥐어뜯겼다. 마침내 이발사가 면도날을 들이댈 때엔 가슴이 다 오그라드는 것 같았다. 그러므로 머리를 깎는 일은 참으로 엄청난 고역이 아닐 수 없었다. 그러고도 더러는 재수 없게 기계충을 묻혀오기까지 했다.

이런 사정을 감안한다면 동네 유일의 그 이발소는 별천지가 아닐 수 없었다. 그곳에는 이발사 자신보다 고객의 편의를 위해 만들어진 것이 분명한 철제 의자가 셋이나 있었고, 그 수만큼의 일류 이발사에다 흰 가운의 여자 면도사까지 있었음은 물론, 사철 내내 더운 물로 머리를 감겨주고 나중엔 얼굴 화장이며 손톱·발톱·귓구멍·콧구멍까지 다듬어준다는 소문이었다.

우리 판자촌 주민들이라고 하여 죄다 가난뱅이들은 아니어서 그 이발소는 언제나 성업이었다. 내가 잘 아는 면면들만 꼽아도, 고물상으로 재미를 본 곽 씨, 부인이 양키 시장 골목에서 달러 장사를 하는 최 반장, 누나 친구 두부살의 아버지와 네 오빠, 그리고 비로드 공장 사장과 라디오방 주인 등등이 다 그 이발소의 단골손님들이었다. 그 밖에도, 원폭병 환자 김 씨는 살아생전에 종종 그곳 이발사와 미용사를 불러들여 안방에 누운 채로 이발을 했고, 또, 똘과 부댁 사위는 처가에 얹혀사는 주제에도 불구하고 남보다 더 자주 그 이발소에 출입했다. 어쨌거나 그 일 한 가지만 가지고도 우리 판자촌 주민들 가운데서 선택받은 자의 반열에 들었고, 우리 조무래기들을 포함하여 대다수 주민들의 경우에는 단지 선망의 눈길을 보낼 따름이었다.

하지만 그 이발소도 결함은 있었다. 간판에는 버젓이 '강씨 이발관'이란 상호가 양각 글자로 새겨져 있었지만, 우리들 사이에선 주로 '깡씨 이발소'로 불려진 이유가 바로 그 점에 있었다.

주인은 강씨 성을 가진 젊은 사내였다. 그는 세 사람의 이발사 중에서도 나이가 가장 젊었는데, 여자처럼 쭉 빠진 허리와 곱고 깨끗한 피부를 지니고 있었다. 그는 언제 보아도 늘 단정하게 잘 다듬은 용모였다. 와이셔츠 칼라는 눈부시게 청결했고, 포마드를 듬뿍 발라 빗어 넘긴 머리는 빗 자국 하나 흐트러짐이 없었다. 어쩌다 한가할 때면 그는 길 쪽으로 의자를 돌려놓고 앉은 채 햇빛 밝은 거리를 조용히 내다보곤 했다. 용모처럼 차갑고, 그리고 고요한 눈길이었다. 마침 이발소 안을 흘낏거리다가 자칫 그 눈길에 사로잡히기만 하면 우리 아이들은 금세 주눅이 들어버렸다. 이상하게도 오금이 잘 펴지지 않는 것이었다. 우리들에게는 그 사내가 참으로 불가사의한 존재였기 때문이다.

고객의 발길이 비교적 끊이지 않는 그의 이발소에는, 그러나 불청객들의 출입 또한 잦았다. 판자촌 일대와 인근 시장 통 거리를 근거로 이른바 '주먹'과 '깡'만을 밑천 삼아 그럭저럭 살아가는 사내들의 출입이 그것이었다. 그들은 지겹고 따분한 시간을 죽이기 위해, 또 무엇이든 적당한 일거리를 만들어내기 위해 무시로 이발소를 들락거렸다. 손님이 뜸한 낮 시간 같은 때는 종업원들의 눈총을 받아가며 그들은 면도질을 하고, 때늦은 세수를 하고, 또 음담패설 따위를 한바탕 늘어놓다가는 더러 빈 의자를 점령하고 드러누운 채 드렁드렁 코를 골아대기까지 하는 모양이었다.

우리가 강씨 이발관을 깡씨 이발소로 부르게 된 이유 중의 하나도 그런 사내들 때문이었다. 심약한 손님은 발길을 들여놓았다가가 질겁을 하고 문전에서 되돌아서야 할 판이었다. 마치 깡패들의 사랑방 같은 분위기였기 때문이다. 따라서 그 점이 강씨 이발관의 커다란 흠이었다.

사정이 그러하고 보면 주인 측에서 응당 무슨 조치가 있을 법도 한데 표면상으로는 도무지 그런 노력이 보이지 않았다. 주인 강 씨는, 불청객들의 잦은 출입과 방자한 거동에 대해 언제나 초연할 따름이었다. 법보다 주먹이 판치는 세상이긴 했다. 그렇다고는 해도 우리는, 강 씨가 주먹이 꿀려서 그들을 내버려두었다고는 결코 믿지 않았다.

그는—이미 말한 바이지만—실로 불가사의한 인물이었다. 외견상으로는 계집애처럼 나약해 보이는 체격과 기생오라비 같은 용모에도 불구하고 그러나 그는, 살인적인 힘과 칼날 같은 차가움을 감추고 있는 사내였기 때문이다. 그는 지난 전쟁 때 무슨 특수 부대의 요원으로서 사선(死線)을 아침저녁으로 무수히 넘나든 사내로 알려져 있었다. 그가 사살한 적군의 숫자만 가지고도 일개 중대 병력은 편성할 수가 있고, 전공으로 포상받은 각종 훈장만도 무게로 따져 족히 한 관은 된다는 얘기였다.

우리는 물론, 그로부터 직접 무용담을 들은 적은 없었다. 또, 그 많은 훈장들 중 단 한 개나마 구경한 적도 역시 없었다. 이런 사정은, 그의 전력에 대해 이러쿵저러쿵 떠벌려대던 사람들의 경우에도 마찬가지였으리라고 나는 생각한다. 하지만 우리는 그 같은 얘기들을 손톱만큼도 의심하지 않았다. 우리의 믿음을 다지기라도 하듯 그는 이따금씩 그 엄청난 능력을 실연으로써 우리 앞에 보여주었기 때문이다.

그가 우리의 간담을 서늘하게 만든 최초의 사건은 지난봄에 있었다. '강씨 이발관'이 문을 연 지 한 달도 채 되지 않던 때였다. 이발소의 대형 유리문이 박살이 나면서 한 사내가 길바닥으로 나뒹굴었다. 때마침 그곳을 기웃거리던 우리들은 질겁을 하고 뒤로 펄쩍 물러섰다. 쓰러진 사내는 머리가 훌렁 벗어진 초로(初老)의 신사였다. 우리는 그가 다시는 일어서지 못하리라고 생각했다. 그러나 놀랄 만큼 민첩한 동작으로 일어선 그는 빈틈없는 방어 자세를 취했다.

우리는 놀란 입을 다물지 못했다. 그 초로의 신사가 결코 범상한 인물이 아님을 우리는 직감했던 것이다. 벗어진 머리에서부터 이마로 피가 실뱀처럼 기어내리고 있었다. 무섭게 꿈틀거리는 눈썹과 살기 띤 눈빛을 우리는 보았다.

"새끼, 너 나오라 이리루!"

그는 소리쳤다.

"나 아직은 죽지 않았어. 개새끼! 너 정말 가소롭구나야……"

그의 당당한 외침은 그러나 공허했다. 부서진 문짝을 젖히고 모습을 드러낸 사람은 강 씨였다. 평소와 다름없이 단정한 용모였다. 와이셔츠의 칼라는 여전히 눈부시게 청결했고, 포마드를 발라 윤기 나는 두발은 빗질 자국도 선명했다. 단지 상대를 바라보는 눈길만 좀더 차갑게 빛나고 있을 뿐이었다.

우리들의 놀라움은 컸다. 그때까지만 해도 우리는 강 씨란 인물에 대해 거의 전혀 아는 바가 없었던 탓이었다. 여자처럼 곱상하게 생긴 그 사내는 단지 새 이발소의, 젊은 주인이었을 뿐이었다. 한데 상대는 비록 초로의 나이이긴 하나 어딘가 주먹의 세계에서 만만찮은 이력을 쌓아온 듯한 자가 아닌가. 마지막 순간까지도 우리는, 강 씨가 결코 적수가 되리라고는 상상할 수 없었다.

승부는 한순간에 끝났다. 그리고, 우리의 예상은 완전히 뒤엎어졌다. 너무나 놀라운 충격이었기 때문에 그것은 무슨 엄청난 감동처럼 우리들의 마음을 사로잡아버렸던 것이다. 그날 이후 우리는 두고두고 그 일을 입에 올렸다. 감동적인 영화의 한 장면처럼 그때의 인상이 지워지지 않았기 때문이다.

분명히 우리는 보았다. 강 씨의 눈빛이 서릿발처럼 차갑게 빛나고 있는 것을, 여자의 그것처럼 매끈하게 빠진 그의 허리가 허공에서 활처럼 휘어지는 것을, 그리고 또 사지의 네 끝이 과녁을 관통하듯 정확하고 날카롭게 상대의 빈 곳에 날아가 차례로 꽂히던 것을…… 저항은 보잘것없었다. 초로의 신사는 무력하게 쓰러졌고, 다시는 혼자서 일어서지 못했다.

지난봄에 있었던 이 사건은, 그러나 단지 서막에 지나지 않았다. 그 후로도 그 같은 활극은 강씨 이발관을 무대로 자주 전개되었기 때문이다. 주역은 대체로 강 씨였고 따라서 승자도 언제나 그였다. 상대는 매번 바뀌었지만 모두 다 그의 적수는 못 되었다. 때로는 흉기가 소도구로 등장하고, 또 때로는 패거리까지 동원되기도 했지만 결과는 마찬가지였다. 강 씨는 그때마다 비장의 솜씨를 끊임없이 선보였을 뿐만 아니라, 예의 불청객들이 필요할 때면 한몫씩 거들어준 덕분이기도 하였다.

어쨌거나 불가사의한 인물 강 씨는 나약한 외모에도 불구하고 우리들의 눈에는 갈수록 점점 더 거인 같은 모습으로 비쳐들었고, 깡씨 이발소는 흡사 그의 왕국처럼 느껴졌다. 우리는 어느새 그와 맞설 수 있는 보다 강한 적수의 출현을 갈망하고 있었다.

도대체 그들은 무엇 때문에 그처럼 드라마틱한 활극을 연출했던가. 물론 우리는 그 점에 대해서도 전혀 생각이 없었던 건 아니다. 하지만 어차피 그런 것 따위야 아무래도 좋았다. 우리의 관심은, 그들이 벌이는 그 살벌한 대결에 있었기 때문이다. 우리는 쉽게 생각했고 그래서 대충 이렇게 결론을 내려두었다. 즉, 우리가 밤의 사냥을 미치게 좋아하는 것처럼 그들은 또, 그런 식의 유희를 좋아하기 때문일 것이라고.

3. 여왕개미와 병정개미

여름 들면서부터 시작된 우리들의 밤사냥이 절정을 이룰 무렵이었다고 기억된다. 예의 깡씨 이발소에서 충격적인 사건이 일어났다. 패배를 모르던 강 씨가, 비록 일시적인 것이긴 했지만 어쨌든 쓰라린 고배를 마신 것이다.

연일 불볕더위가 쏟아지던 끝에 그날은 빗발이 간간이 떨어지고 있었다. 아침나절서부터 잔뜩 부어터진 하늘로 보아 장마의 조짐이 분명하였다. 해종일 골방에 처박혀 있던 우리는 온통 좀이 쑤셨다. 질척거리는 날씨 때문에 아무래도 밤사냥이 이뤄질 것 같지 않았던 것이다.

누나가 있는 두부 공장에서 저녁을 먹고──정확히 말하면 빌어먹은 것이 되지만 어쨌든——잔뜩 볼이 부어 돌아오는 길에서 나는 서울내기 태길이와 딱 마주쳤다.
"터졌어! 사건이 났단 말야."
헐떡이면서 그는 말했다.
"어디서?"
"어딘 어디야, 깡씨 이발소지. 헌데 말야, 강 씨가 깨졌어. 그것두 아주 왕창!"
갑자기, 감전된 것 같은 충격을 나는 느꼈다. 헐떡거리고 있는 녀석의 낯짝을 더 이상 지켜볼 여유가 없었다. 이발소 쪽을 향해 나는 냅다 뛰기 시작했다.
활극은 이미 끝나 있었다. 내가 볼 수 있었던 것은 주역들이 죄다 퇴장해버린 뒤의 빈 무대뿐이었다. 하지만 나는 실망하지 않았다. 그것만으로도 나의 마음은 충분히 압도당하고 있었기 때문이다.
이발소 안은 거의 텅 비어 있었다. 집기며 도구들은 있어야 할 자리에 그대로 놓여 있는데도 고객은 물론 주인과 종업원들의 모습은 보이지 않았다. 여자 면도사만 유일하게 입구 쪽에 서 있었는데, 나는 그처럼 겁에 질려 있는 여자의 얼굴을 본 적이 없었다. 몰려든 구경꾼들을 향해 그녀는 떨리는 목소리로 무슨 말인가를 중얼대고 있었지만 그 말을 알아듣는 사람은 아무도 없는 것 같았다.
"외팔이야. 그자가 갈고리로 강 씨를 찍었어."
태길이가 여전히 헐떡거리며 내게 소곤거렸다.
"저길 봐, 피야 피!"
나는 몸서리를 쳤다. 그녀가 서 있는 곳에서부터 길 쪽으로 낭자하게 엎질러져 있는 혈흔을 나는 비로소 발견했던 것이다. 참으로 엄청난 양의 피였다. 저녁 어스름 때문에, 그것은 흡사 한 바께쓰의 먹물을 쏟아놓은 것처럼 검은 빛깔이었다.

강 씨는 다른 이발사의 등에 업혀 병원으로 갔다고 했다. 이번에야말로 그의 막강한 적수가 나타난 것이라고 나는 생각했고, 그러자—짧은 순간이긴 했지만—작은 갈등을 나는 의식했다. 보다 강한 적수의 출현을 우리는 늘 열망해왔었다. 그러나, 그렇다고는 해도 그것은 결코 강 씨에 대한 어떤 적의 때문이 아니었다. 우리가 강 씨를 미워해야 할 이유란 없었다. 그는 차라리, 우리의 영웅이었고 우상이었던 것이다. 따라서 우리의 열망은 그의 파멸을 위해서가 아니라, 그에 대한 우리의 믿음과 갈채를 더하기 위함이었던 것이다. 하지만 눈앞의 결과는, 우리가 그의 파멸을 열렬히 소망해온 것처럼 되어 있었다.

돌아오는 길에서 태길이가 다시 종알댔다.

"강 씨가 깨지긴 했지만 말이야, 그 새끼가 비겁했어. 뒤에서 갑자기 콱 찍었다잖아……"

하지만 나는 대꾸를 하지 않았다. 왠지 맥이 풀리고 기분이 몹시 상했다. 태길이는 계속 지껄여대며 분개했는데 그의 주장인즉, 상대방이 비열한 방법을 썼으므로 결국 이 대결은 무효라는 것이었다.

"다시 한 번 붙어야 돼. 정식으로 맞장 떠봐야 어느 쪽이 정말로 더 센지 알 수가 있단 말야. 하지만, 강 씨가 살아날까? 업혀가는 걸 나두 봤는데 말야, 골통이 쫙 빠개졌더라구……"

그처럼 엄청난 일을 당하고도 깡씨 이발소는 며칠 뒤부터 정상적인 영업을 했다. 주인 강 씨는 생각보다 치명상은 아닌 모양이라고 우리는 다행스럽게 생각했다. 그러나 다시 문을 연 그 이발소에서 뜻밖에도 외팔이 사내의 모습을 발견한 우리는 벌레를 씹은 것처럼 기분들이 상했다.

어찌 상상인들 할 수 있는 일인가. 외팔이 사내는 다음 날도 버젓이 나타났을 뿐만 아니라 강 씨처럼 빈 의자를 길 쪽으로 돌려놓고 턱 버티고 앉은 채 비가 질금거리는 거리를 유유히 내다보고 있었다. 그 꼴을 본 우리는 왠지 배알이 몹시 뒤틀렸다. 특히 그가 강 씨의 골통을 빠갰다는 그 쇠갈고리 끝으로 창턱을 연신 쿡쿡 쪼아대고 있는 꼬락서니가 우리를 더 기분 상하게 했다.

"비겁한 새끼!"

"지가 주인이라두 된 것처럼 폼 잡고 있잖어? 개애새끼!"

이발소를 날치기당한 사람이 정작 우리 자신이기라도 한 것처럼 우리는 필요 이상으로 분개했고, 온갖 욕지기와 더불어 가래침을 태액택 뱉었고, 그를 향해 무수히 알감자를 먹여주었다. 물론 그의 시야 밖에서의 일이었다.

녀석은 정말 주인처럼 행세했다. 소문대로라면 영업에까지 관여하려 든다는 것이었다. 종업원들의 태도가 불친절하다느니, 서비스가 엉망이라느니, 분위기가 개판이라느니, 그의 참견이 갈수록 심해졌기 때문에 종업원들의 얼굴은 늘 부어터진 꼴이었다. 무관한 우리들까지도 배알이 뒤틀리는 판인데 그들이야 오죽하랴 하고 우리는 생각했다.

그러나 녀석의 그 가당찮은 꼴을 우리가 본 것은 열흘도 채 되지 않았다. 이따금씩 성긴 빗발만 흩뿌리다 말 뿐 두터운 구름장들로 첩첩이 가라앉아만 있던 하늘이 모처럼 트이는가 싶던 날 대낮, 강 씨 이발관 앞을 지나가던 우리는 실로 천만 뜻밖에도 강 씨의 모습을 거기서 발견했던 것이다. 그처럼 놀라운 순간이 있으랴. 우리는 그 자리에 굳어버린 채 한동안 말문을 열지 못했다.

강 씨의 모습은 그다지 달라져 보이는 데가 없었다. 안색이 다소 창백했고 머리에 붕대만 둘렀을 뿐, 여전히 단정한 차림새였다. 한가할 때면 늘 그래왔듯이 그는, 길 쪽으로 돌려세운 의자에 앉은 채 흡사 왕모래를 뿌리듯 간간이 거리로 쏟아져내리는 햇빛을 조용히 내다보고 있었다. 변함없이 차갑고 고요한 눈길이었다.

문제의 외팔이 사내는 어디에도 모습을 보이지 않았다. 이발소 안에선 종업원들이 조용히 움직이고 있었다. 지난 며칠간 부어터진 표정이던 그들의 얼굴은 이제 담담했다. 흰 가운의 여자 면도사는, 우리도 잘 아는 단골손님의 귓구멍을 후벼 파느라고 열중해 있었다. 도무지 믿기지 않는 사실이었지만, 쇠갈고리를 소매 끝에 감추고 있던 그 외팔이 사내는 이발소 안팎 어디에서도 찾아낼 수가 없었다.

강 씨가 한때나마 그 비열한 사내에게 날치기당했던 그의 왕국을 어떤 방법으로 되찾았는가에 대해서는 아무도 아는 사람이 없었다. 외팔이 사내의 모습도 그날 이후 두 번 다시 나타나지 않았음은 물론이다. 그러나 이 사건을 계기로 우리 판자촌 주민들 사이에선 한동안 새로운 애깃거리가 나돌았다.

소문에 의하면, 강씨 이발관의 주인은 따로 있다는 것이었다. 더욱 흥미 있는 사실은, 그 진짜 주인은 여자이며 거기다 상당한 재력과 수완과 미모를 겸비한 과부라는 얘기였다. 나이는 진작 50줄에 들어섰다고도 하고 이제 겨우 30대 초반이란 말도 있어서 도무지 갈피를 잡을 수가 없었다. 그녀는 예의 이발관 외에도 중앙통 다방가에 꽤나 큼직한 다방을 두 개씩이나 한꺼번에 경영하고 있다고도 했다. 따라서 강 씨는 그녀와 특수한 관계를 지닌 고용인에 지나지 않는다는 얘기였다.

고물상 곽 씨 같은 사람은 그들의 관계를 곧잘 이렇게 비유하곤 하던 것을 나는 지금도 잘 기억하고 있다.

"말하자면 여왕개미와 병정개미의 관계 같은 거지. 물론 소문이 사실이라면 말이야. 여왕개미는 하나지만 병정개미는 많아. 그들 중에서 가장 강한 자가 여왕을 모시게 되는 거지. 이봐요, 최 반장! 재미있는 세계 아냐?"

그러고는 언제나 껄껄 웃었다.

4. 갈증

우리들의 밤사냥도 이 무렵쯤 절정을 이루고 있었다. 거의 하루도 거르는 법 없이 날마다 우리는 이 일에 열중했는데 결과는 언제나 성공적이었다.

하지만 그 성공에는 으레 갈증이 따랐다. 사냥에 대한 열기가 높아질수록, 그리고 완벽하게 성공을 거둘수록 이상하게도 우리는 점점 더 심한 갈증을 의식하곤 했던 것이다.

일테면 우리들의 덫에 걸려든 상대가 단 한 번의 저항도 없이 무력하게 투항해올 때 우리는 맹렬한 분노를 느꼈다. 무릎을 꿇고 비굴하게 동정을 구하는 녀석에게는 더 무자비한 공격을 가해주었다. 그러나 역시 갈증은 남았다. 그런 날은 도무지 사냥하는 맛이 나지 않았고, 세상만사가 온통 시시껄렁하게만 생각되었다. 돌아오는 길에서 우리는 무수히 돌팔매질을 했다. 우리들 마음속에 여전히 남아 있는, 뒤틀린 욕망과 갈증의 조각들이 밤바다를 향해 유탄처럼 날아갔다.

　때로는 여자들을 사냥하기도 했다. 겁 없이 밤거리를 나돌아다니던 단발머리 계집애 셋을 한꺼번에 사냥한 적이 있었다. 하지만 그들에게 폭력을 구사할 여지는 없었다. 우리가 고작 할 수 있었던 짓이라곤 야비한 농지거리와 서툰 손장난에 불과했고, 그래서 얻어낸 반응이라곤 무력한 앙탈과 난처한 눈물뿐이었다. 팔짱을 낀 채 구경만 하고 있던 큰 형들이 그 애들을 하나씩 데리고 갔고, 우리는 왠지 허전한 마음으로 묵묵히 돌아섰을 뿐이었다. 그런 날은 잠마저 쉬 이루지 못했다.

　하지만, 그 같은 우리들의 갈증을 흡족하게 채워준 적이 전혀 없었던 것은 아니었다. 예컨대 '뺑코'라는 이름을 가진 사내를 우리가 사냥했을 때가 바로 그런 경우였다.

　우리 판자촌과 가까운 시장 어귀에 극장이 하나 있었다. 일제 때 지어졌다는 낡은 창고 건물을 개조해서 만든, 변두리 삼류 극장의 하나였다. 단층 객석에 바닥은 맨땅 그대로였고, 의자는 좁은 판자 쪽 두 장으로 간신히 엉덩이만 올려놓을 수 있게 만들어진 것이었다. 여름철에는 늘 눅눅한 곰팡내와 역한 지린내가 풍기는 곳이었다.

　하지만 그곳에는 언제나 사람이 끓었다. 이따금씩 국산 영화나 쇼 프로가 내걸릴 때면 시장 통 사람들과 우리 판자촌 주민들로 극장은 메워지곤 했다. 극장 옥상에 매달아둔 대형 스피커에선 귀 익은 변사의 목소리가 아침부터 관객을 부르고, 어릿광대로 분장한 샌드위치맨이 두부 장수처럼 종을 딸랑딸랑 흔들며 마을의 골목골목들을 죄 누비고 다녔다.

 빨간 1원짜리 지전 한 장 가진 것 없으면서도 우리 아이들은 곧잘 극장으로 달려가곤 했다. 그러고는, 대형 간판 그림들과, 줄줄이 나붙어 있는 포스터들과, 그리고 닳아빠진 스틸들을 넋 빠지게 바라보며 안달을 했다.

 ──악극단 '호화선'이 펼치는 인정 비곡 「영자야 가려무나」 백우삼 작 김화랑 연출.

 ──폭소 코미디 쇼 「아들복 딸복」 전 20경, 특별 출연 김정구 현인 박단마 신카나리아.

 ──여성 국악단 '신라'가 보내드리는 창극 「새신랑」 4막 6장, 출연 조금앵과 그 일행.

 이런 프로가 내걸리는 날은 극장 앞이 시장 바닥보다 더 붐비게 마련이었다. 귀머거리와 장님과 젖먹이들만 빼고는 인근 주민들이 몽땅 몰려닥치는 건 아닌가 싶을 만큼 엄청난 숫자였다. 우리는 그 혼잡을 기회로 열심히 사람들의 숲을 헤치고 다녔다. 어쩌면 요행수로 입장하는 행운을 잡을 수 있을 것만 같았기 때문이다.

 하지만 그런 행운은 역시 쉽지 않았다. 흔히 마지막 순간에 덜미를 잡혀 내쫓기곤 했던 것이다. 그것도 사정없이 엉덩짝을 걷어차이거나 불똥이 튀도록 대갈통을 쥐어박히면서 말이다. 그 지경을 당하면 우리로서도 이만저만 약이 오르지 않았다. 불독처럼 출입구를 지키고 있는 사내를 우리는 잔뜩 노려보곤 했다. 신경질적으로 비쩍 마른 체격에 독사 같은 눈을 가진──그가 바로 뺑코라는 사내였다. 비록 지방 무대이긴 하지만 왕년엔 권투 선수로 이름을 떨쳤다는 그 사내는, 지나간 전성기를 증언이나 하듯 콧마루가 짜부라져 있었다. 그러므로 그에 대한 적개심이 부글부글 끓어올랐지만 우리는 별수 없이 돌아설 수밖에 없었다.

하지만 언제나 문전에서 되돌아서기만 한 것도 아니어서 어떻게 그것이 가능했는지는 모를 일이나 어쨌든 그 무렵 그 삼류 극장에서 본 영화들을 나는 지금도 잘 기억하고 있다. 예컨대 이민·조미령이 나오는 「춘향전」, 이향·윤인자의 「운명의 손」, 최은희·황남의 「꿈」, 그리고 마르셀 카르네의 「인생 유전」과 알란 랏드, 버지니아 메이요의 「애욕의 단검」 등…… 그런 것들은 내게 더할 수 없는 감동과 풍성한 공상을 가져다주었던 것이다.

극장을 하나 갖고 싶다고 나는 늘 생각했다. 누나가 두부 공장에서 일하기보다 차라리 극장 청소부이면 좋겠다고도 생각했고 또, 내가 거기서 얼음과자나 껌을 파는 아이라면 그야말로 만판 신이 날 것이라고도 생각했다. 하지만 그 어느 쪽도 당장에는 기대할 바가 못 되었으므로 나는 매번 허전하게 돌아설 수밖에 없었다.

변두리의 그 삼류 극장은 결국, 우리의 갈증을 한층 더 부채질해 준 셈이었다. 우리가 그 극장의 기도인 뺑코를 그날의 사냥감으로 선택하게 된 것은 순전히 우연이었다고 할지라도, 또 한편으로는 은연중에 평소의 감정이 작용했다고도 볼 수 있는 일이었다. 게다가 우리는, 수월하게 요리할 수 있는 사냥감에 대해서는 식상을 한 터였다. 그런 상대는 사냥의 유희 자체를 싱거운 것으로 만들었을 뿐만 아니라 우리의 갈증만 더 자극하는 결과가 되었기 때문이다. 따라서 사냥감을 물색함에 있어서도 우리는 점점 더 강하고 벅찬 상대를 원하고 있던 참이었다. 그런 때 마침 걸려든 자가 문제의 뺑코였던 것이다.

그날의 미끼는 나였다. 이미 고백한 바처럼, 그 역할을 위해 선택받은 나는 아주 당당하고 거만한 태도로 덫의 주위를 어슬렁거리고 있었다. 허약하게 생긴 중학모 하나를 그대로 보내고 다시, 단발머리 계집애 하나를 얌전히 통과시켰다. 나의 욕심은, 덩치 좋은 고 3짜리 사내 녀석이나 아니면 운동을 한답시고 껄렁하게 폼 잡고 다니는 어정쩡한 작자를 낚아채는 것이었다. 「서울 가는 십이열차」를 끝내고 「신라의 달밤」 마지막 소절을 잇새로 찌익찍 불고 있는 판인데 웬 껑충한 사내 하나가 막 내 옆을 지나가면서 씹어뱉듯 말했다.

"어쭈! 쇠똥두 못 벗은 콩만 한 자식이 사람 한번 되게 웃기구 있네."

순간적으로 내 입술이 굳어버렸다. 모욕감 때문이 아니었다. 그가 바로 뻥코라는 사내임을 알아챘기 때문이었다. 그는 내 머리를 가볍게 한번 쥐어박은 다음 스적스적 걸어갔다. 온몸이 불같이 달아올랐다. 어둠 속을 나는 재빨리 돌아보았고, 수십 개의 눈알이 파랗게 빛나고 있는 것을 나는 확인했다.

"야, 뻥코!"

스스로도 의식하지 못하는 사이에 나는 불쑥 소리쳤다. 그가 핵 돌아섰다. 나는 슬금슬금 뒷걸음질을 치면서 이번에는 천천히, 또박또박 끊어서 분명하게 내뱉었다.

"똥이나 먹어! 개 같은 자식아!"

그다음 순간을 나는 잘 기억하고 있지 못하다. 그는 정말 미친 개처럼 나를 향해 돌진해왔고, 그리고 등 뒤 어둠 속으로부터 나의 패거리들이 한꺼번에 치달려오는 소리를 들은 것뿐이었다. 그런 다음 꽤나 긴 시간 동안 한덩어리가 되어 뒹굴었다.

그는 확실히 벅찬 상대였다. 직업이나 전력이 의미하듯 그는 덫에 빠진 맹수처럼 거칠고 완강히 저항했다. 하지만 그로서는 워낙 중과부적이었으리라. 게다가 급기야는, 다급해진 형들 중의 하나로부터, 그때까지만 해도 상대의 기를 죽이기 위해 간혹 시위는 했을망정 실제로는 한번도 사용한 적이 없던 흉기로 일격을 당하고 나서야 그는 비로소 무릎을 꿇었다. 결과는 피차 엄청난 손실이 따랐다. 어느 쪽이 사냥을 하고, 또 어느 쪽이 사냥을 당했는지 쉽사리 가릴 수 없을 지경이었던 것이다.

그러나 그 악몽 같은 격전의 순간이 지나고 나자 우리는 조금씩 원기를 회복했고, 그리고 우리가 이룩한 성공에 대해 서서히 놀라기 시작했다. 얼마나 엄청난 승리인가. 철길 위로 돌아와 흡사 패잔병들처럼 널브러져 있던 우리는 자신들이 쟁취한 이날의 승리가 한동안 믿어지지 않았다. 거기다, 적에게 걷어차이고 쥐어질린 상처의 아픔이 아직도 생생한 터였다. 그러나 어쨌든 상대는 무릎을 꿇었으므로 우리의 사냥은 성공적이었던 것이다.

"뺑코 새끼, 싱겁게 키만 컸지 별게 없더라야……"

어둠 속에서 누군가가 신음하듯 중얼댔다. 그러자 참담하게 늘어져 있던 분위기가 조금씩 활기를 되찾기 시작했고, 여기저기서 저마다 한두 마디씩 찌익찍 뱉어냈다.

"그래그래, 생각보다 헛거야. 헛거였어, 정말."

"아마 그 새끼 오늘 된통 깨졌을 거다. 너네들두 봤지? 형한테 여길 콱 찍히더니 무릎을 털썩 꿇잖어. 그러곤 똥개처럼 비실비실 토꼈지 왜?"

"그 새끼두 이젠 우릴 알아봤을 거야. 우리, 영화 보러 갈까, 내일?"

그러나 수다스런 지껄임과는 달리 어둠 속에서 우리는 모두 심하게 몸을 떨고 있었다.

5. 녹슨 총기 냄새

장마가 그해 여름 중반에 걸쳐 내내 질척거렸다. 판자촌은 온통 물투성이이고, 궤짝 같은 우리의 방과, 결코 그보다 클 수 없는 우리의 마음은 눅눅한 습기로 포화 상태였다. 안팎의 모든 것이 젖고, 안팎의 모든 것들이 곰팡내를 물씬물씬 풍겼다. 참으로 지겹고 욕지기나는 우기였다.

나는 이미 한차례, 이 분지(盆地)의 여름 장마를 경험한 터였다. 우리 가족이 고향을 떠나 장난감같이 우스꽝스러운 이 도시의 판자촌으로 이사를 온 첫해 여름에 말이다. 하지만, 생각해보면 그때는 그다지 지겹지가 않았다. 물론 누나와 나는 풀빵 장사를 제대로 할 수 없었고, 아버지의 냉차 항아리는 리어카에 실린 채 골목에서 후줄근히 젖을 수밖에 도리가 없기는 했었다. 어머니는 또 하루 세끼를 식은 풀빵으로 때워야만 하던 일을 얼마나 안쓰러워했던가. 공원 너머 피난 학교에 다니는 일도 참 지겹기는 했었다. 운동장은 온통 뻘밭으로 변했고, 교실에 들어가기 전에는 반드시 발을 씻어야 했고, 발을 씻기 위해서는 펌프장에서 비를 맞으며 차례를 기다려야 했고, 각다귀 같은 녀석들로부터 지극히 공평치 못한 검사를 받고 나서야 간신히 입실할 수가 있었는데, 그나마 물투성이의 아이들이 한 교실에 두 학급이나 수용되었으므로 교실 바닥은 이미 수영장 같았다. 생각하면, 지겨운 노릇이었을 터였다.

하지만, 나는 도무지 그런 기분을 회상할 수가 없었다. 빈방에서 거의 혼자 온종일을 보내면서 문득문득 나는 생각했다. 아직도 돌아오지 않고 있는 아버지를, 다시는 돌아올 수 없는 내 어머니를, 그리고 친구 두부살의 집에 민며느리로 가 있는 누나를. 어쩌다 잠이 들면 꿈속에서 나는 종종 그해 여름으로, 또는 그해 봄으로 되돌아가 있곤 했다. 누나와 나는 더 이상 풀빵 굽기를 포기했고, 아버지는 리어카를 처분한 돈으로 털털거리는 고물 자전거를 끌고 왔다. 어느 날 저녁에. 그리고 또, 세간들과 우리 네 식구를 실은 트럭이 고향 마을을 천천히 등지기 시작하자 어머니는 치마폭으로 얼굴을 가린 채 아주 나지막하게 흐느꼈다. 하지만 누나는 환하게 웃었고 나는 휙휙 휘파람을 날렸다. 문득 꿈에서 깨어나면 빌어먹을 비는 여전히 루핑 지붕을 두들겨대고 있었고, 어느새 내 눈언저리도 축축하게 젖어 있곤 했다.

아침 점심을 나는 일쑤 걸렀다. 거지 같은 위를 채우기 위해 비를 맞으면서까지 누나가 있는 두부 공장으로 가고 싶지 않았기 때문이다. 누나의 얼굴을 보는 일도 반갑지 않았지만, 거기다 다리 한 짝이 없는, 두부살의 오빠를 보는 일은 더 싫었다. 친구 태길이가 약이 오를 때면 매번 들먹이듯, 그가 내 미래의 매형이란 사실 때문에 나의 굴욕감은 더 컸는지도 모른다. 도대체가, 누나는 왜 두부살의 네 오빠들 중에서 하필이면 다리 한 짝을 전쟁터에다 내버리고 온 사내를 골라잡은 것인지 그 점이 나를 더 속상하게 했다.

저녁마저 거르는 날은 누나 쪽에서 나를 찾아왔다. 치마폭에 감추어온 것들을 가만히 내 머리맡에 내려두고는 잠자코 돌아섰다. 누나는 진작부터 나의 적의를 눈치채고 있었는지도 모른다. 나의 감정을 다치게 하지 않으려고 그녀는 언제나 조심스럽게 행동했다. 때로는 내 이부자리 속으로 살며시 기어들어 자고 가기도 했는데 그런 날은 두부 공장에서 밤일이 없는 때뿐이었다.

하지만 그런다고 해서 누나에 대한 나의 적의가 조금이라도 늦추어지는 것은 물론 아니었다. 지난겨울에 비해 누나는 확실히 건강을 회복하고 있었고, 친구 두부살처럼 뽀얗게 살이 올라 있었다. 수증기가 자욱한 작업장에서 누나가 때때로 밝게 웃고 있는 모습을 나는 본 적이 있었다. 그 고된 노동과 천대에도 불구하고 누나는 지극히 행복한 것이다—라고 나는 생각했다. 아버지가 우리의 곁을 떠났을 때, 어머니가 마침내 숨을 거두었을 때 그토록 절망에 빠져 있던 그녀가 이제는 행복한 것이다. 친구 두부살의 집에서, 다리 한 짝이 없는 그 사내의 곁에서 말이다.

누나의 그 건강과 행복이 나의 적의를 더 단단하게 만들고 있었다. 때로는 적의를 넘어 어떤 혐오감까지도 느끼고 있었음이 분명하다. 일테면 누나에게서 그 기분 나쁜 냄새를 맡았을 경우였다. 그랬다. 그것은 언젠가 어머니를 따라 외삼촌 댁에 갔다가 그에게서 맡은 바 있었던 그 녹슨 총기 냄새였다. 외삼촌은 다리 대신 팔 한 짝을 전쟁터에다 묻고 온 사내였던 것이다.

다리 한 짝이 없는, 두부살의 오빠에게서도 분명히 그 냄새가 났다. 누나가 모처럼 내 곁에서 잠들어 있던 어느 날 밤, 그자가 느닷없이 우리의 방으로 굴러들었던 것이다. 그를 탓할 사람은 아무도 없었다. 누나는 기왕에 민며느리로 들어간 사람이었고, 나는 또 그 사내의 속절없는 처남인 셈이었다. 당당한 틈입자를 우리는 멍하니 보고만 있었다.

그는 흠뻑 젖어 있었다. 외양은 빗물에 젖어 질척거렸고 영혼은 술에 젖어 마비돼 있었다. 그가 좁은 방 한가운데에 사지를 내던지고 철버덕 드러누웠을 때, 솔직한 내 심정으로는 대갈통을 목침으로 까주고 싶었다. 하지만 야릇한 것은 누나의 태도였다. 그녀는 다소 놀란 표정이긴 했지만 그러나 곧 침착해졌다. 쌀자루처럼 널브러진 사내의 몸뚱이로부터 젖은 옷가지들을 한 겹씩 차근차근 벗겨냈고 머리칼이며 얼굴이며 몸뚱이 등 더 이상 벗겨낼 수 없는 부분들은 마른 수건으로 정성들여 닦아내고 있었다. 나는 말문이 막힌 채 그녀의 거동만을 멍하니 지켜보았을 따름이었다. 아마도 누나는 ─하고, 나는 마음속으로 맹렬히 저항했다─정상이 아니다. 누나는 머리가 어떻게 되어버린 것이다.

하지만, 누나의 얼굴에 광기는 없었다. 거의 아무런 표정도 담고 있지 않은, 지극히 담담하고 조용한 얼굴일 뿐이었다.

"나 좀 도와주렴."

누나가 내게 말했다. 낮게 가라앉은 목소리였다. 누나와 그 사내에 대한 적의에도 불구하고 나는 왠지 거부할 수가 없었다. 누나와 둘이서 간신히 그를 한편으로 옮겨 뉘었는데 그때 나는 비로소 사내의 의족을 보았다.

30촉짜리 흐릿한 조명 아래서도 그것은 차갑고 이물스럽게 거기 놓여 있었다. 날카로운 비수에 가슴이 찔리듯 나는 언젠가 만난 적이 있는 외삼촌을 기억해냈고, 그리고 그에게서 맡았던 저 녹슨 총기의 냄새를 다시 맡았던 것이다.

밤새 땅을 파헤치느라고 나는 잠을 제대로 이루지 못하였다. 우리 판자촌 골목 어떤 지점을 파헤쳐도 온갖 무기들이 쏟아져 나왔다. 엠원 소총에서부터 박격포탄에 이르기까지, 부러진 대검에서부터 시작하여 탱크의 케터필러 조각에 이르기까지, 군번이 새겨진 알루미늄 조각에서부터 깨진 철모에 이르기까지…… 모양도 크기도 용도도 각양각색인 그 물건들은, 그러나 한결같이 뻘겋게 녹이 슬어 있었다. 지난 전쟁을 실제로 목격한 적이 없던 나는 몹시 큰 충격을 받은 나머지 소리쳤다.

"야, 여기다 여기! 바로 여기서 전쟁을 했던 거야……"

그러고는 문득 깨어났다. 문살이 훤하게 밝아오고 있었다. 사내는 깊은 잠에 떨어져 있었지만 누나는 단정한 차림새로 머리맡에 앉아 있었다.

"너 어디 아프니? 헛소리를 하게……"

그러면서 누나가 내 이마를 짚었다.

"치워!"

스스로도 놀랄 만큼 나는 꽥 소리를 치며 누나의 손을 떨쳐버렸다. 그러고는 홑이불 자락을 머리 위까지 뒤집어썼다. 갑자기 누나가 혐오스러워졌다. 그녀의 손에서도, 몸뚱이에서도 녹슨 총기의 냄새가 물씬물씬 풍겼기 때문이다.

6. 보다 작은 궤짝

친구 태길이의 골방은 내가 이 무렵에 자주 드나들던 유일한 장소였다. 장마가 여전히 계속되고 있었기 때문에 그 신나는 밤사냥도 가망이 없었다. 하루 스물네 시간을 궤짝 같은 방 속에서 뒹굴고 있노라면 세상만사에 대해 온통 욕지기밖에 뱉을 것이 없었다. 그런 때 친구 태길이의 골방은 유일한 피난처가 되어주었다. 물론, 괴팍스러운 그의 어머니가 출타하고 없을 경우에만 한해서였다.

그네의 방도 대다수 우리 판자촌 사람들의 그것처럼 장방형의 궤짝 같은 꼴에 지나지 않았다. 그 공간의 한 귀를 몇 장의 베니어판으로 어설프게 칸막이를 해둔 것이 태길이가 혼자 쓰는 골방이었다. 따라서 그 골방은, 좀 큰 궤짝 안에 보다 작은 또 하나의 궤짝을 들여놓은 것처럼 좁고 어두웠다.

태길이에게는 홀어머니 한 분 외에 다른 식구라곤 없었다. 식솔이 많든 적든 대체로 궤짝 같은 방 하나에 몰아서 살고 있는 이웃들의 형편을 감안해본다면 모자 단 두 식구뿐인 태길이네 처지에 굳이 작은 공간을 쪼개 따로 골방을 만든 이유가 무엇인가에 대해선 나로서는 전혀 생각해본 바가 없었다. 그러나 어쨌든 그 골방은 우리의 좋은 놀이터였다.

장맛비가 계속 판자 지붕을 후려치고 있었다. 때로는 우박이 드럼 치는 소리를 내며 그것을 두들기고 지나갔다. 세상이 죄다 빗물에 젖어 질척거리는 때에, 그러나 우리는 그 작은 방주 속에서 무사했다. 비야, 하고 우리는 낄낄대며 소리쳤다. 콩 볶아줄게 억수로 쏟아져라! 감자 삶아줄게 좌악좍 쏟아져라!

큰 궤짝 안의 보다 더 작은 궤짝 속에는 비밀스런 또 하나의 세계가 숨어 있었다. 그 세계는 무한히 자유스럽고 더없이 아늑하고, 그리고 어떤 은밀한 분위기로 가득 차 있었다. 온갖 빈곤에 찌들어 있던 우리의 마음도 거기서는 이상스럽도록 눅눅하게 번들거렸다. 특히, 괴팍스런 홀어머니로부터 항용 가혹한 매와 간섭밖에 받은 것이라곤 없던 친구 태길이가 가장 싱싱해 보일 때도 그 골방에서였다. 우리는 서로의 얼굴을 마주 보며 괜히 히죽히죽 웃고, 괴성을 질러대고, 팔딱팔딱 물구나무를 서곤 했다.

 태길이는 어머니의 방 구석구석을 생쥐처럼 영악하게 뒤져내 온갖 별나고 잡스러운 것들을 골방으로 가져왔다. 하지만 그런 것들을 여기서 일일이 열거할 수는 없다. 지금 생각해도 낯뜨거운 물목들이 그 속에 끼어 있었기 때문이다. 한 가지만 예를 든다면, 콘돔을 만져본 것도 그때가 처음이었던 것이다. 물론 우리는 그것의 용도를 제대로 알고 있지 못했다. 하지만 전혀 감도 잡지 못했다면 거짓말이 된다. 우리는 비상한 관심을 가지고 그것을 요모조모로 뜯어보고, 손가락을 끼워 속을 할랑 까뒤집어도 보고, 나중에는 입김을 열심히 불어 넣기까지 했기 때문이다.

 "어쨌든 미제야."

 태길이가 그것을 갑 속에 담아 제자리에다 얌전히 갖다 두었다.

 굳이 그런 따위 야릇한 물건이 아니더라도 다른 소도구가 많았다. 그의 어머니가 아침마다 재수 떼기를 한다는 낡은 화투, 무시로 그의 집을 들락거리는 노인네들—태길이는 언젠가 그들을 가리켜 동향(同鄕) 사람들이라 했다—의 손때 묻은 골패 쪽과 장기 알, 그리고 또 밤톨 같은 콩윷과 골동품 같은 장구, 미제 궐련, 내용물이 조금씩 남아 있는 술병 등등……

 우리는 일쑤 그런 것들에 혼을 빼앗기곤 하였다. 그토록 지겹던 시간들이 그처럼 빨리 지나갈 수가 없었다. 거기서는 늘, 시간을 날치기당하는 기분이었던 것이다. 그래서 우리는 제한된 시간에 보다 많은 유희를 갖기 위해 언제나 조급히 서둘러야만 했다. 온갖 소도구들을 한차례씩 동원한 다음에 우리는 으레 기침을 토하고 눈물을 질금질금 짜면서 예의 미제 궐련을 뻑뻑 빨아댔고, 나중엔 술까지도 야금야금 축냈다. 서툴기는 하지만 그러나 그 작은 세계에서만 얻을 수 있었던 즐거운 유희였다.

우리의 그 은밀한 유희는, 그러나 끝내 들통이 났다. 태길이가 아무리 영악하게 그것을 은폐해왔다고 쳐도 그의 어머니가 전혀 눈치채지 못했을 리야 없었다. 어느 날 그녀는 예정했던 시간보다 턱없이 빨리 귀가했고 당연히 우리는 덜미를 잡혔다.

예상했던 일이었다. 누구보다 괴팍스러운 성정을 지닌 그녀는, 덫에 치인 두 마리 작은 짐승을 한동안 싸늘하게 노려보았다. 어떻게 요리해야 직성이 풀릴까를 궁리하고 있는 듯한 모습이었다. 그녀의 눈에서 뿜어지는 독기 때문에 우리는 금세 주눅이 들어버렸다. 머리를 떨군 채 나는 생각했다. 아마 대가리부터 아작아작 깨물어 먹을 것이라고.

나의 가엾은 친구 태길이는 사정없이 껍데기가 할랑 벗겨졌다. 그러고는 한차례 호된 매타작이 가해졌고, 잠지를 달랑 드러내놓은 채 길바닥으로 냉큼 쫓겨났다. 일용할 매를 맞을 때마다 그처럼 요란스럽게 엄살을 떨던 태길이도 이번만은 고통스런 침묵을 지켰다. 비가 질척거리는 골목으로 내몰린 그 작은 벌거숭이는 학대받은 개처럼 빗속에 떨고만 있었다.

그리고, 내 차례였다. 하지만 그녀는 나의 깝대기를 벗기지도 종아리를 치지도 않았다. 그 대신 누나가 있는 곳으로 나를 끌고 갔다. 내 한쪽 귀를 우악스럽게 틀어잡은 그녀는 마을의 비좁은 골목을 온통 휘젓고 가면서, 당신의 착한 아들을 충동질하여 화적 떼들보다 더 못된 짓을 하게 만든 "똥물에 튀겨 죽여도 시원치 않은 요잡것"을 보라고 고래고래 고함을 질렀다.

누나는 하얗게 질려버렸다. 태길이 어머니가 게거품을 물면서,

"애비가 까막소에 들어가고 없으면 누나라도 동생을 제대로 단속해얄 것 아냐!"

하고 쏘아댔을 땐 누나의 얼굴에 핏기 한 점 없었다. 두부살의 가족이 죄다 뛰어나왔고, 이웃들이 비를 맞으며 옹기종기 기어나왔다. 하지만 나는 왠지 이상스럽도록 차분하게 마음이 가라앉으면서 되레 편안한 기분을 느낄 수가 있었다.

그날 밤에 누나는 내게로 왔다. 역시 아무런 말도 내게 하지 않았지만, 밤이 깊도록 그녀는 울고 있었다. 나의 곁에서 새우처럼 조그맣게 웅크리고 드러누운 채 소리도 내지 않고 오랫동안 울었다. 장마처럼 지겨운 그런 울음이었다. 어머니의 죽음 이래 그처럼 질긴 울음은 처음이었다.

나는 내내 잠든 체했다. 그 밖에 내가 할 수 있는 짓이라곤 아무것도 없었기 때문이다. 다행히 누나의 몸에서는 저 녹슨 총기의 냄새가 나지 않았다. 그 기분 나쁜 냄새는 아마도, 그녀의 엄청난 눈물 때문에 말짱 씻겨버린 것 같았다. 잠은 오지 않았지만 나는 모처럼 아늑한 기분에 젖을 수 있었다.

7. 여위고 어설픈 손

내 아버지가 마침내 돌아오셨다. 꼭 1년 만의 일이었다.
그래, 마침내다!
내가 굳이 이렇게 말하는 이유는, 당신의 귀가가 너무나 때늦은 것이었기 때문이다.
그 지겹고 욕지기나던 장마가 제풀에 지친 듯 조금씩 걷힐 기미를 보이던 무렵이었다. 검은 암층처럼 우리 판자촌을 짓누르던 하늘이 한 겹씩 트이고, 하루에 서너 차례 눈부신 햇살이 터져 나와 흡사 물걸레처럼 질척한 마을을 비추곤 하던 때였다.
새벽녘이었다. 문득 잠이 깬 나는, 누군가 내 머리맡에 말없이 웅크리고 앉아 있는 것을 발견했다.
아버지다!
어떤 육감 때문에 나는 대뜸 그렇게 단정했다. 그것은 살처럼 빠르게 내 몽롱한 의식을 꿰뚫고 지나갔다. 나는 발딱 일어나 앉았다. 그리고 확인했다. 아버지였다. 나는 다시 멍해졌다.
털털거리는 고물 자전거를 끌고 여느 날과 다름없이 집을 나섰던 아버지는, 그로부터 꼬박 1년 만에 돌아온 것이다. 멍하니 나는 생각했다. 아버지가 부재중이던 그 한 해 동안 어떤 일들이 있었던가? 안타깝게도, 그러나 분명한 기억은 잡히지 않았다. 얼어붙은 강바닥을—어디였던가?—나는 막연히 떠올렸고, 옷 보퉁이를 끼고 골목을 빠져나가던 누나의 뒷모습을 불현듯 기억해냈으며, 그리고, 고물 자전거의 그 털털거리는 소리를 환청으로 듣던 많은 밤들을 문득 회상했을 뿐이었다. 온통 막연한 기억들만큼이나 모호한 슬픔이 조금씩조금씩 내 안에서 차올랐다.

단지 그 때문이었으리라. 나는 불쑥 문을 열고 밖을 내다보았다. 역시 자전거는 보이지 않았다. 비에 흠뻑 젖은 톱밥과 코크스 부스러기로 너저분한 집 앞 골목길엔 여름날 미명의 새벽빛이 낡은 행주처럼 질척하니 젖어 있을 뿐, 아버지의 그 고물 자전거는 눈에 띄지 않았다. 최 반장과 함께 아버지를 만나러 갔던 일을 나는 물론 잊지 않고 있었다. 그럼에도 불구하고 내게는, 아버지의 이런 식 귀가가—일테면, 그 털털거리는 고물 자전거를 내버린 채 이웃들이 아직도 혼곤한 잠에 떨어져 있는 이런 시각에 도적처럼 살그머니 돌아왔다는 사실이 도무지 기이하고 갑작스럽게만 느껴졌다.

패나 긴 시간 동안—내게는 그랬다—아버지는 말이 없었다. 곧추세운 두 무릎 사이로 목을 축 늘어뜨린 채 그는 꼼짝도 하지 않았다. 아버지가 그처럼 머리를 짧게 깎은 모습을 나는 전에 결코 본 적이 없었다. 그 점도 아버지의 귀가가 내게는 도무지 실감되지 않은 이유 중의 하나였는지도 모른다. 지금껏 감쪽같이 감추어져왔음이 분명한 두 개의 가마와 큼직한 흉터 자국 하나를, 나는 그 낯선 모습에서 찾아낼 수 있었다.

"언제였더냐, 그게?"

아버지의 음성을 나는 비로소 들었다. 무언가에 꽉 잠긴 목소리여서 되레 아득하게 느껴졌다. 그뿐, 아버지는 천천히 얼굴을 들어 나를 바라보았다. 조금도 생소하지 않았다. 내 작은 손바닥처럼 낯익은 모습이 거기 있었다.

아버지가 무엇을 묻고 있는가는 명백했다. 하지만 나는 얼른 대답하지 못했다. 정확한 날짜를 기억해내려고 애썼지만 왠지 그게 쉬 가늠되지 않았다. 겨울…… 지난겨울의 그 추위, 깡깡 얼어붙은 강바닥, 한줌의 잿빛 가루, 그리고 귀로엔 언 속을 덥혀주던 냄비국수의 그 뜨거운 국물 맛…… 그런 기억들 외엔, 그날의 단단한 슬픔만 내 가슴에 차오를 뿐이었다. 여름날 새벽에, 나는 심장을 서걱서걱 파 내리는 한기를 느끼고 있었다.

아버지는 더 캐묻지 않았다. 아버지의 텅 빈 시선이 방 안 이곳저곳을 헤매고 있었다. 한때 우리 가족이—아버지·어머니·누나 그리고 나 그렇게 모두 네 식구가 어깨를 포개가며 잠을 자야 했던 그 비좁고 궤짝 같은 방은 썰렁하니 비어 있었다. 어머니가, 그리고 누나가 차지하고 있어야 할 공간을 그는 망연히 둘러보았다. 이 우스꽝스러운 도시의, 장난감 같은 마을로 이사를 온 첫날, 나로 하여금 삐걱이는 장롱 위에서 따로 이층 잠을 자게 할 만큼 비좁던 우리의 방이 겨울 들판처럼 휑해 보였으리라.

"아마 섣달 초이튿날인가 할 것이다……"

털썩 고개를 꺾고, 그리고 한참 만에 아버지는 말했다.

"내…… 짐작은 했었다. 꿈자리가 지랄 같다 싶더니 며칠 뒤에 최 반장한테서 급전이 왔었다. 몹시 위중하다고, 네 에미가…… 그러군, 그만이었다. 목 빠지게 기다렸지만 더는 아무 소식도 오지 않았다. 나중에서 생각해보니 네 에미는 이미 죽은 것을…… 내가 지랄 같은 꿈을 꾼 것이나 최 반장이 편지를 쓴 날짜가 같은 섣달 초이튿날이더구나."

당신은 맨발이었다. 갑자기 몇 점의 눈물 방울이 아버지의 여윈 발등 위로 후두둑 떨어져 번지는 것을 나는 보았다. 갑자기 나는 지껄여대기 시작했다.

"누난 두부 공장에서 살아요. 두부살이라는 친구네 집이거든요. 아주 부자예요. 오빠들도 넷이나 있고…… 엄마가 보냈어요. 누나두 싫어하진 않았거든요. 그래서 옷이랑 모두 챙겨가지구……"

그러나, 누나가 민며느리로 들어갔다는 얘기만은 밝히지 않았다. 굳이 아버지를 위해서였다고는 생각되지 않는다. 그보다는 차라리 나 자신을 위해 그렇게 말해버리고 싶지 않았으리라. 아버지가 돌아오셨으므로 누나도 이젠 당연히 우리 집으로 되돌아와야 한다고 나는 멋대로 단정했다.

"하지만 이따금씩 집에 와서 자기두 해요. 나두 밥은 매일 그 집에 가서 먹구요……"

그러나 아버지로부터는 더 이상 아무런 말도 들을 수 없었다. 곧추세운 두 무릎 사이로 머리를 깊숙이 빠뜨린 채 아버지는, 미명의 새벽빛이 창호지에 희게 바랠 때까지 두 번 다시 얼굴을 쳐들거나 입을 떼지 않았다. 흡사 작은 바위처럼 단단하게 굳어 있었다.

입을 다문 나는 아버지의 크고 여윈 손을 가만히 지켜보았다. 시골에 살며 농사를 지을 때도, 이 우스꽝스러운 도시로 이사를 와서 국화빵 틀이나 얼음 냉찻잔을 만질 때도, 그리고 또, 그 털털거리는 고물 자전거를 끌고 골목을 나설 때도 한결같이 어딘가 어설프고 서툴게만 보이던 그 두 짝의 손—그것은 의심할 여지없는 아버지의 것이었다. 그 손이 지금은 바짓가랑이의 끝부분을 하염없이 쥐어뜯고 있었다. 낡은 바짓가랑이는 금세 무릎께까지 갈가리 찢어져 너덜거렸고, 손보다 더 여윈 장딴지가 그대로 드러났다. 자신의 행위를, 아버지는 전혀 의식하지 못하고 있음이 분명했다. 그렇다고는 해도, 그것은 참으로 집요한 싸움임에는 틀림이 없었다. 낡은 천 조각들이 보풀을 일군 채 그 크고 여윈 손아귀 하나 가득씩 뜯겨져 방바닥에 쌓였다.

8. 아무도 기다리지 않았다

우리 이웃들 중에서 아버지의 귀가를 제일 먼저 알아챈 사람은 김 씨 부인이었다. 지난 대전(二次大戰)의 희생자였던 김 씨는 정작 내 어머니보다 앞서, 장난감 같은 이승의 마을들을 작별한 터였으므로 그녀는 이제 과부의 신분이었다. 그 사실은, 일테면 아버지가 부재중이던 그 1년 동안에 우리 이웃들에게 있었던 갖가지 변화들 중의 하나였다. 그래서, 생전에 김 씨의 말벗이었던 최 반장이며 고물상 곽 씨의 발길마저 이즈음엔 뜸해진 터였다.

하지만 김 씨 부인의 성품은 여전히 활달해서 거의 조금도 달라진 데가 없어 보였다. 그녀는 여전히, 이웃들의 사정에 다감한 관심을 나타냈고, 그 집 아이들의 그 무절제한 군것질 버릇에 대해서도 변함없이 관대했다. 집 앞 골목길 같은 데서 어쩌다 예의 말벗들과 마주칠 경우에도 여전히 거친 농담들을 거리낌없이 내던지는 쪽은 되레 그녀 쪽이었다. 신소리 잘하기로 소문난 곽 씨조차도 그럴 때면 일쑤 대꾸할 말을 잃고 허둥댈 정도였다. 그래서 이웃들은, 지난 겨울, 눈이 푸설푸설 내리던 날, 10년 가까운 세월을 줄곧 누워서만 생활하던 그 원폭병 환자 김 씨가 마침내 투박한 관에 누워 골목 밖으로 들려 나가던 기억에도 불구하고, 아직도 그가 그들의 방에 남아 있으며 그녀는 또, 변함없이 활달한 태도로 그의 시중을 들고 있는 것처럼 곧잘 착각하곤 했다.

"내 짐작이 맞았구먼."

아직도 잠이 덜 깬 얼굴로 우리 방으로 건너온 김 씨 부인은, 그러면서 방바닥에 털퍼덕 주저앉았다.

"때가 됐는데…… 했지. 그래, 얼마나 고생했수?"

아버지는 굳어 있던 자세를 천천히 흩뜨렸다. 그러고는, 고개를 외로 꼰 채 어설픈 웃음기 같은 것을 잠시 드러냈다. 하지만 그때까지도 그를 사로잡고 있던 그 단단한 슬픔 때문에 웃음은 금세 지워졌다. 녹슨 기계처럼, 아버지의 모습은 딱해 보였다.

"고생은 무슨……"

간신히 그렇게 대꾸했을 뿐이었는데 다음 순간, 그의 두 어깨가 걷잡을 수 없이 떨리고 있었다.

"어쨌거나 욕봤수. 남들은 다 그럽디다. 두 번 갈 데는 못 되나 사내가 한 번쯤은 출입해볼 만도 한 데라고…… 기왕지사야 생각한들 뭘 하우? 저것들 데리고 살 궁리나 해야 쓰지. 자식 새끼들 아니믄 우리야 진작에 거적때기 쓰고 산으로나 갔을 팔자들 아니우? 자, 일어나서 우리 방으로 건너갑시다. 내 아침밥이나 한 끼 지어드릴게……"

아버지는, 그러나 쉬 움직이지 않았다. 칡뿌리처럼 아주 질긴 것들을 안간힘을 쓰듯 짓씹기만 했다. 두 짝의 어금니 틈새에 맞물려 있던 것은 무엇이었을까. 그들보다 먼저 나는 방을 나왔다. 김 씨 부인의 목소리가 골목 밖까지 흘러나왔다.

"아, 그만큼 좀 해두라구요. 이 골목 사람들이 죄다 장 씨 같았다간 물난리가 나도 진작에 크게 났겠수."

좁고 불결한 골목 끝 쪽에서부터 오랜만에 여름날 아침의 불그죽죽한 햇살이 한 뼘씩 기어들고 있었다. 나는 서둘지 않고 아주 천천히 두부 공장으로 향했다. 아무런 생각도 하고 싶지 않았다. 마침내 아버지가 돌아왔다는 사실까지도.

아버지의 귀가를 알렸을 때 누나는 잠시 멍한 표정을 지었다. 그러고는 이내, 하던 일로 되돌아갔다. 대여섯 평 남짓한 작업장은 뜨거운 수증기로 숨이 막힐 지경이었다. 그 속에서 두부살의 네 오빠들은 열심히 맷돌질을 하고 있었고, 커다란 무쇠 가마 속에선 두부 물이 펄펄 끓어오르고 있었다.

누나는, 친구 두부살 못지않게 부연 살이 올라 새댁처럼 예뻐 보였다. 네 귀가 반듯하고 정갈한 두부모들이 하나씩 그녀의 손끝에서 놓여나 수조(水槽) 속으로 가라앉았다.

"왜 그래? 누가 왔다구?"

네 오빠들 중의 하나가 연신 맷돌질을 하며 내게 물었다. 나는 대답하지 않았다. 지난 전쟁 통에 다리 한 짝을 잃어버린 사내도 그들 속에 있었다. 그 미래의 나의 매형은 언제나처럼 입을 다문 채 자기 일에만 열중해 있었다. 그의 몸에서 풍기던 녹슨 총기 냄새를 나는 기억해냈다. 그러나 더는 그 냄새를 맡지 않아도 좋다고 나는 생각했다. 누나의 몸에서도 이제는 그 냄새를 지울 수가 있을 것이었다.

누나도 이젠 다시 집으로 돌아와야 할 것이라고 나는 단정했다. 그 점만이 내게 작은 위안이 되었다.

"빨리 오래."

나는 천연덕스럽게 거짓말을 했다.

"옷이랑 챙겨갖구 빨리 데려오랬단 말야……"

그때까지도 멍한 표정을 지우지 못하고 있던 누나가 그제야 일손을 놓고 내게로 돌아섰다. 그러고는 젖은 손을 앞치마 자락으로 가만가만 닦았다. 왠지 그녀의 귓불이 발그레하게 달아오르고 있었다.

누나의 얼굴을 지켜보며 나는 마음속으로 혀를 한 치쯤 내밀었지만 그러나 실상은 몹시 맥이 풀렸다. 문득, 나는 기억해냈다.

어디까지 왔나?
철둑까지 왔다.
어디까지 왔나?
골목까지 왔다.
어디까지 왔나?
……

누나와 함께 아버지를 기다리던 그 많은 밤들을 나는 생각했다. 하지만 우리의 기다림은 언제나 실망으로 끝나곤 했었다. 밤의 가장 깊은 곳을 향해 열려 있던 우리의 귀에, 고물 자전거의 그 털털거리는 소리는 끝내 들려오지 않았던 것이다. 어쩌면, 우리들의 그 간절한 기다림은 어머니의 죽음으로써 끝나버렸는지도 모른다. 때문에 이 아침, 아버지의 때늦은 귀가는 누나에게—어쩌면 나에게조차도—그다지 쓸모없는 것처럼 느껴졌다. 아무도 기다리지 않았다. 진심으로 아버지의 귀가를 기다리던 사람들은 이미, 이 세상 어디에도 남아 있지 않았던 것이다.

잔뜩 풀이 죽은 채 나는 슬그머니 돌아섰다.

9. 야시장

두부살의 어머니와 내 아버지 사이에 새로운 거래가 있었다고는 생각되지 않는다. 셈이 필요했다면 그 일은 진작에 끝난 것이었고, 거기에 이의를 제기할 만큼 계산에 밝은 아버지가 못 되었기 때문이다.

마침내 아버지는 돌아왔지만, 그 때문에 달라진 것은 거의 아무것도 없었다. 누나는 여전히 두부 공장에서 살며 친구 두부살처럼 계속 살이 올랐고, 하루 한두 번, 그것도 부엌에만 잠깐씩 다녀가곤 할 뿐이었다. 배를 채우기 위해 누나를 찾아갈 일은 없어졌다. 하지만 녹슨 총기의 환각 때문에 나는, 누나가 지어놓은 밥을 거의 먹지 않았다. 아버지의 귀가 이후, 이상스럽게도 그것은 한층 더 나의 오장을 뒤틀리게 했기 때문이었다. 그녀에 대한 혐오감도 부쩍 더 커졌다. 나는 주로 밖에서 배를 채웠고, 그러지 못한 날은 차라리 빈 속으로 잠자리에 들었다. 굶주림에 잘 길들여진 나의 체질을 그런 순간만은 감사했다.

아버지가 돌아오기 전까지만 해도 나의 마음은 언제나 집에 있었다. 비록 밖에 나와 쏘다닐 때도 마음만은 언제나 우리의 빈방을 지키고 있었다고 해야 한다. 친구 태길이의 골방에서, 변두리의 삼류 극장 앞에서, 저 신나는 밤사냥에서 홀딱 넋을 팔았다가도 나는 으레 서둘러 나의 방으로 돌아왔던 것이다.

그것은 아마도 기다림 때문이었던 듯싶다. 그렇다고 딱히 아버지의 귀가만을 기다린 것은 아니었다. 나는 물론 아버지를 기다렸고,

누나를 기다렸었다. 그와 더불어 나는 또 이승을 영영 하직해버린 내 어머니와, 그리고 그 밖의 많은 것들을 막연히 기다리고 있었던 것이다.

나의 그런 기다림은 꿈속에서 종종 성취되곤 했었다. 일테면, 시골 마을을 떠나 미지의 도시를 향해 털털거리며 굴러가는 짐차 위에는 아버지와 누나와 그리고 어머니까지 앉아 있었고, 또 우리가 한때나마 장사를 나섰던 그 거리에는 여전히, 리어카에다 냉차 항아리를 실은 아버지의 모습과, 소다 냄새 나는 풀빵을 열심히 구워대는 누나와, 그리고 쇳내 나는 물을 바께쓰로 길어 나르고 있는 어머니의 모습이 그대로 보였던 것이다. 우리 가족은 모두 함께 있었다. 비록 낯선 도시에서의 서툰 생활을 시작한 처지이긴 해도 그다지 불행한 얼굴들은 아니었던 것이다.

아버지가 돌아오시면, 하고 꿈에서 깰 때마다 나는 은연중 기대했음이 분명하다. 우리 가족은 다시 그런 생활로 되돌아갈 수 있으리라고.

나의 막연한 기대를 깨뜨린 것은 결국 아버지의 귀가였다. 누나도, 어머니도, 그리고 그 밖의 모든 것들도 다시는 제자리로 돌아올 수 없음이 분명해진 것이다. 당연한 사실에도 불구하고, 그러나 그 확인은 나를 엄청난 배반감 속으로 몰아넣었다. 나의 마음은 더 이상 우리의 빈방을 지키려 하지 않았다. 날이 밝기가 무섭게 나는 집을 뛰쳐나왔고, 귀가는 으레 밤 깊어서였다. 판자촌 밖의 거리에서, 공원과 극장가와 시장 통 같은 데서 나는 개처럼 쏘다니며 온 하루를 보내곤 했다.

나의 선량한 친구 '짤뚝이'를 만난 것은 이 무렵의 일이었다. 지금도 나는 그 친구의 모습을 생생하게 데생할 수가 있다. 나약한 몸뚱이에 비해 기형적으로 머리가 크고 눈알이 튀어나온 그는 구두통을 어깨에 메고 휴대용 쪽걸상을 옆구리에 낀 채 눅눅한 새벽 안개를 헤치면서 부지런히 여관 순례를 하고 있었다. 춤추듯 다리 한쪽을 짤뚝짤뚝 절면서……

 장마는 걷혔지만, 기대했던 것과는 달리 우리의 밤사냥은 잘 이루어지지 않았다. 왠지 사냥의 열기가 되살아나지 않았던 것이다. 결원이 부쩍 늘어난 데다, 어쩐 셈인지 큰 형들조차도 소극적이었다. 더위 탓이었는지도 모른다. 장마가 걷히고 나자 본격적인 복더위가 시작되었기 때문이다. 우리는 철길 위에 작당을 하고 둘러앉은 채 고작 외잡스러운 노래나 불러대고, 어두운 허공을 향해 돌팔매질이나 해대다가 뿔뿔이 흩어지기 일쑤였다. 큰 형들의 신경질이 부쩍 심해진 것도 이 무렵부터의 일이었다.

 이런 때 내가 주로 찾아간 곳은 야시장이었다. 공설 운동장 앞의 큰 길을 메우며 밤마다 야시장이 섰다. 어른들의 표현을 빌리면, 그곳에는 없는 것이라곤 한 가지도 없고, 그렇다고 제대로 있는 것 또한 한 가지도 없다는 그런 곳이었다.

 그러나 내가 보기엔, 무엇이건 풍성하게 많은 곳이었다. 우선, 좌판에 줄줄이 늘어놓은 음식물들이 그랬고, 구호 물자가 분명한 옷가지들이 그랬고, 국산보다 미제가 더 많은 일용 잡화들이 그랬고, 또 밤이 깊을수록 늘어나는 주정꾼들과 갈보들이 그랬다.

 해종일 우리 도시의 거리들을 비루먹은 개처럼 쏘다닌 나로서는 응당 지치고 허기를 탈 무렵이었다. 야시장 바닥을 비집고 다니면서 내가 가장 눈독을 들인 것은 두말할 것도 없이 좌판의 모든 음식물들이었다. 적쇠 위에서 지글지글 타고 있는 고래 고기와 꽁치 토막, 기름이 흐르는 번철 위의 빈대떡과 호떡, 동이에 담긴 수제비와 새알과 녹두죽 등——모양과 빛깔과 냄새가 다른 그 음식들을 나는 시시콜콜히 살피고 다녔는데 입안엔 으레 침이 가득씩 괬다.

그런 것에 대한 관심은 다른 사람들의 경우도 마찬가진 듯했다. 어느 곳보다 항상 많은 사람들이 꾀었다. 그들의 엄청난 식욕을 나는 늘 부러워했다. 헌털뱅이 지게꾼에서부터 장바구니를 낀 아낙네들에 이르기까지, 그들은 좌판 둘레에 웅기중기 끼여 앉아 닥치는 대로 아귀아귀 먹어댔다. 그 광경을 보고 있노라면, 흡사 우리 도시의 주민들이 온통 이 한때 혓바닥의 향락을 위해 온 하루를 살아온 것처럼 생각되었고, 눈요기만으로도 내 작은 위 따위는 금세 가득 차버리는 느낌이었다.

야시장 초입의 호떡 가게는 그중에서도 손님이 가장 많았다. 어쩐 셈인지, 그 집 호떡을 맛보기 위해서는 예외 없이 누구나——일테면 시장님까지도——줄을 서야만 할 판이었다. 서너 발짝 건너 다른 호떡집은 파리를 날리고 있을 때도 그 가게만은 유독 성업이었는데, 거기에는 그럴 만한 이유가 없지 않았다.

우선은 크기였다. 오랜 기간 거의 마음껏 자기의 위를 채워본 기억이 없는 대다수 시민들에게는 무엇보다 그 점이 무시할 수 없는 매력이었다. 같은 값이면 질보다 양이 택해지던 시기였다. 설사 흙으로 빚어냈다고 할지라도 어쨌든 그 호떡은 흡족할 만한 크기였던 것이다.

"아무리 박리다매라지만"
하고, 고객들 중에는 주인의 장삿속을 걱정해주는 이도 없지 않았다.

"이래 가지구서야 땅 팔아가며 호떡 장사하는 건 아닌지 모르겠 시다그려……"

하지만 주인 쪽 사정인즉, 호떡 팔아 착실히 땅뙈기를 장만하고 있다는 소문이었다.

그러나, 손님을 꾀는 가장 큰 이유는 역시 맛에 있었다. 그것은 정말, 내 작은 혓바닥을 녹일 만했다. 밀가루와 이스트와 소다와 사카린을 반죽한 것에다 고구마를 섞은 팥소가 들어 있는 점은 다를 바가 없는데도 유독 사람을 꾀는 그 맛—거기에 비결이 있을 터인데, 한때나마 스물네 구멍짜리 풀빵을 구워본 적이 있던 나로서도 도무지 짐작이 가지 않았다. 그래서 이상한 소문까지 나돌았다. 즉 그 호떡집에서는 밀가루를 반죽할 때 남몰래 무언가를 집어넣는다는 것이었고, 누군가 확인한 바로는 그것이 뱀 가루였다는 식이었다.

"뱀을 먹어본 사람은 그 맛을 알지. 암, 보리개떡에도 그것만 쬐끔 섞어놓으면 기막히게 맛이 좋아진다니깐……"

드럼통 중동이를 뚝 잘라서 만든 화덕이 그 가게에는 셋이나 있었다. 50대의 머리가 훌렁 벗어진 데다 얼굴이 밀가루 반죽처럼 허옇고 물렁한 주인 사내와, 아마도 그의 아내와 딸이 분명한 두 여자—이렇게 셋이 달라붙어 땀을 뻘뻘 흘리며 쉴 짬 없이 구워내는 데도 손님들은 늘 줄을 서서 기다렸다. 밤이 아주 깊어져서 철시를 할 무렵에야 그들은 비로소 손을 털 수 있었는데, 그런 때 그 앞에서 아직도 떠나지 못하고 있는, 손도 옷도, 더러는 마음도 더러운 아이들에게 그들은 남은 호떡을 하나씩 나눠주곤 하였다. 그러면 아이들은 일제히, 그 작고 더러운 손들을 내밀며 나두요, 나두요 하고 외쳐댔다.

지난겨울의 일을 생각하고 나는 매번 얼굴을 붉혔다. 한때나마 군용 반합을 들고 문전을 순례했던 나의 구걸 행각이 그 순간처럼 치욕스레 회상되는 때는 다시 없었다. 난들 왜 손을 내밀고 싶지 않으랴. 하지만, 나는 그 치사스러운 아이들의 엉덩짝을 사정없이 걷어차고 싶은 충동에 이를 갈았고, 때로는 그 선량한 호떡집에다 불을 확 처지르고 싶은 감정에까지 내몰리곤 했다.

친구 태길이는, 그래서 내 좋은 친구였다. 그는 손을 내밀기보다 훔쳤고, 훔치기보다는 약자에게서 빼앗았기 때문이다. 얼마나 당당한가. 그래서 그와 동행할 때면 나도 결코 빈손으로 돌아서지는 않았다. 그맘때쯤 한창 쏟아져 나오던 참외, 익히지 않은 옥수수나 하지감자, 향긋한 바다풀이 붙어 있는 센베이 과자, 또는 냄새나는 안남미 한 줌―어쨌건 그와 함께 시장 바닥을 한차례 순례하고 나면 무엇으로건 조금은 배를 채울 수 있었다.

하지만 나는 물론 녀석들의 엉덩짝을 걷어차지도, 호떡집에 불을 처지르지도 않았다. 끓어오르는 욕지기에도 불구하고 종당엔 고개를 꺾고 무력하게 돌아서게 마련이었는데, 한번은 누군가가 내 앞을 막아섰던 것이다. 그가 바로 구두닦이 짤뚝이였다.

"너 판자촌에 살지?"

그가 내게 물었다. 대답에 앞서 나는 얼굴부터 붉혔는데 왠지 참을 수 없는 기분이었다. 나는 녀석을 노려보았다.

"나두 거기 살아."

구두통을 추스르며 그가 말했다. 조금은 낯이 익다고 생각되었다. 하지만 그래서 어쨌단 말인가. 곱지 않게 나는 대꾸했다.

"그래서 어쩌겠다는 거야?"

"별일 아냐……"

녀석은 싱겁게 씩 웃었는데 그것이 마침내 나의 감정을 터뜨리고 말았다. 나는 단정했다. 녀석은 나를 저 아이들 중의 하나로 생각하고 있고, 그나마 자기 몫을 얻지 못한 것을 분명 비웃고 있는 것이라고. 나는 녀석을 향해 몸을 날렸다.

우리의 싸움은 오래가지 않았다. 비록 불구이긴 했지만 그는 두 살이나 나보다 위였고, 싸울 의사마저 갖고 있지 않았기 때문이다. 게다가 장소가 시장 바닥이어서 나의 감정에 상응한 대결은 어차피 불가능했다. 어른들에게 대갈통을 한차례씩 쥐어박히는 것으로써 우리의 싸움은 싱겁게 끝나버렸다.

"너 말이다, 나랑 구두닦이 해볼 생각 없니?"

귀로였다. 잘뚝잘뚝 절면서 잠자코 내 옆을 따라오던 그가 불쑥 말했다.

10. 세계를 여행할 수 있는 가방

사과 궤짝 두 개로 구두통과 걸상이 만들어졌다. 다음 날 오후였다. 짤뚝이는 이렇달 만한 연장도 없이 익숙한 솜씨로 그것들을 만들어놓았다. 그는 비록 구두닦이이지만 장차는, 모주꾼 주 씨처럼 소문난 목수가 되리라고 나는 생각했다. 불구의 다리가 조금은 마음에 걸렸지만.

그가 오후 한나절을 소비하여 그것들을 마침내 완성했을 때, 솔직히 말해, 나는 좀 난감한 기분이 들었다. 그것을 메고 길거리로 나선다는 일이 너무나 엄청났기 때문이다.

"별것 아냐. 내가 하는 대로만 슬슬 따라해."

짤뚝이가 새 구두통의 겉면을 사포로 문지르고 구두약을 처발라 관록을 위장하면서 내게 용기를 주었다.

"인마, 이 정도면 누가 봐도 아주 신마이라곤 않을 거다. 좋아, 아암, 썩 좋은 거야. 낼부터 우린 투 보이샤다."

그러고는 히죽히죽 웃었다. 전날 나의 자존심을 다치게 했던 그 웃음이었다. 분노 대신에 나는 우정을 느꼈다.

다음 날 아침, 그가 어김없이 나를 데리러 왔을 때까지도 나는 결단을 내리지 못하고 있었다. 그러나 발뺌할 계제는 이미 못 되었기 때문에 도리 없이 따라나섰다. 어깨에 둘러멘 구두통과 옆구리에 낀 쪽걸상이 그처럼 부담스러울 수가 없었다. 군용 반합을 들고 나서던 때가 차라리 담담했다고 나는 생각했다.

판자촌 골목을 벗어나자마자 짤뚝이는 한길 이쪽에다 나를 떼어 놓고 맞은편 쪽으로 건너가버렸다. 그러고는 도심권을 향해 구두딱쇼를 외치며 스적스적 걷기 시작했다. 그래, 우린 투 보이샤다, 하고 곤혹감 속에서 나는 다짐했다. 동업자(?)로서의 내 의무를 다 하자면 나 역시 그렇게 해야 할 것이었다. 짤뚝이는 부지런히 외쳐대고 있었다.

"구두 딱! 구두우 딱으쇼오!"

하지만 나로서는 도무지 그게 쉽지 않았다. 마음은 갈등으로 터질 듯했고, 목구멍은 무언가로 꽉 잠겨버렸다. 거리의 모든 시선들이— 눈에 띄는 사물들까지도—나의 심중을 꿰뚫어 보고 있는 것만 같았다. 이 거북살스러운 구두통을 메고 나서느니보다는 차라리,

태길이처럼 잠지를 드러내놓고 걷는 편이 훨씬 더 자연스러울 것 같았다. 내 동업자에게는 진실로 미안한 노릇이었지만 나는 벙어리처럼 입을 봉한 채 스적스적 따라가기만 하였다.

첫 손님을 맞았다. 짤뚝이의 열성과 관록에도 불구하고 그 손님과 '아다리'한 것은 나였다. 겁에 질린 채 나는 허겁지겁 나의 동업자를 손짓해 불렀다.

물론 거의 충분하다고 해도 좋을 만큼 나는 사전 교육을 받았었다. 그런데도 불구하고 쪽걸상을 걸타고 앉은 그 중년 신사가 우리 둘의 구두통 위에다 다리를 한 쪽씩 올려놓았을 때 나는 몹시 당황하고 말았다. 내 스승의 가르침대로라면 맨 먼저 칫솔로 밑창 언저리의 흙을 긁어내고, 먼지를 털고, 때를 빼고, 그런 다음에 약을 발라 광을 내야 할 것이었다. 그러나 지나치게 긴장한 탓으로 나는 솔질을 하기도 전에 구두약을 처발랐고, 실수로 더 당황해진 나머지 손님의 깨끗한 양말목에다 구두약을 묻히는 치명적인 잘못까지 저질렀다.

"너, 신참인 모양이구나."

허둥대는 꼴을 내려다보고 있던 손님이 말했다. 나는 대꾸를 하지 못했다. 얼굴이 뜨겁게 달아올랐다.

조심스레 손님의 기분을 훔쳐본 짤뚝이가 얼른 대꾸했다.

"얜 시작한 지 사흘째밖엔 안 돼요. 제가 이 짝 닦아놓고 그 짝까지 잘 닦아드릴 테니깐 아무 걱정 마세요."

나로선 얼굴을 쳐들어 그 신사의 기분을 살필 용기가 없었다. 그러나 그가 결코 나의 실수 때문에 언짢아진 것 같지는 않았다.

"당연하지."

신사가 말했다.

"구두닦이도 훌륭한 기술의 하나니깐 첨부터 쉽진 않지. 난 말이다, 이북서 월남할 계획을 세우고 있을 때 맨 먼저 뭐부터 한 줄 아냐? 구두방에 쫓아다니면서 열심히 구두 수선 기술부터 배웠다구. 사람은 말이다, 무슨 기술이든 한 가지쯤 익혀둬야 언제 어디서든 밥 빌어먹기가 쉽단 말이야. 그래 난 생각했지. 구두 수선 기술이야말로 세상 어디를 가든 쉽게 써먹을 수 있는 기술이다, 까다로운 것두 아니구 밑천이 그다지 필요한 것두 아니구…… 연장통 하나 메고 나서면 아무 데서나 최소한의 돈벌이는 할 수 있거든. 구두 닦는 일도 마찬가지야. 구두통 하나만 둘러메면 세계를 두루 여행할 수도 있는, 아주 훌륭한 기술이지……"

그 밖에도 그는 세상 사는 일에 대해 많은 얘기를 해주었었다. 지금 생각하면, 가장 값진 경제학 강의를 들은 것도 같다. 먹고사는 일에 대해, 돈과 직업과 인간에 대해.

비로소 나는 용기를 내어 그 사람의 얼굴을 쳐다보았다. 나를 향해 그는 조용히 웃고 있었다. 나는 무언가 가슴이 꽉 차오름을 느끼면서 다시 한 짝의 구두에 매달렸다. 그러고는 열심히 솔질을 하고 약을 칠하고 침을 발라 광을 냈다. 구두코에 땀방울이 떨어졌다.

그러나 짤뚝이의 관록을 하루아침에 따라잡을 수야 없는 노릇이었다. 혼신의 노력에도 불구하고 내가 닦은 짝과 짤뚝이의 그것은 도무지 비교가 되지 않았다. 하지만 신사는 그것을 문제 삼지 않았다. 나의 동업자가 다시 닦겠다는 것도 그는 거절했다.

"그럴 것까진 없다구. 어차피 냄새나는 발에 꿰고 다니는 거지 그게 뭐 훈장이나 되는 건가? 됐어. 수고들 했다구."

완연히 짝짝이가 되어버린 구두를 신은 채 그는 서둘러 가버렸다.

11. 거친 성

새벽 일찍 우리는 집을 나섰다. 수입을 올리기 위해서라며, 동업자 짤뚝이는 통금이 풀리기가 무섭게 우리 방문을 두들겨대곤 했기 때문이다. 아버지는 아무 말도 하지 않았다. 아직도 어둠이 짙게 괸 골목을 부지런히 나서고 있는 이웃들의 모습을, 잠이 덜 깬 얼굴로 잠시 내다보았고, 그러고는 무능하고 게으른 하품을 한차례 토해낼 따름이었다.

우리는 이제 여관가를 한바퀴 순례할 참이었다. 다른 애들을 앞질러야 한다면서 짤뚝이는 연신 나를 채근했다. 출발이 늦은 날은 처음부터 숫제 뜀박질을 했다. 그러면 두 개의 구두통이 요란한 소리를 냈다.

"걔네들 되게 악바리야. 요샌 그네들이 만날 선술 치잖아? 빨랑 따라와!"

헐떡이면서 그가 말했다. 불구의 한쪽 다리마저도 내 성한 다리보다 훨씬 강하게 느껴지는 순간이었다. 열심히 그를 쫓으면서도 나는 자주 엉뚱한 생각에 빠져들고는 했다. 감꽃을 주우러 다니던 기억 때문이었다.

그랬다. 시골 마을에 살 때…… 감꽃이 하얗게 이울 때쯤이면 아이들은 곧잘 새벽잠을 설치곤 했었다. 때로는 어둠이 채 물러나기도 전에 떫은 눈을 비비며 사립을 나서지 않았던가. 누나와 나는 마을의 고샅길을 두루 순례하며 감나무란 감나무는 죄 찾아다녔다. 다른 애들의 손길이 거쳐가지 않은 나무 밑엔 자디잔 감꽃들이 융단처럼 땅을 허옇게 뒤덮고 있었다. 씨알이 제법 굵어진 감이 밤바람에 툭툭 떨어져 뒹구는 소리가 들리는 밤에도 으레 잠을 설쳤었다. 닭이 홰를 치기가 무섭게 우리는 달려나갔고, 그런 날은 대소쿠리, 또는 꼴망태 하나 가득 낙과를 주울 수 있었던 것이다.

아무리 부지런을 떤다고 해도 우리 도시의 모든 여관을 샅샅이 순례할 수야 없는 노릇이었다. 우리가 발길을 들여놓을 수 있는 곳이란 어차피 한정돼 있었다. 비교적 간섭 없이 드나들 수 있는, 시장 통이나 역전 주변의 값싼 여인숙 따위가 그런 곳이었는데, 어쨌건 그런 업소일수록 방마다 투숙객은 들어 있었고, 아무렇게나 벗어던진 구두짝들이 남자 것 여자 것 가릴 것 없이 방문 앞마다 어지러이 나뒹굴고 있었다.

짤뚝이의 손길은 기계처럼 정확하고 재빨랐다. 아무리 엉망진창인 구두라도 한 켤레를 닦는 데에 5분이면 족했다. 그러나 나로선 최소한 10분 이상의 시간이 필요했다. 작업할 수 있는 시간은 짧아서 그 빠른 진행이 눈에 보이는 듯했다. 정신없이 뛰다 보면 어느새 도시의 한쪽 하늘을 시뻘겋게 물들이며 불끈 치솟아오른 아침 해가 우리들의 이마에 맞닿아오곤 했다.

우리는 동업자이므로 수입은 공정하게 반분하기로 되어 있었다. 내가 짤뚝이에게 늘 빚진 기분이 드는 것은 당연한 노릇이다. 공정한 분배만큼 작업량의 형평도 고려됨이 마땅했다. 고심 끝에 나는 일거리를 걷어오는 일은 내가, 소화하는 일은 그가 맡기로 제안했다. 이 방법은 아울러 작업의 능률을 올릴 수 있는 것으로 판단되었기 때문에 곧 실천에 옮겨졌다.

 하지만 이 분담제에서도 나는 늘 그에게 밀렸다. 내가 걷어다 준 구두들을 오랜 관록이 붙어 있는 솜씨로 척척 닦아내는 그의 작업에는 단 1분의 오차도 생길 여지가 없었지만, 그러나 나의 역할에는 예상치 못했던 일들이 너무나 자주 일어났기 때문이다. 여관방에 든 사람치고 초저녁부터 잠을 탐한 자는 없으리라. 고단한 새벽잠을 깨웠다가 나는 일쑤 경쳤다. 성깔 사나운 주인과 잘못 마주친 날에는 따귀가 성치 못했다. 더러는 좀도둑의 혐의를 받고 깝대기를 홀랑 벗기는 수도 있었다. 이래저래 눈치와 뱃심이 요구되었는데, 그러고도 빈손으로 나와야 하는 집이 없지 않았다.

 그런 때면 동업자로부터 으레 채근을 당했다. 짤뚝이는 구두통을 탁탁 치며 소리치는 것이었다.

 "야, 없어? 물어볼 것두 없이 그냥 막 쓸어오란 말이야. 거긴 고무신 짝들만 몽땅 들어 있는 건 아닐 테지?"

 선량한 친구 짤뚝이를 나는 결코 원망하진 않았다. 그는 소심한 동업자를 격려한 것일 뿐. 얼굴을 붉힌 채 나는 또 다른 집으로 뛰어들어야만 했다.

 내 역할의 가장 큰 어려움은 실상 다른 데에 있었다. 여관가 풍경이란 어차피 그런 것일 테지만, 그러나 장소가 시장통이나 역 주변의 싸구려 여인숙일 경우에는 문제가 많았다. 특히 이른바 적선 지대에 해당하는 업소일 경우에는 더더군다나 그러했다. 사는 일의 어려움·거칠음·뻔뻔스러움 들이 내 어린 마음을 너무나 자주 질리게 만들었기 때문이다.

 도시가 온통 고단한 잠에 떨어져 있는 그 시간에도 골목 밖을 서성거리는 여자들이 있었다. 진열장처럼 안이 훤하게 들여다보이는 방에서 외롭게 그날의 운세를 떼고 있는 여자도 있었다. 걸레처럼 취한 사내와 잡초 같은 낯짝의 여자가 꼭두새벽부터 멱살잡이를 벌이기도 했는데 그런 땐 온갖 거친 말들이 풍성하게 오갔다. 오직 팬티 한 장밖에 가린 것이라곤 없는 여자가 흡사 몽유병자처럼 맨발로 저벅저벅 걸어 나와 시멘트 바닥의 좁은 뜨락을 온통 낭자하게 적셔놓고는 다시 제 구멍으로 기어들어가 쓰러지는 꼴을 목격하기도 했다. 그밖에도 온갖 외잡스러운 광경들을 나는 도처에서 목격할 수 있었지만 그런 따위를 일일이 열거할 필요는 없겠다. 다만, 언젠가 짤뚝이가 하던 말을 나는 지금도 기억하고 있을 뿐이다.

"보통인 거지 뭐. 몽땅 까발리고 사는 치들이니까……"

무색하게 되돌아온 장소들을 나는 또 도리 없이 순방할 수밖에 없었다. 조금은—어쩌면 거의 전적으로—무더운 계절 탓인지도 모른다. 최소한 감출 수 있는 부분들까지도 그들은 포기해버린 듯했다. 그런 마당에, 고작 냄새나는 남의 구두짝이나 찾아 헤매는 주제인 나로서는 새삼 감출 것이 아무것도 없었다. 나는 대담하게 그들 속을 기웃거리고 다니면서 나의 일거리를 구했다. 아무에게도 간섭받지 않았다. 그런 곳일수록 우리 같은 녀석들에겐 터무니없이 관대했기 때문이다.

내가 우리 동네 똘과부의 딸과 맞닥뜨린 곳도 그런 업소들 중의 하나였다. 그녀는 잠에 곯아떨어진 어떤 사내의 곁에서 홀로 일어나 앉아 무심히 담배를 피우고 있었다. 더위 탓이리라. 손바닥만 한 방문은 열려 있었고, 굴 같은 내부가 한눈에 들여다보였다. 똘과부의 사위를 나는 문득 생각했다. 그녀의 단칸방에 더부살이하는 주제이면서도, 그래서 때로는 오밤중에 그 기이한 싸움을 벌여 온통 이웃들의 웃음을 사는 주제이면서도 누구보다 뻔질나게 깡씨 이발소를 드나드는, 그 허우대만 멀쩡한 사내…… 잠든 사내의 얼굴을 나는 확인했다. 낯선 모습이 분명했다.

내가 안을 기웃거리자 그녀가 먼저 말했다.

"그 구두 닦아줘."

그러겠다고 나는 대답했다. 최소한의 천 조각밖에 가린 것이 없었기 때문에 나는 그녀의 모든 것을 잘 볼 수가 있었다. 핏기 한 점 없이 창백한 얼굴과 가냘픈 목과, 그리고 헐벗고 나약한 육체를. 생각했던 것 이상으로 그녀의 건강 상태는 심각하다고 나는 단정했다. 무슨 홀에 나간다고 알려져 있는 그녀는 귀가 시간이 언제나 늦었다. 통금 사이렌 소리에 등을 떠밀리면서 어두운 판자 골목을 지척지척 걸어오고 있는 그녀의 모습을 지켜보노라면 항용 아슬아슬한 느낌이 들곤 했었다. 술과 피로에 짓눌린 그녀의 걸음걸이는 금세라도 꺾어질 듯 나약해 보였기 때문이었다. 나는 안다. 그러고도 그녀를 기다리고 있는 것이라곤 우리네의 궤짝 같은 단칸방이며, 사내 열보다 더 억센 여자로 소문나 있는 어머니 똘과부이며, 그리고 그 사이를 비집고 들어앉아 하는 일 없이 빈둥거리면서도 오밤중에 자주 소동을 벌이는 그 사내뿐임을.

방문 앞에는 두 켤레의 구두가 아무렇게나 굴러 있었다. 하나는 그녀의 것이고 다른 하나는 잠든 사내의 것일 터였다. 두 켤레의 구두를 내가 집어 들었을 때, 그녀는 다시 말했다.

"아니야, 이쪽 것만 닦아줘."

나는, 그녀 자신처럼 작고 낡은 구두 두 짝만 챙겨들고 돌아섰다.

그제야 나는 깨달았다. 이런 장소에서 그녀와 맞닥뜨리고도 나는 전혀 아무렇지 않았던 것이다. 놀라움도 충격도 없었다. 담담한 마음으로 나는 그것들을 짤뚝이 코앞에 내던졌다.

여관가 순례를 끝낸 우리는 단골 식당에서 늦은 아침을 먹었다. 각개우동을 곱빼기로 시켜 먹으면서, 아침 작업에서 얻은 수입을 공정하게 나눠 갖는 것도 이 자리에서였다. 나는 매번 두 가지 갈등을 느꼈다. 곱빼기를 해치우고도 자꾸만 각개우동의 쌈빡한 맛에 미련이 남는 마음이 그 하나였고, 또 우리들의 수입을 똑같이 나누어 가진 그 공정성에 대한 어쩔 수 없는 자격지심이 남은 하나였다.

하지만 나는 매번, 그 두 가지 갈등 중 어느 한쪽도 해소하지 못한 채 식당을 나서곤 했는데, 그날은 한 가지 갈등이 더 늘어 있었다. 예의 똘과부 딸에 대한 기억 때문이었다. 그녀는 비록 나를 알아보지 못했지만, 나는 이미 그녀의 공모자가 되어 있는 기분이었다.

12. 구역

그러나, 구두통은 단지 구두통일 뿐 결코 세계를 여행할 수 있는 가방은 못 되었다. 내가 그 점을 깨닫는 데엔 그다지 긴 시간이 필요하지 않았다.

연일 불볕더위가 계속되고 있었다. 우리들의 도시를 덮친 마지막 더위였다. 도심의 아스팔트 길은 개엿처럼 녹아내리고, 한낮에는 행인들의 내왕마저 뜸해졌다. 도시는 살인적인 무더위와 포성 없는 전쟁을 하고 있는 것 같았다.

승부는 뻔했다. 상가들은 차양을 두껍게 내리고, 진열장 유리를 신문지로 가리고, 포도에도 열심히 물을 뿌려댔지만 찌는 듯한 열기를 막아낼 재간은 없었다. 뙤약볕 아래 드러나 있는 모든 것들이 흡사, 끓는 기름 속에 던져진 통닭처럼 빨갛게 익어버렸다. 그래서 사람들의 마음마저도 한층 더 거칠고 메말라버린 느낌이었다.

나는 혼자였다. 새벽의 작업이 끝나면 우리들의 동업 관계는 해소되었다. 그때부터는 이른바 각개 플레이를 해야만 되었다. 그것은 물론 짤뚝이의 제의였다. 이번에도 그는 좀더 수입을 올리기 위해서라고 했는데 나로서는 전혀 이의를 제기할 입장이 못 되었다. 예의 식당 앞에서 우리는 늘 갈라섰고, 그때부터 나는 무력하고 외로워졌다.

나의 동업자처럼 수입을 올려야 한다는 따위의 집념은 내게 없었다. 그보다 더 많은 수입을 내가 올린다고 해서 이제 새삼스레 달라질 것은 아무것도 없다고 생각한 탓이었다. 내게 더 많은 수입이 필요했다면 그건 훨씬 더 전에 그랬었다. 누나가 두부살의 집으로 가기 전에, 어머니가 이승을 하직하기 전에, 그리고 내 아버지가 수치스러운 전과를 기록하기 전에 말이다.

아버지는 얼마 전서부터 벌이를 시작했었다. 그것은 나의 벌이보다도 더 밑천이 들지 않는 일이었다. 각목으로 엉성하게 짜맞춘 지게 하나면 족했기 때문이다. 그러므로 나의 수입은 그닥 쓸모가 없었다. 궁리 끝에 나는 작은 궤짝 하나를 만들어 거기 뚫어놓은 구멍 속으로 그날 번 돈을 집어넣었다. 하지만 딱히 목표가 있는 것도 아니어서 매번 집어넣는 것으로 나는 그 일을 잊어버리곤 하였다.

수입에 그닥 관심이 없었으므로 낮 동안 내가 한 일은 주로 시간을 죽이는 작업이었다. 구두통을 울러멘 채 나는 우리 도시의 거리들을 빈둥빈둥 나돌아다니기만 했다. 이제는 '구두 딱!'이건 '구두우 닦으쇼오!'건 외칠 만큼은 되었지만, 그러나 나는 거의 입을 봉하고 다녔다.

지난 전쟁이 이 도시를 어떤 식으로 휩쓸고 갔는지에 대해 나는 잘 알고 있지 못했다. 내가 본 것은 그때까지도 군데군데 남아 있던 상흔들에 지나지 않았다. 부서진 통운 창고, 반쯤 불타버린 공회당 건물, 무엇에 쓰였는지 모를 앙상한 몇 개의 철탑, 수많은 병사와 시민들을 수장했다고 전하는 더러운 하천, 일거리를 찾지 못한 실향민들이 해종일 우글거리는 벌거숭이 공원 등…… 역전 양키 시장 골목에선 대낮에도 툭하면 살인이 났고, 자갈마당 난전엔 온갖 천박한 사투리들이 악머구리 끓듯 하였다. 그런 속을 서성거리고 다니면서 나는 늘 겁 많은 구경꾼 노릇을 했다.

맨발에 고무신을 꿰어신은 발바닥이 몹시 뜨겁고 또 미끈덕거렸다. 나는 그늘을 찾아 구두통을 깔고 앉았다. 현기증이 났다. 텅 빈 거리를 굶주린 개 한 마리가 주황빛 혀를 길게 빼문 채 헐떡이며 지나갔다. 나는 눈을 감았다. 닫힌 시야가 붉게 타오르면서 우리의 도시가 흡사 과열된 용광로처럼 금세라도 폭발할 듯 우웡우웡 소리를 내고 있었다.

깜빡 졸았던 모양이다. 내가 눈을 떴을 때 맨 먼저 눈에 띈 것은 두 짝의 군화였다. 나는 얼굴을 쳐들었다. 남방 차림의 청년 하나가 내 쪽 걸상을 타고 앉은 채 나를 내려다보고 있었다. 나는 재빨리, 깔고 앉았던 구두통을 냉큼 내밀었다. 그것이 실수였다. 구두통은 그의 발길에 차여 저만큼 나가떨어졌고, 너저분한 내용물들이 길바닥에 낭자하게 흩어져 뒹굴었다.

그가 말했다.

"얌전히 주워 와!"

나는 그렇게 했다. 그가 또 명령했다.

"앉아! 그리구, 손바닥 좀 내놔 봐."

나는 잠자코 오른손을 내밀었다.

"벌이가 괜찮았던 모양이구나. 우리 애들은 직싸게 하품만 날리고 있는데두 말이야……"

약이 묻어 빤질거리는 손바닥을 그는 몇 차렌가 뒤척뒤척했다. 그때까지만 해도 그의 속셈을 간파하지 못했던 나는 다음 순간 비명을 내질렀다. 투박한 구두짝 아래 그것이 깔려버린 때문이었다.

"입 닫아! 짓뭉개버리기 전에."

내 손등을 짓밟은 채 냉랭하게 그는 말했다.

"말해봐. 누구 맘대로 여기서 영업하는 거야? 누구한테 허락받았어? 여기가 네 집 안마당쯤 되는 줄 알아? 여긴 내 구역이야. 알겠어? 이 좆만 한 새끼야."

나는 아무런 대꾸도 하지 못했다. 잘못은 명백히 내게 있었기 때문이다. 내 스승의 가르침을 잠시 방심했던 결과였다. 짤뚝이는 예의 식당 앞에서 갈라설 때마다 거의 매번 그 점을 강조하곤 했는데 이를 요약하면, 첫째 우리가 늘 다니던 코스에서 절대로 이탈하지 말 것, 둘째 만부득이 성역(聖域)을 통과할 시는 반드시 뒷길로 우회할 것 등이었다.

그랬다. 도시의 그 많은 거리들 중에서 우리 같은 뜨내기가 발길을 들여놓아도 좋을 곳은 극히 제한되어 있었다. 그곳을 이탈했다가 어떤 곤욕을 치르게 될지 예상할 수 없는 일이었기 때문이다. 게다가 허용된 구역 안이라 할지라도 결코 침범해서는 안 될 성역이 또 있었다. 일테면 이름난 다방이나 공공건물, 사람들이 많이 몰리는 역 광장이나 시외버스 정류장 일대 등이 바로 그런 곳으로, 거기에는 이른바 비싼 자릿세를 꼬박꼬박 거둬들이는 터줏대감들이 군림하고 있었기 때문이다. 그들의 신분을 나는 물론 알고 있지 못했다. 하지만 그들이 다방 주인이거나 공공 기관의 장, 또는 운수회사 이사장이 아니라는 것쯤은 알고 있었는데, 이날 내가 만난 사내야말로 그런 인물 중의 하나임이 분명했다.

물론 나는 저항을 하지 않았지만 그렇다고 용서를 구걸하지도 않았다. 투박한 군홧발로 내 작은 손등을 여전히 짓밟은 채 그는 내게 말했다.

"말해봐, 어떻게 할 거야? 두 번 다시는 벌이를 못 하게 이 손을 으깨주랴? 아니믄?"

그가 요구하는 것이 무엇인가를 나는 알았기 때문에 그날 번 돈을 순순히 꺼내놓았다. 그는 재빨리 그것을 챙겨넣었고 내 손은 비로소 족쇄에서 풀려났다. 다섯 개의 손가락들이 피멍이 들도록 짜부라져 있었다.

"애야."

자리를 털고 일어나며, 그리고 내 어깨를 정답게 두들기며 그는 나를 위로했다.

"다음부턴 이 근처에 얼씬거리지도 말거라. 제발 부탁이다, 애야. 피차 괴로운 일 아니겠니?"

그는 정말 괴로운 얼굴로 폭양이 쏟아지는 한길을 휘적휘적 건너갔다. 결코 세계를 여행할 수 없는 가방을 챙겨들고 나는 일어섰다. 손은 아팠지만, 그러나 마음은 괴롭지 않았다.

그날 저녁에 모처럼 우리들의 밤사냥이 이루어졌었다. 덫에 걸려든 사냥감은 뺑코만 한 거물은 못 되었지만 그에 버금갈 만은 했다. 사냥은 예외 없이 성공적이었고, 그 결과에 우리는 대체로 만족했다.

13. 내부 수리 중

깡씨 이발소의 일을 내게 맨 먼저 알려준 사람은 서울내기 태길이었다. 그날 낮 동안에 일어난 사건이라고 했다. 구두통을 멘 내가 우리 도시의 거리들을 배회하고 있었을 시간이었다.

그날은 그런대로 벌이가 좋았던 날이었다. 새벽 작업에서도 무리가 없었을뿐더러 낮 동안에도 심심치 않았다. 수입에 대해 그다지 관심둔 바가 없다고는 해도 어쨌든 기분은 괜찮았다.

내가 우리 판자촌 골목에 들어선 것은 어스름이 엷게 깔리던 시간이었다. 코크스와 석탄 부스러기와 톱밥들이 타는 냄새가 골목에 자욱이 퍼져 있었다. 그러나 늦더위도 이젠 한풀 꺾인 듯한 무렵이어서 그나마 여름날 저녁 공기는 부드러웠다. 낯익은 이웃들이 한둘씩, 적당히 지친 걸음걸이로 귀가하고 있는 모습이 보였다.

아마도 태길이는 나의 귀가를 초조하게 기다리고 있었던 게 분명했다. 우리 집 쪽으로 막 꺾어드는 순간에 안에서부터 급하게 튀어나오는 그와 나는 맞닥뜨렸다. 한눈에도 그가 몹시 들떠 있음을 알 수 있었다.

"지금 오는 거니? 난 니네 집에 갔다 오는 참이야."

언젠가처럼 헐떡이면서 그는 말머리를 찾지 못해 허둥댔다.

"우리 집은 왜?"

"또 터졌어! 깡씨 이발소에서 말이야!"

숨차게 그는 내뱉었다.

"난 또 뭐라구…… 괜시리 가슴만 철렁했잖아."

심상하게 나는 대꾸했다. 새로운 도전자가 나타났었다는 애길 테지, 하고 나는 생각했다. 하지만 그런 일이야 그닥 새로울 것이 없었다. 그것은 우리들의 밤사냥만큼이나 낡은 애기였기 때문이다. 그의 홍분에도 불구하고 나는 냉담했다. 우리의 덫에 걸려든 사냥감치고 결코 무릎을 꿇지 않았던 자가 없었듯이, 도대체가 강 씨와 맞서서 꺾이지 않았던 상대를 우리는 본 적이 없었던 것이다. 결과는 자명하다고 생각했기 때문에 나는 심드렁하게 물었다.

"이번엔 어떤 치가 깨졌어?"

"깨진 정도가 아니야."

그는 진저리를 치듯 여윈 몸을 한차례 떨고 나서 이상하게 잠긴 목소리로 대답했다.

"죽었어. 정말이야…… 내가 분명히 봤는데, 가망 없어. 아주 갔다구."

"얼레? 누가?"

정색을 하고 나는 되물었다.

"누가 죽었다든? 설마 강 씨 애긴 아닐 테지?"

"설마 좋아하네. 놀라지 마. 강 씨가 죽었단 말이야. 깡씨 이발소 주인 강 씨 말이야."

"강 씨가? 너 정말이니? 똑똑히 봤어? 농담하는 거 아냐?"

비로소 나는 긴장했고, 몇 번이고 다시 되물었다. 그러나 태길이는 결코 농담을 하고 있는 것이 아니었다. 흥분으로 몸을 떨면서 그는, 당장에 현장으로 가보자고 했다. 하지만, 나는 도무지 그 사실이 믿기지 않았다. 불가사의한 인물, 우리들의 우상이기도 하던 그 강 씨가 마침내 무너졌다는 얘기가 아닌가. 그제야 나는 깡씨 이발소를 향해 달려갔다.

이발소는 어둠 속에 잠겨 있었다. 구경꾼 한 사람 보이지 않았다. 일찍감치 영업을 끝내고 문을 닫아건 것처럼 이발소 안에도 사람 하나 남아 있지 않았다. 창 너머로 들여다보이는 것이라곤 어스름 속에 잠긴 집기들뿐이었다.

그러나 가슴을 섬뜩하게 하는 어떤 냉기를 나는 의식했다. 여름날 저녁의 부드럽던 공기가 물수건처럼 차갑게 목덜미를 휘감아버린 듯한 느낌이었다. 비로소 나는 몇 가지 이상을 발견했다. 홀 안의 집기들이 평소의 질서를 잃고 있었다. 교실 청소를 하기 위해 아이들이 책걸상을 모다 뒤쪽 벽으로 몰아붙이듯이 홀 안의 집기들은 깡그리 구석 쪽에 쌓여 있었다. 청소를 한 흔적은, 그러나 보이지 않았다. 여백의 시멘트 바닥엔 미처 쓸어내지 못한 머리털이 뭉덩뭉덩 흩어져 있고, 거기 부러진 각목 몇 개가 내던져져 있었다. 그뿐, 기물이 손상된 흔적은 보이지 않았다.

바깥쪽은 전혀 이상이 없었다. 평소보다 좀 일찍 문을 닫아걸었고, 거기 손잡이짬에 쪽지가 한 장 나붙어 있을 따름이었다. 손바닥만 한 마분지 조각 위의 글씨를 나는 읽었다. '내부 수리 중, 당분간 휴업' 모두 열 자였다. 멍한 얼굴로 나는 돌아섰다. 어떤 냉기가 전신에 소름을 돋게 했다.
 철 이른 점퍼 차림을 한 일단의 사내들이——대여섯 명은 족히 될 거라고 태길이는 말했다——깡씨 이발소에 들이닥친 것은 점심때가 막 지난 시각이라고 했다. 그들은 들어서는 즉시 출입문을 안으로 닫아걸었다. 하루 중 그맘때면 대체로 그렇듯이 홀 안에는 종업원 외에 다른 사람은 없었다. 강 씨는 버릇처럼, 이발용 의자 하나를 길 쪽으로 돌려놓고 그 위에 느긋하게 앉아 햇빛 밝은 거리를 내다보고 있었다. 혹은 그런 자세로 깜빡 잠이 들었는지도 모른다. 그를 제외한 두 사람의 이발사와 한 사람의 여자 면도사는 신문을 뒤적거리며, 라디오에서 흘러나오는 연속극에 귀를 기울이고 있던 중이었다.
 돌연한 침입자들에 의해 그들의 휴식은 깨어졌다. 점퍼 속에서 사내들은 일제히 각목을 하나씩 꺼내들었다. 결이 거친 그 각목들은——한 종업원의 말에 의하면, 이제 막 제재소의 톱날을 받은 것처럼 짙은 송진내를 확 풍겼다고 했다. 이상하리만큼 강 씨는 무력했다. 이미 기선을 제압당한 처지라고는 해도, 다른 사람이 아닌 강 씨가 그토록 무력하게 일방적으로 당하고만 있으리라고는 아무도 예상치 못했던 일이었다. 사내들 중의 하나가 라디오의 볼륨을 높였다. 전쟁 실화의 하나이던 그 연속극은 마침 치열한 전투 장면을 재연하고 있었다. 온갖 총성과 전차의 굉음과 단말마적인 외침이 홀 안을 가득 채웠고, 그런 속에서 무자비한 테러가 자행된 것이었다.
 강 씨의 낯빛은 사자(死者)의 그것처럼 푸른 기가 돌았지만, 입 꼬리엔 무언가 차가운 웃음 같은 것이 담겨져 있었다고 했다. 사내들은 집기들을 구석 쪽으로 깡그리 밀어붙인 다음에 의자에서 강

씨를 끌어내렸다. 그는 저항하지 않았다. 자기의 자리를 알고 있었던 것처럼 조용했다. 사내들 중의 몇이 길 쪽으로 난 창을 가리고 섰고, 종업원들은 벽 쪽을 향해 세워졌다. 전투는 가열되고 있었다. 온갖 총성과 캐터필러의 굉음과 폭격기의 비행음 속에서 그러나, 종업원들의 귀는 분명 듣고 있었다. 가장 원시적인 폭력이 무자비하게 자행되고 있는 소리를.

사내들이 물러갔을 때 시멘트 바닥엔 부러진 몇 개의 각목들과 더불어 도무지 손쓸 여지조차 없는 강 씨의 몸뚱이만 버려져 있었다고 했다. 강 씨는 일단 병원으로 옮겨졌지만, 그러나 우리는 물론 누구도 그의 기사회생을 기대하지 못했다. 언젠가처럼 그가 다시, 저 불가사의한 방법으로 적들을 물리치고 자신의 왕국을 되찾으리라고는 상상할 수가 없었다.

그로부터 한 주일쯤 지난 뒤에 예의 이발소는 다시 문을 열었다. '내부 수리 중'이란 쪽지와는 달리 새롭게 단장된 것이라고는 거의 아무것도 없었다. 변화라면 단지, 여자 면도사의 얼굴이 왠지 눈에 띄지 않았던 점과, 그리고 바깥 간판을 갈아붙인 것뿐이었다. '강씨 이발관'을 대신한 상호는 '희망 이발관'이었다. 여자 면도사 자리는 곧 낯선 얼굴로, 그것도 둘씩이나 채워졌고, 새 주인의 낯짝도 보였다. 그는 검은 얼굴에 점퍼 차림이었고, 끝이 뾰족한 구두를 신고 있었다.

목이 좋았던 그 이발소는 그런대로 성업이었다. 그 앞을 지날 때마다 나는 매번 '희망 이발관'이란 이름의 간판을 쳐다보곤 했다. 하지만 그 이름에서 내가 느낄 수 있었던 감정은 되레 어둡고 허전한 좌절감뿐이었다. 여왕개미와 병정개미에 대한 곽 씨의 말을 나는 자주 생각했다. 그의 설명대로라면, 여왕개미가 병정개미 한 마리를 갈아치운 것에 지나지 않았다. 하지만 나는 이 세계의, 그 잔인하고 기이한 질서를 결코 이해할 수가 없었다.

14. 두부살과 큰 형들

　나만 유독 강 씨의 죽음에 충격을 받았던 것은 아니었다. 그 일은 우리 모두에게 깊은 갈등을 주었음이 분명했다. 다만, 갈등이 너무나 크고 깊은 것이었기 때문에 스스로들 깨닫지 못하고 있었을 뿐이라고 나는 생각한다.
　나는 나의 벌이에 대해 전보다 더 시들해졌다. 성실한 친구 짤뚝이가 새벽마다 깨우러 오지 않았다면 아마도 나는 훨씬 더 전에 별볼일 없는 구두통——결코 세계를 여행할 수 없는 가방——을 내팽개쳤을 것이었다.
　아이들은 우리의 사냥에 대해 그런 식으로 시들해져 있었다. 버릇처럼, 또는 여전히 남아 있는 저 갈증 때문에 저녁마다 예의 철길 위로 웅기중기 모여들기는 했지만, 그러나 전처럼 신나 하는 낯짝들은 아니었다. 사냥은 잘 이루어지지 않았다. 어쩌다 이루어진다고 해도 김빠진 놀이에 지나지 않았다. 미끼를 자청하고 나서는 녀석도 없었고, 일껏 덫에 걸러넣은 사냥감을 싱겁게 방면해버리기도 하였다. 한때 우리를 그토록 매료시켰던 그 사냥의 유희는 이제 쓸모가 없는 것처럼 생각되었다. 세상만사가 온통 시시껄렁하기만 하다고, 아이들은 어두운 철길 위에 줄줄이 늘어앉은 채 곧잘 투덜댔다. 큰 형들도 마찬가지였다. 어쩌면, 그런 분위기로 떨어져버린 책임의 반은 그들에게 있었는지도 모른다. 점호를 한 번도 빠뜨리지 않던 열성이나, 무슨 대단한 작전을 지휘하듯 하던 그 진지성 따위는 이제 그들에게서 찾아볼 수가 없었다. 오랫동안 그들을 사로잡고 있던 그 열정은 헤식게 풀어져서 아주 시시껄렁하고 치사스러운 것으로 변질되고 말았다. 이해할 수 없는 우울증과 신경질 때문에 우리는 자주 그들로부터 수난을 당했다. 담배를 조달하지 않았다고 해서 태길이가 그 어머니에게 당하듯 깝대기를 홀랑 벗기운 일이라든가, 또는 좆만 한 새끼가 시건방진 불평을 늘어놓는다고 우리들 중의 한 애가 구둣발로 모질게 까인 경우가 그것이었다.

한때는, 그랬다. 우리가 그토록 믿고 따랐던—어쩌면 어버이들보다도 더—그 형들이 우리는 점점 두려워졌다. 될 수 있는 대로 그들과는 멀찍감치 떨어져 있으려고들 했다. 그러면서도 저녁마다 굳이 그 철길 위로 웅기중기 몰려들곤 했던 우리들의 마음을 나는 도저히 한마디로 설명할 재간이 없다. 많은 오해를 무릅쓰고라도, 그리고 또, 지극히 모호한 말로나마 얘기를 한다면 그것은 아마도 저 갈증 때문이었을 것이다. 헐벗고 굶주리고 학대받은 우리들의 작은 영혼을 부드럽게 안아줄 수 있는 어떤 것—그것을 우리가 사랑이라 이름한다면, 그랬다, 그것은 그 사랑의 결핍에서 오는 어쩔 수 없이 깊은 갈증 때문이었던 것이다.

큰 형들이 내 누나의 이름을 입에 올리기 시작한 것은 그런 분위기 아래서였다. 또, 직접적인 계기가 된 것은 누나의 친구 두부살 때문이기도 하였다. 형들은 레일을 깔고 앉은 채 병술을 찔금찔금 마시고 있었다. 사냥은 이루어지지 않았고 밤도 엔간히 깊어졌기 때문에 아이들은 대부분 돌아가고 난 뒤였다. 나와 몇몇 아이들만 남아서 무료하게 그들을 지켜보고 있었다.

여름은 이제 끝나버린 것 같았다. 밤바람이 조금은 썰렁하게 느껴졌다. 형들이 피워 문 담뱃불이 어둠 속에서 잠깐씩 환한 빛을 냈다. 왠지 따뜻하게 느껴지는 불빛이었다. 하지만 그것은 금세 꺼지고 말아, 남은 것은 공허한 어둠과 그리고 낄낄대는 그들의 웃음뿐이었다. 형들 중의 하나가 그것을 꺼내놓고 야릇한 장난을 하고 있는 중이었다. 초저녁부터 그들을 사로잡고 있던 우울증이 거친 술기와 그 장난질 때문에 뜨겁고 음험한 분위기로 돌아서고 있었다.

"어머!"

느닷없이 짧은 비명을 우리는 들었다. 고개를 쳐들자 어둠 속으로 뛰어가는 뒷모습이 보였다. 여자였다.

"잡아!"

그것을 꺼내놓고 장난하던 형이 소리쳤고, 다른 형 둘이 쫓아갔다. 얼결에 우리도 형들의 뒤를 냉큼 쫓아갔는데 불과 여남은 걸음 밖에서 그녀는 이미 붙잡혀 있었다. 누나의 친구 두부살이었다. 어둠 속에서도 나는 분명 그녀를 알아볼 수 있었다.

"너 뒈지고 싶어? 왜 기웃거리고 다니는 거야?"

장난질하던 형이 깨진 술병을 그녀의 얼굴에 바싹 들이댔다. 금세라도 그어버릴 것처럼 수치감 때문에 그는 몸을 떨고 있었다. 하지만 두부살은 태연했다. 두부 공장을 하는 아버지 덕분에, 그리고 부지런한 그녀 오빠들 덕분에 그녀는 값비싼 두부를 아침저녁으로 먹어서 두부처럼 부드러운 살집과 허연 피부를 지니고 있었다. 그런 탓으로 여자 친구보다 더 많은 남자 친구를 거느리고 있다고 진작부터 소문나 있는 그녀는 조금도 굴하지 않고 당당하게 대꾸했다.

"내가 왜? 누가 그따위 짓거릴 하구 있으랬니?"

"뭐라구? 이 계집애가 칵!"

우리는 숨을 죽였다. 피투성이의 얼굴을 싸쥔 채 비명을 지르며 쓰러지는 그녀의 모습이 보이는 듯했다. 그러나 비틀거리고 있는 쪽은 형이었다. 깨진 병조각보다도 더 날카로운 결단의 기로에서 그는 떨고 있었다. 실로 절박한 순간이었다. 참을 수 없는 굴욕감과 엄청난 파멸의 틈바구니에 끼여 있는 그를 더 이상 내버려두어서는 안 된다는 절박한 감정이 우리를 더한층 얼어붙게 만들었다.

균형을 깬 것은 그녀였다.

"못나게 굴지 말구 이거 치워!"

차갑게 가라앉아 있는 목소리로 그녀는 말했다. 한 여자가 사내에게 내뱉을 수 있는 가장 경멸에 찬 말투였다.

"그따위 치사한 짓 하지 말구 좀 사내답게 굴어봐."

병이 날카로운 소리를 내면서 산산조각이 났다. 그와 동시에 두 남녀는 한덩어리가 되어 철로변의 잡초 속으로 굴러떨어지는 것이 보였다. 여자가 한두 차례 가벼운 비명을 질렀지만 그러나 이내 조용해졌다. 어둠과 침묵이 모든 것을 뒤덮었다. 장승처럼 굳어 있던 다른 형들이 그제야 깨어난 듯 갑자기 우리를 내쫓으며 키득키득 웃어댔다.

멀리까지 쫓겨난 우리는 영문도 모른 채 그쪽을 향해 한두 번 돌팔매를 날려 보냈다. 형들의 낄낄대는 웃음소리도 더 이상 들려오지 않았다.

15. 지게

　벌이에 대해 내가 관심이 없었듯이 아버지도 이렇달 만한 집념을 보이지 않았다. 하지만 내가 또 날마다 구두통을 메고 집을 나섰듯이 아버지 역시 지게를 지고 으레껏 골목을 나서기는 했다. 부지런한 친구 짤뚝이 때문에 나는 새벽같이 집을 나선 데 반해 아버지는 보다 게을렀을 뿐이다. 귀가 시간도 아버지 쪽이 으레 먼저여서 내가 돌아올 때면 거의 언제나 아버지의 빈 지게가 먼저 눈에 띄었다.
　그것은 제대로 된 지게목을 다듬어서 만들어진 것이 아니라 제재소에서 사온 몇 개의 각목을 잘라 적당히 조립한 그런 지게였다. 일테면 도시용 지게라고나 해야 할 그것은, 그래서 그 주인만큼이나 엉성해 보였다. 아버지가 그것을 메고 돌아오는 모습을 나는 몇 번 본 적이 있었다. 한쪽 어깨에만 멜빵을 걸친 채 고개를 꺾은 자세로 그는 좁고 긴 판자촌 골목을 휘적휘적 걸어오고 있었던 것이다. 도무지 엉성하지 않은 것이라곤 하나도 없었다. 아버지의 걸음걸이와 꺾인 목, 등떼기에 비스듬히 걸린 채 흔들리고 있는 그 지게, 축 늘어진 손끝에 간신히 잡힌 채 땅바닥을 긋고 있는 작대기, 그리고 또 장난감 같은 우리의 판잣집들과 그 좁고 긴 골목 등—모든 것들이 죄다 엉성하고 어설프고 우스꽝스럽게만 느껴졌다. 도대체가 제대로 되어 있는 것이라곤 아무것도 없다고 나는 생각했고, 아버지가 그런 모습으로 우리 도시의 거리들을, 또는 시장 통이나 역 부근을 어슬렁거리며 나다니는 광경은 상상만 해도 웃음이 터져 나올 것 같은 기분이었다.

벌이에 대해 아버지가 도무지 열성을 보일 수 없었던 것은, 어쩌면 당연한 일이었는지도 모른다. 우리가 시골집에서 살았을 때도 아버지는 지게와 그닥 친하지 못했었다. 어쩌다 나뭇짐을 질 때도 아버지의 나무둥치는 늘 다른 사람의 반밖에 되지 않았고, 그나마도 한쪽으로 기우뚱하게 쏠려 있기 일쑤여서 보는 사람마다 웃음을 흘렸을 정도였다. 그 어설픈 솜씨로 그는 날마다, 이 각박한 도시의 거리로 벌이를 나서곤 했던 것이다.

벌이에 대해 대단한 집념을 가지고 있었다고 해도 결과는 마찬가지가 아니었을까 싶다. 아버지의 서툰 솜씨는 그만두고라도, 도대체가 그런 식의 엉성한 지게 하나로 부자가 되었다는 소문을 나는—적어도 우리 판자촌에서는—들은 바가 없었기 때문이다. 아버지와 같은 생업을 가진 사람은 이웃들 중에 얼마든지 있어서 나는, 그들이 썩은 갈치 몇 마리를 지겟다리에다 매달고는 얼큰히 취한 걸음걸이로 지척지척 돌아오는 모습 같은 걸 저녁이면 흔하게 볼 수 있었는데, 말하자면 그 정도가 고작 운이 좋았던 날에 해당한다는 것을 잘 알고 있었던 터였다. 따라서 내 아버지 같은 사람이 지게 따위에 대단한 기대를 걸지 않았던 것은 차라리 현명한 노릇이었는지도 모른다.

아버지가 이 낯선 도시에서 난생처음 시도했던 풀빵 장사에서 실패했던 일을 나는 잊지 않고 있었다. 그때만 해도 아버지는 세상을 잘 모르고 있었으므로, 흙만 주물러오던 그 어설픈 손으로 스물네 구멍짜리 풀빵틀에 기름을 먹이면서 이렇게 호언하지 않았던가.

"두고 봐. 지금부터 이놈의 기계가 지전을 마구 찍어낼 테니깐……"

이 각박한 세상에서 남의 호주머니 속에 든 돈을 투망질한다는 일이 얼마나 어려운가를 아버지는 기왕에 터득한 터였다. 그러므로, 그때의 스물네 구멍짜리 풀빵틀보다 결코 우수한 도구라고는 생각할 수 없는 그 지게를, 아버지가 도무지 시답잖게 다루었다고 해서 비난할 수는 없는 일이다. 그러나, 게으른 만큼 벌이는 더 신통치 못했고, 신통치 못한 벌이 때문에 더욱더 게을러진 데에 문제가 있었다.

아버지는 거의 매일 저녁마다 김 씨 댁 방으로 건너갔다. 지난 10년 가까이 원폭병을 앓아왔던 그 주인은 이미 세상을 하직하고 없었지만, 그러나 생전의 다정한 말벗들은 다시 길을 터서 내 아버지와 더불어 무시로 출입하고 있던 때였다. 고물상 곽 씨나 바지런한 최 반장 등이 그런 인물로서, 여기서 내 아버지와 그리고 이제는 과부가 된 김 씨 부인의 활달한 목소리까지 어우러져 매번 밤늦게까지 웃음소리가 그치지 않았다. 때로는 자정을 훨씬 넘기고 나서야 그 골목 사랑방은 파했는데, 그런 날 밤이면 퀭한 눈으로 돌아온 아버지가 판자벽을 기대고 앉은 채 한동안씩 한숨을 꺼지게 토해놓곤 하였다. 아버지의 절망감을 내가 전혀 이해할 수 없었다고는 말할 수 없다. 그러나 거기에 동참하고 싶은 기분은 눈곱만큼도 없었기 때문에 나는 으레 돌아누워 새우처럼 잔뜩 등을 꼬부린 채 잠든 척했다. 아버지는 잠자리에 든 뒤에도 여전히 한숨을 풀풀 날렸고, 나중엔 끙끙 앓는 소리를 내다가 간신히 잠들고는 하였다.

더위가 물러나면서 그 지겹던 낮 시간의 한 토막을 뭉텅 잘라 간 듯했다. 낮의 길이가 한결 짧게 느껴지던 날, 우리 골목으로 들어서던 나는 아버지의 지게가 눈에 띄지 않음을 깨달았다. 방은 어스름 속에 잠겨 있었고, 맞은편 골목 사랑에서도 사내들의 목소리는 들리지 않았다. 이변이라고 나는 생각했다. 밤잠을 이루지 못하게 하는 그 절망감에서 헤어나기 위해 아버지는, 저 엉성한 도구에다 다시 한 번 기대를 걸어보기로 한 건지도 모를 일이라고 나는 또 생각했다. 밤 외출을 삼가고 나는 아버지의 귀가를 기다렸는데, 어쩌면 그 점도 나의 이변일 수 있었다. 누나와 함께 아버지의 귀가를 기다리던 그 많은 밤들을 나는 오랜만에 기억해냈고, 그러나 왠지 가슴이 텅 비면서 어떤 모호하고 절실한 감정이 나를 한동안 사로잡았다.

밤이 꽤나 깊어서 아버지는 돌아왔다. 그러나 아버지의 늦은 귀가가 무엇 때문이었는가를 물을 필요는 없었다. 그 점은 자명했다. 힘겹게 지고 온 짐을 아버지는 재빨리 방 안에다 부려놓았는데, 그것은 놀랍게도 각양각색의 피륙 뭉치였던 것이다. 땀으로 흠뻑 젖어 번들거리는 그의 얼굴에는, 내가 한 번도 본 적이 없었던 기이한 표정이 두텁게 굳어 있었다. 나는 감히 그 얼굴을 쳐다볼 수 없었다.

"입 밖에 내지 마라."

잠긴 목소리로 그는 내게 말했고, 곧 김 씨 댁으로 건너갔다. 조금 후에 그는 김 씨 부인과 고물상 곽 씨를 달고 왔고, 그들은 피륙 더미 속에서 몇 뭉치를 뽑아 안고 다시 건너가버렸다.

자정을 넘어서도 아버지는 돌아오지 않았다. 김 씨 댁도 조용했다. 깊은 잠에 떨어진 이웃들의 고단한 숨소리만 판자벽을 넘어 낭자하게 들려올 뿐이었다. 새우처럼 조그맣게 웅크린 채 나는 애써 잠을 청했지만, 그러나 좀처럼 잠을 이룰 것 같지 않았다. 그때, 뜻밖에도 누나가 왔다. 친구 두부살의 집에서 고단한 잠에 들어 있어야 할 그녀가 오밤중에 궤짝 같은 우리의 방을 찾아온 것이다.

누나는 아버지의 부재와 낯선 물건에 잠시 의아한 표정을 지었다. 그러나, 보다 더 강하고 절실한 감정에 몰리고 있음이 분명했다. 또는, 한눈에 사태를 간파했는지도 모른다. 오밤중에 느닷없이 불쑥 나타날 때면 항용 그랬듯이 그녀는 말없이 내 옆자리에 드러누웠다. 그러고는 내게 등을 돌린 채 아주 조그맣게 몸을 움츠렸고, 이내 소리 없이 울기 시작했다. 모든 슬픔을 안으로만 연소시키는, 아주 깊고 질긴 울음이었다. 하지만 기분 나쁜 냄새는 지워지지 않았다. 저 녹슨 총기의 냄새 말이다. 오래도록 누나의 울음은 계속되었지만, 그러나 이번에는 그 냄새를 씻어내지 못하고 있었다.

새벽녘에야 나는 간신히 잠을 이룰 수가 있었는데 그러나 그것도 아주 잠깐뿐이었다. 나는 곧 모든 이웃들과 함께 깨어났고, 다시는 잠에 들 수 없었다. 판자벽 한 겹 너머 똘과부댁 방에서부터 요란한 싸움 소리가 넘어왔기 때문이었다.

"왜 안 주는 거야? 왜?"

"계집한테 얹혀사는 주제에 고것만은 죽어도 사내 구실을 하겠단 말이지? 이 시러베아들만두 못한 놈아!"

사위와 장모는 서로 맞대거리를 하고, 언젠가 새벽 여관가에서 맞닥뜨린 적이 있던, 그 여위고 창백한 여자는 청승맞게 울고 있었다.

16. 유다의 시간

짤뚝이가 나를 데리러 왔을 때 나는 비로소, 내가 해야 할 한 가지 일을 생각해냈다. 그것은 나의 구두통을 빠개버리는 일이었다.

처음부터 그랬지만, 그 도구는 내게 아무런 쓸모도 없는 것이었다. 어쩌면 아버지의 지게만큼도 쓰잘 데 없는 것을, 날마다 부질없이 메고 다녔다고 나는 생각했다.

짤뚝이는 습기 찬 새벽 공기 속에 외롭게 서 있었다. 안개가 차가웠다.

"야, 늦었어. 빨리 가."

잠이 덜 깬 목소리로 그는 또 말했다.

"미안해. 깜빡 늦잠이 들어버렸지 뭐야. 빨리 가자구."

얼마 전부터 그는 천막 학교에 다니고 있었다. 그 학교는 마을 뒤 언덕배기에 있는 개척 교회—지난 한때 우리 가족 모두가 신세를 진 바 있던 그 교회—에서 시작한 것으로, 피난 학교에도 다닐 수 없는 불우한 아이들을 위해 운영되고 있다고 했다. 저녁 몇 시간 동안 국민학교 상급 과정과 성경 말씀을 가르쳐준다는 그 천막 학교를 그는 열심히 쫓아다니는 모양이었다. 몸마저 성치 못한 그에게는 무리가 아닐 수 없어서 눈에 띄게 피로가 쌓여가고 있었다. 당연한 결과이리라. 통금이 풀리기가 무섭게 나를 깨우러 오던 일이 조금씩 늦어졌고, 정작 새벽 작업에 나서서도 그는 자주 하품을 깨물곤 하던 참이었다.

새벽빛 속에 서 있는 짤뚝이의 모습은 더 피로해 보였고, 그래서 불구의 다리도 더 허약하게 느껴졌다. 나는 물론 내 결심을 말하지 못했다. 어쨌든 그는 나의 동업자였고, 친절한 스승이었기 때문이다. 몸이 아프다고 말했다가 너무나 그의 표정이 어두워졌기 때문에 나는 다시, 피치 못할 사정이 있다고 고쳐 말했다. 그러고는, 자세한 얘기는 저녁에 찾아가서 들려주마고 약속했다. 마지못해 그는 심란한 얼굴로 돌아서기는 했지만, 한껏 맥 풀린 걸음걸이였다. 습기 찬 안개가 좁고 길게 가라앉아 있는 골목을 그는 짤뚝거리며 천천히 멀어져갔다.

짤뚝이만큼 맥 풀린 자세로 나는 돌아섰다. 그러자 가슴 한쪽이 몹시 축축하게 젖어들었기 때문에 나는 방금 그에게 한 거짓 약속을 꼭 지켜야겠다고 생각했다.

아침 햇살이 손바닥만 한 봉창 구멍을 통해 궤짝 같은 우리의 방을 환하게 물들이던 시각이었다. 그때까지도 새우처럼 조그맣게 웅크리고 누운 채 꼼짝 않고 있는 누나를 두부살이 데리러 왔다. 두말 없이 누나는 방을 나갔다. 오밤중에 그녀를 거리로 몰아내고 또, 저 깊고 질긴 울음을 자아내게 했던, 그 알 수 없는 슬픔도 말끔히 사라져버린 것 같았다. 나는 그녀들이 방문 밖에서 무슨 말인가를 수다스럽게 한동안 속삭이고, 그러고는 약속이나 한 듯이 킬킬대고 웃는 소리를 듣고 있었다. 그녀들은 곧 골목 밖으로 사라졌다.

혼자가 되었을 때 나는 작정했던 일을 해치웠다. 그것은 손쉽고 후련한 일이었다. 조금은 관록이 붙어 있는 그 구두통을 부엌 바닥에다 꺼내놓고 나는 망치로 두들겨 산산조각을 냈다. 안에 들어 있던 자질구레한 소도구들도 어느 것 한 점 성하게 남기지 않았다. 부서진 조각들을 쓰레기통 속에다 쓸어 넣고 돌아섰을 때 엉성한 지게가 눈에 띄었다. 그것까지도 빠개버리고 싶었지만 나는 손을 털었다. 그것은 아버지의 도구였기 때문이다.

아버지는 하루 내내 바빴다. 김 씨 부인과 고물상 곽 씨를 달고 뻔질나게 우리의 방을 드나들었다. 저녁 무렵에는 단 하나의 피륙 뭉치도 우리의 방에는 남아 있지 않았다.

어둠이 우리 판자촌 골목에 가득히 차올랐을 때 나는 집을 나섰다. 김 씨 댁 방에서는 예나 다름없이 왁자지껄한 웃음소리가 터져 나오고 있었다. 김 씨 부인과 고물상 곽 씨와 최 반장과, 그리고 아버지의 웃음소리였다. 그중에서도 아버지의 웃음소리가 가장 크고 공허했다. 문득 나는 기억해냈다. 우리가 시골집에서 살 때는 그랬다. 동네 사랑방에서 아버지가 그런 웃음을 터뜨릴 때면 골목 밖을 지나가던 사람들조차도 그 웃음의 주인이 누구인가를 안다고 했지. 하지만 이제 그 웃음은 내게 아무런 울림도 주지 않았다.

누나는 작업 중이었다. 수증기가 숨 막히도록 자욱한 속에서 두부살의 네 오빠들도 열심히 맷돌질을 하고 있었다. 누나의 얼굴은 땀에 흠뻑 젖어 있었지만, 표정은 다른 어느 때보다도 밝아 보였다. 그녀는 다시 행복해진 것이다, 하고 나는 생각했다. 다리 한 짝뿐인, 저 녹슨 총기 냄새를 끊임없이 풍기는 사내의 곁에서.

언덕배기 위의 천막 학교로 짤뚝이를 찾아간 것이 내가 그 우스꽝스런 도시의, 장난감 같은 마을에서 머문 마지막 시간이었다. 낡은 군용 텐트 두 개와 초라한 종루 하나가 전부인 그 개척 교회는 어둠과 바람 속에 잠겨 있었다. '천우 성경 구락부'란 이름의 간판이 걸려 있는 천막 쪽으로 나는 다가갔다. 열 명 남짓한 아이들이 마룻바닥에 앉아 있는 모습이 보였다. 대부분 낯익은, 판자촌 골목의 아이들이었다. 그들 속에 짤뚝이의 뒷모습이 보였고, 그리고 또 아버지가 광목 자루 속에 넣어 삼팔선을 넘어왔다는 소녀의 옆모습도 보였다. 짤뚝이는 졸고 있었고, 또 소녀는 핼쑥한 얼굴을 기울인 채 무슨 생각인가에 잠겨 있었다.

선생은, 마을 사람 모두가 다 잘 알고 있는 차 목사였다. 삼신할

미께 빌듯이 하나님께도 그렇게 기도하면 우리 가족이 다시 한지붕 아래 모여 함께 살 수가 있으리라고, 내 어머니를 위로하던 바로 그 목사였다. 하지만 내 어머니의 소망은 끝내 이루어지지 않았다.

"하나님 말씀에는 거짓이 없습니다. 다만 구원의 때가 이르지 않았을 뿐……"

성경 공부 시간인 듯했다. 성경책을 펼쳐들고 그는 읽기 시작했다.

"저물 때에 예수께서 열두 제자와 함께 앉으셨더니 저희가 먹을 때에 이르시되 내가 진실로 너희에게 이르노니 너희 중에 한 사람이 나를 팔리라 하시니─「마태복음」26장 20절에서 21절에 기록된 말씀입니다. 예수께서 그 잡으러 온 대제사장들과 성전의 군관들과 장로들에게 이르시되 너희가 강도를 잡는 것같이 검과 몽치를 가지고 나왔느냐. 내가 날마다 너희와 함께 성전에 있을 때에 내게 손을 대지 아니하였도다. 그러나 이제는 너희 때요 어둠의 권세로다 하시더라─아멘. 이는 또, 「누가복음」제22장 52절에서 53절에 기록된 말씀인 것입니다. 그러므로 지금은 너희 곧 유다의 때요 어둠의 시대일 뿐……"

친구 짤뚝이와의 약속을 포기하고 나는 돌아섰다. 어둠이 겹겹이 나를 에워싸고 있었다. 바지 주머니에다 두 손을 깊이 찔러 넣고 고개를 꺾은 채 나는 그 천막 학교를 떠나면서 문득, 내가 다니던 시골 학교를 머리에 떠올렸다. 남향 창가에서 둘째 줄 여섯번째 책상─거기, 내가 남긴 낙서들을 나는 애써 기억해내려고 했다.

초판 해설

가난의 문화의 현장

김현

"웃고 싶을 때 웃고, 울고 싶을 때 울어버리면, 세상에 되는 일이라곤 아무것도 없어."

이동하의 가장 좋은 소설 중의 하나를 이루리라 짐작되는 『장난감 도시』는 세 개의 중편으로 이룩된 연작소설이다. 그 세 편의 중편을 쓰는 데 이동하는 약 4년의 시간을 소비하고 있다. 1979년 여름에, 아마도 연작소설을 쓰겠다는 의도 없이 발표한 것같이 보이는, 「장난감 도시」가 주목을 받게 되자, 그는 그것의 속편으로 「굶주린 혼」을 1980년 봄에 발표하게 되며, 그 속편을, 1982년 초에 「유다의 시간」이라는 제목으로 발표하게 된다. 미리 어떤 소설을 쓰겠다는 의도 없이 발표된 것처럼 보이지만 그 세 편의 연작소설은 그 어떤 연작소설보다 구성이 치밀하고 서술의 톤이 일정하다. 그 세 편의 연작소설을 무엇이라고 부를 수 있을까? 그것을 장편소설이라고 부르기에는 이야기의 짜임이 지나치게 단순하고 평면적이며, 그것을 평범히 중편소설이라고 부르기에는 그것의 길이가 약간 길다. 다시 말해서, 그것은 장편소설이 보여주는 삶의 총체성을 보여주고 있지는 않지만, 중편소설이 보여주는 삶의 단면보다는 훨씬 큰 시간·공간 복합체를 이루고 있다. 그것은 일종의 준장편소설이라고나 부를 수 있는 소설이다. 그 소설은 국민학교 4학년 때 고향을 떠난 한 소년이 약 1년간에 걸쳐서 겪는 체험을, 그의 시선에 의지하여 기술하고 있다. 그 기술은, 어른이 된 그가 자기의 과거를,

허기가 몰아오는 가벼운 현기증과 명징한 의식 (I부 12토막)

으로 추억하는 형태를 취하고 있다. 그래서 그 소설은,

1) 내 기억이 정확하다면 그것은 제8과였다. (I부 1토막)
2) 지금도 그때의 광경이 한 폭의 수채화처럼 선명한 기억으로 남아 있다. (I부 7토막)
3) 숙연한 침묵 속에서 몇 아이가 코를 훌쩍이면서 흐느꼈고 선생은 말끔히 지운 칠판에다 새로운 판서를 시작했다. 완두콩 실험에 관한 내용이었다고 기억된다. (I부 17토막)
4) 내가 보고 있는 것은 그녀의 얼굴이 아니라 어쩌면, 나 자신의 기억인지도 모를 일이었다. (II부 15토막)
5) 덫에 걸려든 먹이를 미친 듯 쪼아대던 우리들의 광기와, 그리고 돌아와 비로소 이룰 수 있었던 그 깊고 긴 단잠을 나는 지금도 잘 기억하고 있다. (III부 1토막)

따위의 예문들이 잘 보여주듯이, 그의 기억에 모든 것을 의존하고 있다. 기억에 의지하여 과거의 삶을 재구성하고 있기 때문에, 그 재구성은 단편적이고 비연속적이다. 더구나 그 체험을 기술하고 있는 나의 현재의 상태는, 그가 굉장히 감수성이 강한 사람이리라는 것 외에는 하나도 밝혀져 있지 않기 때문에, 그 기억에 대한 독자의 반응은, 그것이 비판할 수 없는 기억들이라는 것이 될 수밖에 없다. 그 기억을 되풀이하고 있는 화자의 현재의 상태가 밝혀진다면, 그 기억들의 진위, 그 기억들을 이야기하는 화자의 마음의 움직임 등에 대해 독자가 비판적으로 접근해갈 수가 있겠지만, 그것이 밝혀져 있지 않기 때문에, 그 기억은 서술태에 의해 주어진 그대로 수용될 수밖에 없다. 기억은 상상력처럼 지금 눈앞에 있지 아니한 것을 있는 것처럼 만들 수 있지만, 상상력처럼 그것을 마음대로 변형시켜 발전시켜나갈 수는 없다. 기억의 단편성과 불연속성은 거기에서 연유하는 것이다. 기억에 의존하고 있기 때문에, 과거의 연속적이고 총체적인 삶은 짧은 삽화들의 모임으로 단순화된다. 그 소설은 각각 19개, 18개, 16개의 짧은 삽화들로 구성되어 있다. 그 짧은 삽화들 속의 인물들은, 나의 기억에 의해 존재하는 인물들이기 때문에, 자신의 의식 공간을 갖지 못하며, 자신의 행위에 대한 자신의 변명을 보여주지 못한다. 그 소설의 가장 중요한 행위자들인, 아버지·어머니·누이는 내 기억 속에서만 존재하는 인물들이다. 그들은 그들의 삶의 공간 속에 있는 것이 아니라 그들의 행위를 기억하는 나의 공간 속에 잡혀 있다. 그 소설이 삶의 총체성을 보여주지 않고 있다는 나의 주장은 거기에 연유하는 것이지만, 바로 그렇기 때문에, 그 반대 급부로서 단일하고 강렬한 효과를 얻고 있다. 그 소설을 내가 준장편소설이라고 부른 것은, 그것이 장편소설에 가까운 분량을 갖고 있으면서도, 단편소설이 노리는 단일한 효과를 내고 있다는 것을 지적하기 위해서이다. 그것은 단편소설적 장편소설이다.

이동하가 그 소설에서 다루고 있는 것은,

우리 가족이 고향을 떠난 것은, 내가 국민학교 4학년 때였다고 기억된다. 전쟁이 멈춘 것은 이보다 한두 해 전의 일이다. (I부 1토막)

라는 그 소설의 첫머리를 보면, 1955년경의 한 중소 도시에서의 판자촌의 삶이다. 그 중소 도시는,

우리의 도시엔 세 부류의 인간들이 함께 살아가고 있었다. 이 바닥 태생의 본토박이들과 전쟁 통에 쫓겨온 피난민들과 그리고, 우리 가족처럼 그다지 떳떳치 못한 이유로 고향을 등진 사람들…… (I부 5토막)

라는 대목에 명확히 지적되어 있듯이, 본토박이·피난민·떠돌이 등의 세 부류의 인간들로 이루어져 있다. 그 세 부류의 인간들이 만들어내는 삶의 문양을 그리는 것은 그러나 이동하의 의도가 아니다. 그가 그리려고 하는 것은, 웃고 싶을 때 웃고, 울고 싶을 때 울면 되는 일이 하나도 없다라는 단순하면서도 수락하기 힘든 삶의 지혜를 체득해가는 한 국민학교 4학년생의 의식 성장 과정이다. 1955년경의 한 중소 도시의 삶을 그리기보다는, 그 어두운 시대를 살면서 살아가는 방법을 스스로 체득한 한 어린 아이의 내적 공간을 그리

려고 하였기 때문에, 이동하는 장편소설적인 구성을 팽개치고, 단편소설적 구성을 택한 것이다. 그 소설의 52개의 삽화들은 한 어린아이가 삶을 인정하게 되는 과정 속에서 얼마나 괴로워하였는가를 보여주는 데 집중되고 있다. 그것은 그러나 교양소설적인 분위기를 간직하고 있지 않다. 그것은 그 삽화들을 기억하고 있는 화자가 현재 어떤 상태에 처해 있는가를 밝혀주지 않기 때문에 생긴 현상이다. 그가 과연 그러한 고통을 통해 현실과 적절하게 타협하며 살고 있는지 그렇지 않은지, 그 소설만을 읽는 독자들은 그것을 짐작할 수도 없다.

자기의 국민학교 4학년 때의 약 1년간의 삶을 기억하고 있는—「장난감 도시」는 고향을 떠난 그해 여름을, 「굶주린 혼」은 그해 가을을, 「유다의 시간」은 그다음 해 여름을 각각 보여주고 있다—나의 의식 속에서는, 허기가 몰아오는 가벼운 현기증과 명징한 의식이 하나의 상태로 의식된다. 의식하는 의식은, 비어 있는 위에 다름아니다. 그에게, 위가 비어 있다는 상태가 머리가 맑아 있다는 상태와 동일시되고 있음은,

 해가 적당히 기울어가고 있을 무렵이었다. 그리고 허기를 가장 짙게 탈 때이기도 했다. 그 고비만 넘기면 견디기가 한결 수월해진다는 것을 나는 경험으로 잘 알고 있었다. 고통 대신에 약간의 현기증이 남을 것이었다. 한 공기의 냉수를 나는 빈 위 속에다 부어넣을 것이고, 그러면 그 어지럼증은 말끔히 가실 게 분명했다. 위가 비어 있을수록 머릿속은 얼마나 청청하게 맑아지는지…… (II부 10토막)

와 같은 대목에 뚜렷하게 나타나 있다. 머릿속만 비어 있는 위와 동일시되는 것이 아니라, 밝고 맑은 것은, 가령,

비록 황폐한 모습이긴 해도 공원에 내리는 햇살은 내 비어 있는 위처럼 가볍고 명징했다. (II부 4토막)

에서 보듯, 역시 비어 있는 위와 결부되어 있다. 비어 있는 위처럼 명징한 의식으로 세계를 바라다보는 그에겐, 더운 여름날 길바닥에서 잠을 자는, 그와 그의 누이를, 과수원에 낭자하게 떨어져 있는 배꽃처럼(I부 11토막) 바라다보는 시골 체험에서 연유한 상상력보다는, 가을을 속이 빈 계절로 바라다보고(II부 1토막), 아파 누워 있는 어머니를 속이 빈 자루처럼 느끼는(II부 6토막) 결핍의 상상력이 더욱 친숙하다. 그 비어 있는 속에는 무엇을 집어넣어도, 차지 않는다. 셰퍼드에게 물어뜯긴 뒤, 그 보상으로 돈을 받고서, 그것으로 먹을 것을 잔뜩 사 먹은 뒤에도, 나는 계속 무엇을 먹어야 한다는 욕망에 시달린다.

길거리에는 나를 유혹하는 것들이 지천으로 널려 있었다. 호떡과 군고구마와 어묵과 떡볶이와 땅콩과 센베이 과자와 흰 엿과 문화빵과 곤달걀과…… 나는 자주 걸음을 멈춰야만 했다. 주저할 이유가 없었다. 너무나 오랫동안 나는 굶주렸고, 그리고 내 주머니 속에는 분명한 행운이 들어 있었다. 〔……〕 마침내 위가 거부했다. 그리고 다음에는 혀가 그것을 밀어냈다. 폭발할 것 같았다. 조금만 동체

를 기울여도 안엣것이 흘러넘칠 것만 같았다. 〔……〕 그러나 나를 절망케 한 것은 터질 듯한 그 포만감이 아니었다. 이제는 물 한 모금, 콩 한 쪽도 더 받아들일 수 없는 절대 수위인데도 불구하고, 그러나 기이하게도 여전히 남아 있는 그 욕망이 문제였다. 〔……〕 최후에 나를 기다리고 있었던 것은 역시, 변함없는 재난이었다. 속이 빈 반합과 다시 빈털터리가 되어버린 주머니와 그리고, 여전히 게걸스럽게 껄떡거리고 있는 굶주린 혼 외에 다른 아무것도 나는 가진 것이 없었다. (II부 13토막)

지독한 굶주림을 겪어본 사람만이 이해할 수 있는 끝없는 욕망을 위의 대목은 섬뜩하게 그려내고 있다. 비어 있는 위와 현기증과 맑은 머리는 가난의 실체이다. 이동하는 가난에 대하여 이야기하고 있는 것이 아니라, 가난을 이야기하고 있다. 진짜 굶주려본 사람만이 알 수 있는, 그 텅 빈 내부를 그는 담담하게 보여준다. 그 담담함이 그 소설의 가장 큰 장점이다. 불만 붙이면 그 무엇보다도 크게 타오를 성냥개비들처럼 누워 있는(I부 8토막) 우리들이지만, 그 성냥개비들은 끝내 타지 않는다.

『장난감 도시』에는, 내가 구역질을 느끼는 두 장면이 매우 인상 깊게 묘사되어 있다. 나는 도시에 이사와, 짙은 오렌지 빛이 나는 물을 한 컵 사 마신 뒤에, 그것을 삭이지 못하고 그것을 토하고야 만다.

우리 세간들이 골목에 잔뜩 쌓여 있었다. 시골집 안방 윗목을 언제나 차지하고 있던 옛날식 옷장, 사랑채 시렁 위에 올려두던 낡은 고리짝, 나무로 만든 쌀뒤주, 크고 작은 질그릇 등, 판잣집들이 촘촘히 들어서 있는 그 골목길 위에 아무렇게나 부려놓은 세간들은 왠지 이물스러운 느낌을 주었다. 그것들은 지금까지 흔히 보고 느껴오던 바와는 사뭇 다른 모양이요, 빛깔이었다. 아마도 이웃인 듯한, 낯선 사람 몇이 아버지와 어머니의 바쁜 일손을 거들고 있었다.

나는 판자벽에 기대고 웅크려 앉았다. 물맛이 어떠했던가를 생각해보려 했지만 도무지 기억에 남아 있지 않았다. 가슴이 답답하고 머리가 어지러웠다. 속이 메스껍기도 했다. 눈앞의 사물들이 자꾸만 이물스레 출렁거렸다. 이사를 왔다, 하고 나는 막연한 기분으로 중얼댔다. 그래, 도시로 이사를 왔다. 아주 맥 풀린 하품을 토해내며 새삼 주위를 두리번거렸다. 촘촘히 들어앉은 판잣집들, 깡통 조각과 루핑이 덮인 나지막한 지붕들, 이마를 비비대며 길 쪽으로 늘어서 있는 추녀들, 좁고 어둡고 질척한 그 많은 골목들, 타고 남은 코스스 덩어리와 검은 탄가루가 낭자하게 흩어져 있는 길바닥들, 온갖 말씨와 형형색색의 입성을 어지러이 드러내고 있는 주민들, 얼굴도 손도 발도 죄다 까맣게 탄 아이들…… 나는 자꾸만 어지럼증을 탔고, 급기야는 속엣것을 울컥 토해놓고 말았다. 딱 한 잔 분량의, 오렌지 빛 토사물이었다. (1부 3토막)

난생처음 온 도시에서 처음 돈을 주고 산 물을 나는 삭이지 못한다. 그가 토한 딱 한 잔 분량의 오렌지 빛 물은 도시의 상징이며, 그의 아버지가 벌일 물장수로 표상되는 도시에서의 그들의 미래의 삶의 상징이다. 그는 그것을 견디어내지 못한다. 우선 구토는 이물스러움으로 시작된다. 시골집에서는 그토록 눈에 익은 세간들이, 판자촌의 골목에서는 그토록 이물스러울 수가 없고, 그 골목의 모든 것들 역시 그러하다. 물건들은 눈에 익은 모습을 잃고 다른 물건(이물)처럼 보인다. 옷장, 고리짝, 쌀뒤주, 질그릇, 판잣집, 나지막한 지붕들, 추녀들, 길바닥들, 주민들, 아이들, 그 모든 것이 지금까지 흔히 보고 느껴오던 것이 아닌, 이물스러운 것들로 느껴진다. 그 이물스러움은 어지럼증을 부르고, 그 어지럼증은 구토를 유발한다. 그 구토는, 이제는 내게 익숙한 것들은 없다라는 의식의 결과이다. 그것을 사회학자들은 소외라고 부르는 것이지만, 그것의 육체적 증상은, 어지러움과 구토이다. 구토는 낯익은 곳에서 나와 낯선 곳에서 살아가야 되는 사람의 즉각적이고 직접적인 육체적 반응이다. 그것은 일종의 물갈이 현상이다.

두번째의 구토는 그토록 직접적이고 즉각적인 것이 아니며, 그 동안의 도시 생활 때문에 많이 간접화되어 있다. 나는 도시의 한 공원에서, 썩은 사과를 팔던 한 여인의—나에게는 그 여인이 자꾸 어머니와 같이 생각된다—주검을 보고서 심한 헛구역질을 느낀다.

바람 속을 떨면서 걸으며 나는 무슨 생각인가를 열심히 했다. 골이 지끈지끈 팼다. 온갖 기억과 환상 가운데서 맨 마지막까지 남은 것은 몇 알의 썩은 사과였다. 비로소 상념의 갈피가 잡혔다.

머릿속에서 찬바람이 일 만큼 아주 명징한 의식으로써 나는 생각했다. 그녀는 언제나 썩은 사과를 먹고 있었다. 불결한 손가락 끝으로 항시 썩은 부위만 열심히 후벼서 파먹곤 했었다. 그 밖의 다른 아무것도 그녀는 취하지 않았다. 내 어머니가 물밖엔 거의 아무것도 취하지 않듯. 메마른 헛구역질 같은 것을 나는 심하게 느꼈다.

저 작고 초라한 주검을 남긴 채 그녀는 이제 공원을 떠났다. 우리들의 헐벗은 공원엔 두 번 다시 돌아오지 않을 것이다. 그 발치쯤에 버려져 있던 함지박과 두어 알의 사과를 나는 또 생각했다. 분명했다. 그녀는 이제 썩은 열매를 더 이상 취하지도 팔지도 않을 것이었다. 나는 또다시 심한 헛구역질을 느꼈다. (II부 15토막)

썩은 사과를 팔던 여인의 주검을 보고 그가 느낀 것은, 메마른 헛구역질이다. 그것은 심하지만, 메마른 헛구역질이다. 다시 말해 간접화된 구역질이다. 그 간접화된 구역질을 유발시킨 것은, 썩은 사과이다. 그 썩은 사과는 그것을 판 여인의 삶이면서, 동시에,

물, 그래, 어머니는 거의 물밖에 취한 것이 없었다. 그런데도 그 배 속에 썩은 사과 같은 게 들어 있다니…… (II부 5토막)

와 같은 대목에 암시되어 있듯, 썩은 사과 같은 아이를 밴 어머니의 삶이다. 어머니 배 속의 아이는, 밝은 미래를 약속하는 희망의 아이가 아니라, 어머니의 육체를 썩게 하는, 죽음의 아이이다. 사람은 썩은 사과에 불과할 뿐이다. 그 인식이 그의 헛구역질을 불러일으킨다. 텅 빈 위, 명징한 의식, 썩은 사과, 배 속의 아이, 물, 그런 것들이 그에게 헛구역질을 일으키게 한 것이며, 그 헛구역질은 전망 없는 미래에 대한 육체의 참담한 반응이다.

구토를 다룬 그 두 대목은, 도시에서의 삶은 소외의, 이물스러운

삶이다라는 인식과, 사람의 삶은 전망 없는 삶이다라는 인식의 문학적 표현이다. 도시에서의 삶이란, 냉수 한 사발도 공짜가 없는, 제자리에서 잠시 돌아누워도 당연히 그 대가를 치러야 하는 삶(I부 7토막)이며, 죽음이란 아득하게 먼, 그러나 언제나 맞이할 준비가 되어 있어야 하는, 진면목의 추위(II부 15토막)이다. 그 두 번의 구역을 통해 그는 우는 법을 익히지 못한 벙어리에서, 우는 법을 익힌 벙어리로 바뀐다.

『장난감 도시』에서 제일 중요한 내적 체험은 구역질을 둘러싼 두 번의 체험이지만, 그 체험을 가능케 하는 외적 체험은 가족의 변화이다. 나의 가족은 아버지·어머니·누나·나의 네 사람이다. 그 가족들의 변화가 그 소설의 줄거리를 이룬다. 그 줄거리는,

1) 내 가족이 고향을 떠나 도시로 온다.
2) 여러 가지 일을 하다가 실패한 뒤, 장물을 나르다가 아버지는 투옥된다.
3) 애를 밴 어머니는 전신 쇠약으로 죽는다.
4) 전쟁터에서 다리를 잃은 두부집 아들의 아내감으로 그 집에 들어간 누이를, 나는 깡패들에게 바쳐버린다.
5) 출옥 후, 아버지는 다시 장물을 취급한다.

로 요약될 수 있다. 가난한 사람들에겐 가족이 제일 확실한 의지처이므로, 그 가족의 변모는 그의 삶의 변모 그 자체이다. 그의 아버지의 삶은, 그에게, 시골/도시의 대립을 가장 명징하게 보여주는

삶이다. 시골에서의 그의 아버지의 삶은 땅과 연결된, 가장 확실하고 구체적인 삶이다.

반평생을 넘어 불혹의 나이를 살아오는 동안 당신이 의지해온 것이라곤 오직 몇 마지기의 땅뙈기밖엔 없었다. 흙은 그래도 정직한 상대였다. 못지않게 정직한 아버지의 손을 거의 한번도 배신한 적이 없었다. (I부 7토막)

그 흙을 떠나자마자, 아버지의 정직함은 무능함이 되고(I부 7토막), 그 무능함은 불법적인 일로 아버지를 몰고 간다.

일찍이 흙밖에 만져본 적이 없는 아버지는 결코 정직하지도 않고 믿을 수도 없는 도시를 (I부 7토막)

처음에는 무능함으로, 다음에는 장물 운반이라는 비합법적인 노동으로 상대한다. 그 과정에서 아버지는 그 특유의 유순한 웃음을 잃고, 크고 공허한 웃음만을 웃게 된다. I부 첫 대목에서 만나는 아버지의 유순한 웃음과 III부 마지막 대목에서 만나는 아버지의 크고 공허한 웃음 대비는, 바로 시골과 도시의 대립에 다름 아니며, 바로 그렇기 때문에 매우 깊은 울림을 울린다.

1) 마을 어른들과 하직 인사를 나눌 때도 아버지는 평소의 그 유순한 웃음을 잃지 않고 있었다. 마을의 사랑방에서 아버지가 웃을 때면 담 밖을 지나가던 사람조차도 그 웃음의 주인이 누군가를 단박

에 알아맞힐 수 있다던, 그렇듯 소탈한 웃음이었다. (I부 2토막)

2) 어둠이 우리 판자촌 골목에 가득히 차올랐을 때 나는 집을 나섰다. 김 씨 댁 방에서는 예나 다름없이 왁자지껄한 웃음소리가 터져 나오고 있었다. 김 씨 부인과 고물상 곽 씨와 최 반장과, 그리고 아버지의 웃음소리였다. 그중에서도 아버지의 웃음소리가 가장 크고 공허했다. 문득 나는 기억해냈다. 우리가 시골집에서 살 때는 그랬다. 동네 사랑방에서 아버지가 그런 웃음을 터뜨릴 때면 골목 밖을 지나가던 사람들조차도 그 웃음의 주인이 누구인가를 안다고 했지. 하지만 이제 그 웃음은 내게 아무런 울림도 주지 않았다. (III부 16토막)

도시에서의 아버지의 웃음은, 소탈하고 유순한 웃음이 아니라, 크고 공허한, 그래서 나에게 아무런 울림도 울리지 않는 그런 웃음이다. 나에게 아무런 울림도 주지 않는 웃음. 아버지는 이미 나와 그만큼 벌어져 있다.

그의 어머니의 삶 또한 마찬가지이다. 그의 어머니 역시 시골에서의 가족 내의 역할을 점점 잃어간다. 어머니는 가족을 보호하고 가족을 편안하게 해주는 역할을 맡고 있다. 도시에서 어머니는 그 능력을 점점 잃어간다. 아버지의 정직함—무능력—부정직함에 그 원인을 두고 있지만, 어머니는 점차 음식을 먹지 않음으로써 자신을 가족에게서 사상시켜나간다. 도시에서의 어머니의 삶의 변모는, 그의 가족이 처음으로 장사를 한 날의 저녁 식사에 분명하게 나타나 있다.

그것은 이런 식으로 진행되었다. 먼저 어머니가 빈 소반을 들여놓았다. 누나가 행주질을 한 다음 머릿수대로 젓가락을 챙겨 가지런히 늘어놓았다. 이어 유리컵이 같은 수대로 놓이고 김치 사발이 한가운데에 올려졌다. 준비는 끝났다. 어머니가 물 묻은 손을 치맛귀로 훔치면서 문지방을 넘어왔다. 어딘가 좀 허전해 보이는 그런 얼굴을 하고서였다.

언제나처럼 어머니는 우리를 점검했다. 밥상머리에 앉아 있는 우리의 차림새를 조용한 눈길로 하나하나 뜯어보면서 옷의 먼지는 잘 털어냈는지, 손발은 제대로 깨끗이 닦았는지를 점검했다. 너무도 늦은 시간이었고, 게다가 낮의 들뜬 기분이 채 가라앉지 않은 상태여서 우리의 차림새는 대체로 불량했다. 하지만 어머니는 탓하지 않았다. 전에 없던 일이었다. (I부 8토막)

식사의 절차는 마찬가지이지만, 그 내용은 다르다. 팔다 남은 풀빵을 차려 내오는 어머니의 허전한 모습, 자신들의 불량한 옷차림을 탓하지 않는 어머니의 전에 없던 행동은, 언제나와 마찬가지로 그들을 점검하는 어머니의 따뜻한 보호 본능과 선명한 대비를 이룬다. 보호 본능은 여전하되, 어머니는 그 능력을 잃은 것이다. 누이를 두부집으로 들여보낸 후, 처음으로 그녀가 집에 와 자기에게 뭐 잡숫고 싶은 게 없느냐고 묻자, 어머니는 소녀처럼 수줍게 국물 없는 국수(자장면)를 먹고 싶다고 말한다. 소녀처럼 수줍게! 그녀는 이미 어머니가 아닌 것이다. 그 국물 없는 국수를 먹고 어머니는 운명한다.

그의 부모의 삶의 변화, 아니 차라리 삶의 파괴는, 그들이 자리

잡고 있던 삶의 터전에서 어쩔 수 없이 내몰린 데 있다. 그 몰림의 이유가 『장난감 도시』에는 분명히 설명되어 있지 않다. 아마도 1955년경이니까, 그의 삼촌과 관련된 이데올로기 문제 때문이리라 짐작된다(I부 2토막). 그러나 나와 그의 누이는 도시를 새로운 삶의 자리로 인정해야 한다. 그들의 삶은 거기에서 시작되고 있기 때문이다. 누이의 삶은 아주 전통적인 여자의 삶이다. 남자들의 삶에 대해 적극적인 관심을 표명하지도 않으며, 주어진 삶의 여건을 어쩔 수 없는 것으로 받아들인다. 자기의 능력 밖의 것에 대해서는 울음으로 항거—그것을 항거라고 할 수 있다면—할 따름이다. 여름밤에 한길에서 잠을 자다가 모포를 잃어버렸을 때에도, 누이는

"어떡하니 얘? 이를 어떡하니······"
　초라한 내의 바람으로 누나는 울기 시작했다. 하지만 목구멍이 무언가 습기 찬 것에 잔뜩 짓눌려 있어 어린아이의 칭얼대는 소리만큼도 내지 못했다. (I부 11토막)

에서처럼, 어린아이처럼 칭얼대듯 울 뿐이다. 그 울음의 정도가 얼마나 심한가에 따라 그녀가 받은 마음의 상처의 질이 드러난다. 예를 들어, 그녀는 그녀의 어머니가 죽었을 때, 그녀의 동생이 친구와 함께 술 담배를 즐기다 들켰을 때, 그녀는 질기게 운다.

　1) 누나의 울음이 얼마나 질긴 것이었는가를 회상하면 지금도 목젖이 내려앉을 것만 같다. 금세 이웃들의 얼굴이 방문을 메우고 모여들었다. 그러나 누나는 부끄러움도 잊은 채 어머니의 주검 위에서

발버둥을 쳤다. 〔……〕 그 작은 누나의 몸뚱이 어느 구석에 그토록 질기고, 뜨겁고, 격렬한 울음이 숨겨져 있었는지 나로서는 도무지 헤아릴 수조차 없었다. (Ⅱ부 17토막)

2) 그날 밤에 누나는 내게로 왔다. 역시 아무런 말도 내게 하지 않았지만, 밤이 깊도록 그녀는 울고 있었다. 나의 곁에서 새우처럼 조그맣게 웅크리고 드러누운 채 소리도 내지 않고 오랫동안 울었다. 장마처럼 지겨운 그런 울음이었다. 어머니의 죽음 이래 그처럼 질긴 울음은 처음이었다. (Ⅲ부 6토막)

그가 그녀를 깡패들에게 위계를 써 넘겨준 것은, 그녀의 그 수동성에 대한 증오 섞인 반발 때문이다. 그 위악적 행위 속에 누이에 대한 얼마나 큰 사랑이 숨어 있는 것일까! 그 사랑은, 우리는 능동적으로 우리의 삶을 살아야 한다는 외침의 사랑이다.

나의 삶은, 이른바 가난의 문화라고 불리는 문화의 삶의 현장에 있는 삶이다. 주거 공간의 부족, 사생활 보장의 불가능성, 군거(群居), 흔한 알코올 중독, 잦은 폭력 사태, 어린애들에 대한 잦은 매질, 모계 중심의 경향, 모계 친척에 대한 친숙감, 가족 단합에 대한 강조, 체념과 숙명론에의 경사, 찰나주의 등등 가난의 문화의 사회적 심리적 현상 모두에 그의 삶은 침윤되어 있다. 판자촌에서의 군거 생활, 그것 안 해주는 여편네도 여편네냐는 소리까지 들어야 하는 좁은 공간 이용에서 생기는 때 이른 성경험, 어린애에 대한 잦은 매질(선생과 어머니의 그 한없는 매질!), 알코올 중독, 혼자만 배불리 먹을 수 없다는 본능(전원 생활의 포기와 혼자서 배불리 먹는 것처럼 보이는 누이에 대한 증오), 의리, 미래에 대한 전망 없음 등등, 그의 삶은 모든 가난의 문화적인 요소들로 이루어져 있다. 『장난감 도시』에 보이지 않는 것은 처자 유기 정도이다(하기야, 아버지의 감방 생활 자체가 간접적으로는 처자 유기이다). 그의 삶은 어두운 시대의, 치유될 수 없는 삶이다. 그 삶 속에 밝게 채색되어 있는 것은, "면장감이다! 면장감!"(I부 2토막)이라는 기대를 한몸에 모았던 지난날의 아름다웠던 과거뿐이다. 그 소설이,

 바지 주머니에다 두 손을 깊이 찔러 넣고 고개를 꺾은 채 나는 그 천막 학교를 떠나면서 문득, 내가 다니던 시골 학교를 머리에 떠올렸다. 남향 창가에서 둘째 줄 여섯번째 책상——거기, 내가 남긴 낙서들을 나는 애써 기억해내려고 했다.

라고 끝나는 것도 그것 때문이다. 그의 과거는 너무 아름답게 채색되어 있어서, 그의 명징한 의식으로도, 기억이 잘 안 될 정도이다. 그것은 신비한, 행복했던 순간이며, 그것을 빼면, 그의 삶에 행복이란 존재치 않는다. 그 불행한 삶에서 그가 배운 것은, 울고 싶을 때 울고, 웃고 싶을 때 웃어서는, 도시에서 삶을 영위해나갈 수 없다는 쓰디쓴 현실 인식이다. 그는, 주정뱅이 목수 주 씨가 자기 방을 자주 뜯어 고치는 것을 보고,

 모든 것을 잃어버린 주 씨에게는 나무 궤짝 같은 자신의 방만이 오직 유일하게 허락된 우주요, 장난감이었는지도 모를 일이다. (I부 10토막)

라고 기술하고 있는데, 그런 식으로 기술하자면, 모든 것을 잃어버린 그에겐, 그의 삶만이 그가 마음대로 할 수 있는 장난감이었다.

이동하의 소설 중에서, 『장난감 도시』와 제일 깊은 대화를 나누고 있는 소설은, 『현대문학』지의 제1회(1967) 장편소설 공모 당선작인 『우울한 귀향』이다. 그것은 1978년 단행본으로 출판되어 독자들에게 주어진다. 이동하의 소설로는 자전적 요소가 아주 많은 것처럼 느껴지는 그 두 소설 중에서, 『우울한 귀향』은 초기작답게 원숙한 어조는 없지만 젊음의 방황과 고뇌가 훨씬 더 정열적으로 드러나 있다. 그 소설의 주인공도, 『장난감 도시』의 주인공처럼, 윤이라는 이름을 갖고 있으며, 아버지·어머니·누이·삼촌 등을 가족으로 갖고 있다. 그 소설에 의하면, 구장 노릇을 하던 아버지는, 지금 대구의 변두리에서 서점을 경영하고 있으며, 누이는 주인공이 고향을 떠나기 전에 이미 시집을 갔다. 어머니에 대한 자세한 언급은 없으나, 삼촌에 대한 언급은 아주 자세하다. 삼촌은 제대 후 집에 있다가 강도질을 했고, 그래서 전과자가 되었던 것이다. 『장난감 도시』에는, 혹시 삼촌이 이데올로기 문제와 연관된 것이나 아닐까 막연하게 추측할 수 있는 대목이 딱 한군데 나오지만, 『우울한 귀향』에서 삼촌은 매우 중요한 역할을 맡고 있어, 그 삼촌 때문에 생긴 굴욕감의 처리가 주인공에게 큰 부담으로 작용한다. 삼촌과 관련된 대목 중에서, 대체적으로 상황이 비슷해 보이는 두 문단을 옮겨보면 다음과 같다.

1) 나는 안다. 어느 날 밤 갑자기 일단의 사내들이 우리 집에 들

이닥쳤던 것을. 그들을 안내해 온 사람은 놀랍게도 낯익은 순경이었다. 그런데 그가 뜻밖에도 낯설고, 난폭하고, 살기등등한 일단의 사내들을 몰고 왔던 것이다. 그들이 아버지를 얼마나 거칠게 다루었던지 지금 생각해도 마음이 아프다. 밤중에 집 안을 발칵 뒤집어놓은 다음 그들은 빈손으로 돌아갔다. 끝내 삼촌을 찾아내지 못했던 것이다. (『장난감 도시』)

2) 삼촌은 집에 없었다.
어느 날 아침, 낯익은 순경 둘이 느닷없이 찾아와 헛간의 썩은 짚더미 속에서 시커먼 물건을 하나 끄집어냈다. 개머리판을 뽑아버린 총기였다. 순경이 그걸로 아버지를 구타했다. 오른쪽 어깨를 두 번, 왼쪽 어깨를 한 번, 그렇게 세 번을 후려쳤다. 아버지는 아무 소리도 못 하고 서 있기만 했다. 순경들은 가버렸고, 아버지는 즉시 구장직을 내놓았다. 그 때문에 집 안은 몹시 썰렁해졌다. 윤은 더할 수 없는 굴욕감을 느꼈다. 삼촌이 강도질을 했던 것이다. (『우울한 귀향』)

그 두 대목을 비교해보면, 『장난감 도시』에서, 삼촌은 주인공의 가족들을 고향에서 떠나게 하는 이유로만 암시적으로 작용하고 있으나, 『우울한 귀향』에서는 아주 구체적이고 확실한 인물로 움직이고 있다. 그것은 그 두 소설이 깊은 대화를 나누고 있지만, 사실에 있어서는 서로 다른 소설이라는 것을 확실하게 보여준다. 읽는 사람으로서, 나는, 아직 정열이 절제되어 있지 못한 『우울한 귀향』보다 『장난감 도시』가 훨씬 뛰어난 작품이라는 것을 덧붙이고 싶다. 『우울한 귀향』은 『장난감 도시』를 위한 연습곡처럼 보일 정도이다.

원숙한 상상력은 현실의 윤곽을 많이 줄이지만, 현실의 핵은 훨씬 더 생생하게 드러내는 모양이다.

신판 해설

벙어리 울음과 애도의 지연
── 이동하의 『장난감 도시』 다시 읽기

우찬제

1. 이식과 파편화

이식된 나무는 흔히 몸살을 심하게 앓는다. 옮겨 심는 사람이 제아무리 조심한다 하더라도, 이전에 터 잡았던 자리에서 뿌리 뽑혀 옮겨져 새롭게 뿌리를 내려야 하는 나무가, 뿌리에서 줄기까지 몸살을 앓는 것은 차라리 자연스럽다. 땅이며 공기, 물기 등 어느 것 하나 낯설지 않은 것이 없는 마당에 어찌 그렇지 않을 수 있겠는가. 분갈이를 한 다음에 비실비실 나와 인연을 끊어간 나무들이 실제로 많이 있었다. 벤자민이며 해송 등이 연민을 자아내며 멀어져 갔다. 지난봄에도 십 년 가깝게 기른 모과나무가 새순을 틔우지 못했다. 안타까움과 혹시 하는 마음으로 밖에 내놨더니 아주 오랜 시간이 지난 다음에야 겨우 잎을 피우기 시작했다. 또 글렀나 보다, 하며 마음을 비우려 했는데 이슬 같은 새순을 피워내는 것이었다. 새삼 감동적이었다. 이런 순간, 시인이라면 서정적 촉기를 발휘하곤 한다. 김광규의 시 「이대목의 탄생」은 그런 결실이다. 벽오동 비슷해 그냥 벽오동이라 부르며 화자가 삼십 년 넘게 길러온 나무가 있다. 오랜 세월을 함께 살아왔는데 올해는 하지가 지나도록 새잎이 돋지 않는다. "식물도 늙으면, 죽는구나"라는 연민의 정조와 그래도 혹시 되살아나지 않을까 하는 미련 때문에 틈나는 대로 보살폈는데 좀처럼 소생의 기미가 보이지 않는다. 그런데 "대서를 앞둔 초복날 아침에, 벽오동 밑동이 줄기에서 연초록 이파리가 작은 주먹을 펼치듯 돋아나고 있지 않은가." "때늦게 벽오동의 유복자가 태어난 것이다." 이 생명의 황홀경 앞에 선 시인은 차분한 어조로 거기에 적합한 이름을 붙여준다. "끈질긴 생명의 경이와 환희를 보여준 이 화초의 본명을 찾아주기는 쉽지 않아, 우선 새 이름을 붙여주었다. 대를 이어 되살아난 나무, 이대목(二代木)이라고."

　이동하의 연작장편 『장난감 도시』를 다시 읽으면서 떠올린 시편이 바로 김광규의 「이대목의 탄생」이다. 시골에서 살다가 초등학교 4학년 때 휴전 직후의 도시로 '이식된' 어린이가 '장난감 도시'와도 같은 척박한 환경에서 거의 죽음에 가까울 정도로 고통스러운 통과제의를 경험하면서 빛나는 작품을 쓸 문학적 양식을 비축하여 '이대목' 같은 문학의 이파리를 틔워내는, 그런 형상이기 때문이다. 「장난감 도시」(『신동아』, 1979), 「굶주린 혼」(『한국문학』, 1980), 「유다의 시간」(『문학사상』, 1982) 등 세 중편으로 나뉘어 발표된 이 연작은, 각각 19개, 17개, 16개의 짧은 삽화들로 이루어져 있다. 말하자면 총체성 지향의 장편 형식에서 비껴나 파편들의 불연속적 연속으로 구성된 형국이다. 왜 작가는 이런 스타일을 구사했을까. 이것은 무엇보다 총체성이 철저하게 훼손된 전후 상황이라는 시대적

밑그림, 시골에서 도시로 이식되어 혹독한 허기와 궁핍, 그리고 아버지의 일시적 부재와 어머니의 죽음을 속절없이 체험해야 했던 가족 환경, 초등학교 4학년이라는 어린이의 시선과 성정의 한계, 고통스러운 소년기의 기억을 막힘없이 재현하기 어려운 성년 화자의 심리 등등이 어우러진 복합적 스타일이 아닐까 싶다.

『장난감 도시』는 척박한 전후 도시에 갑작스럽게 이식된 어린이의 고통스러운 통과제의 이야기다. 느닷없이 뿌리 뽑힌 아이가 감당하는 고통의 스펙트럼이 인상적이다. 전후 도시적 생태의 질곡을 생생하게 보여줌과 동시에 궁핍한 시대의 인간 생리의 현장을 실감 있게 안내한다. 그런 난세에 인간적 자존과 위의를 어떻게 지킬 수 있는가 하는 윤리의 문제를 환기한다. 아울러 뿌리 뽑힌 삶으로 인해 상처받은 내면 아이가 적절히 감정을 치유하고 자기를 성장시켜 나갈 계기를 어떻게 마련하는가, 고통스러웠으되 함부로 울 수도 없었던 상처받은 내면 아이의 고통을 애도하는 작업이 지연되는 가운데 이동하의 문학적 상상력은 어떻게 깊어지는가, 그리고 그 난세에 축적된 고통과 응결된 눈물이 어떻게 훗날 언어의 연금술로 미학화되는가 등의 문제를 숙고하게 하는 작품임에 틀림없다.

2. 갈증과 구토

시골 초등학교 학예회에서 동극과 합창에 출연하고 동화 구연을 하면서 장래의 '면장감'으로 갈채를 받던 주인공은 갑작스럽게 도시로 전학을 가게 된다. 고향을 떠나야 하는 사연이 분명하게 드러나지는 않지만, 『우울한 귀향』이나 「파편」의 삽화와 관련지어 생각하면, 분단 상황과 전쟁의 피해자로 보이는 삼촌의 일과 연계되어 있음을 추론할 수 있다. 어쨌든 주인공은 "낯익은 세계로부터 갑자기 떨어져 나"(p. 18)가는 경험을 하게 된다. 뿌리 뽑힌 주인공이 이식된 공간은 물론 휘황찬란한 도시의 중심부가 아니었다. "촘촘히 들어앉은 판잣집들, 깡통 조각과 루핑이 덮인 나지막한 지붕들, 이마를 비비대며 길 쪽으로 늘어서 있는 추녀들, 좁고 어둡고 질척한 그 많은 골목들, 타고 남은 코크스 덩이리와 검은 탄가루가 낭자하게 흩어져 있는 길바닥들, 온갖 말씨와 형형색색의 입성을 어지러이 드러내고 있는 주민들, 얼굴도 손도 발도 죄다 까맣게 탄 아이들······"(pp. 22~23)과 같은 묘사에서 명료하게 드러나듯, 도시 변두리의 판자촌이었던 것이다. 이 낯선 공간에서 그는 심한 어지럼증을 느낀다. 익숙하게 보아왔던 자기 집안 살림살이마저 이물감이 느껴지게 하는 그런 풍경이었다. "시골집 안방 윗목을 언제나 차지하고 있던 옛날식 옷장, 사랑채 시렁 위에 올려두던 낡은 고리짝, 나무로 만든 쌀뒤주, 크고 작은 질그릇 등, 판잣집들이 촘촘히 들어서 있는 그 골목길 위에 아무렇게나 부려놓은 세간들은 왠지 이물스러운 느낌을 주었다. 그것들은 지금까지 흔히 보고 느껴오던 바와는 사뭇 다른 모양이요, 빛깔이었다"(p. 22).

어지럼증과 더불어 주인공의 갈증이 전경화된다. 사연이나 사정이 어찌 되었든 간에 어린 주인공으로서는 "도시와 그 생활이 주는 어떤 경이와 흥분"(p. 21)을 느끼지 않을 수 없었는데, 그것이 심한 갈증으로 이어진다. 물 대신 오렌지 빛 음료를 사서 마시는 과정에서 촌놈 소리를 들은 그는 급하게 그것을 다 마시고 돌아와서는 심한 어지럼증과 갈증 속에서 그것을 다 토하고 만다. 도시 생활의 첫 신체적 반응이 구토였다는 것은 의미심장하다. 낯익은 고향 땅에서 마신 물이었다면, 그런 어지럼증도 갈증도 구토도 없었을 것이기 때문이다. 낮의 구토 증상은 그날 밤 배탈과 설사로 이어진다. 어두운 공동변소를 몇 번이나 들락거리면서 주인공은 이내 "빌어먹을"이라며 "물을 탓하고, 이놈의 도시를 원망"(p. 26)하게 된다. 도시로 이식된 어린 주인공의 첫날 소감은 "우린 어쩌면 장난감 도시로 잘못 이사를 온 건지도 몰라……"(p. 24)로 종합된다.

학교에 다니게 되면서 주인공은 다시 혹독한 입사식을 거친다. 타지에서 흘러든 주인공에게 도시의 기득권자들이 행사하는 폭력을 감당해야 하는 사건이 그것이다. 이 일을 겪으면서 주인공은 "이 바닥 태생의 본토박이들과 전쟁 통에 쫓겨온 피난민들과 그리고, 우리 가족처럼 그다지 떳떳치 못한 이유로 고향을 등진 사람들"(p. 31)이 뒤엉켜 사는 이 '장난감 도시'의 생리를 조금씩 터득해나간다. 도시에서 새로 뿌리내리기는 결코 쉬운 일이 아니었다. 아버지가 도모한 풀빵 장사도 냉차 장사도 모두 수포로 돌아간다. 비교적 배신하지 않고 정직한 흙을 상대로 살아왔던 아버지에게 도시는 함부로 믿을 수 없는 상대였던 것이다. "정직한 만큼 아버지는 무능했다"(p. 37). 사정이 이러하기에 도시에 이식된 지 한 달 만에 주인공과 그 가족들은 "도시 생활의 그 냉엄한 질서"(p. 37)를 절감하게 된다. 그래서 아버지는 말한다. "도시로 나온 사람은 누구나 다 한 번씩은 알거지 신세가 되는 거란다. 가진 건 먼지 한 점, 티끌 하나 남김없이 죄다 털어먹고 난 끝이라야 제대로 살길이 찾아진다고들 하더구먼……"(p. 69).

아버지는 한편으로 옳았고, 다른 한편으로 옳지 않았다. 알거지 신세가 되는 거라는 점에서는 옳았지만, 그 끝에서 제대로 살길이 찾아진다는 믿음은 배반당했기 때문이다. 살길이 막연해진 가운데 아버지는 장물 수송에 잘못 연루되어 수형인의 신세가 된다. 아버지의 부재로 인해 살길이 무척 막막해진 주인공은 이웃의 소개로 천지 백화점의 심부름꾼으로 가게 된다. 주인공으로서는 처음 접하는 백화점 풍경은 그가 이식된 판자촌의 풍경과는 사뭇 대조되는 것이었다.

나는 진열장 안을 기웃거리며 가게 안을 돌아다녔다. 눈에 띄는 것은 죄다 나의 마음을 사로잡았다. 구매 충동을 일게 하지 않는 것이라고는 하나도 없었다. 나는 그것들을 갖고 싶었다. 목각의 호랑이와 까만 박쥐우산과 금빛 나는 작은 단추와 그리고 여자의 브래지어에 이르기까지 나는 한 가지도 빼놓지 않고 죄다 갖고 싶었다. 내가 만약 거기 진열되어 있는 물건들을 가짓수대로 죄다 한 개씩만 가질 수 있다면, 나는 아마도 세상에서 가장 넉넉하고 행복한 사람일 것이었다. 이 엄청난 행운이 10년 혹은 20년 후에 어쩌면 이루어질지도 모른다고 생각되었다. 때가 오면 주인 부부에게, 장가와 점포 대신에 그 편을 제의해보리라고 나는 마음먹었다. (p. 77)

이 풍경으로 인해 주인공은 더욱 심한 갈증에 시달리게 된다. 한편으로 백화점의 물건들이 환각처럼 제공하는 물신(物神)의 미혹에 속절없이 이끌리면서도, 다른 한편으로는 결코 자신이 머물러서는 안 될 장소에 있는 것 같은 곤혹을 느끼면서 예의 갈증은 정도를 더

해간다. 욕망의 장소이면서 동시에 자신이 결코 뿌리내릴 수 없을 것만 같은 배제의 장소이기에 곤혹스러운 갈증이 심해지는 것이다. "누군가가 빨리 나타나서 나를 이 거북스러운 장소로부터 데려가주기를"(p. 78) 소망하던 주인공은, 백화점 여주인을 찾아온 여인의 입에서 "촌뜨기"니 "지난번 아이처럼 손이 검은 녀석은 아닌지⋯⋯" 같은 말이 거칠게 뱉어지는 장면에서, "불결하고 냄새나는 그 궤짝 방으로 온전히 돌아가"(p. 80)기로 결심하게 된다. 이 결심에 따른 귀환으로 인해 주인공의 물신적 세속화는 단절되고 고난에 찬 '장난감 도시' 생활이 계속된다. 천지 백화점에서 '장난감 도시'로의 귀환은 어린 주인공의 자존감과 정신주의의 소산처럼 보이기도 한다. 만약 그가 천지 백화점에서 서둘러 세속화되었더라면, '장난감 도시' 시절의 생활은 다른 면모를 획득할 수 있었겠지만, 소설 『장난감 도시』와 그 작가의 탄생은 이루어지지 않았을 터이다.

3. 굶주린 혼의 결핍과 불안

천지 백화점에서 돌아온 이후 주인공은 "불행하고 비극적인 것투성이"(p. 35)인 삶을 살아낸다. 학교에서도 합창을 하고, 동극을 공연하고, 동화를 구연하던 시골 학교 시절과는 달리 막막하기만 하다. 동네에서도 절망과 폭력의 파토스만을 경험한다. 삶의 희망이 소진된 가운데 절망의 수렁에서 격정적으로 자학하거나 절망하고 있는 사람들의 풍경을 통해 그는 생의 비극적 심연을 깊이 인식하게 된다. 가령 "지난 생애에 대한 뼈를 깎는 회한과, 그리고 남은 생애에 대한 바닥 모를 절망감"으로 인해 "몸뚱이 속에는 술보다 더 독한 격정이 언제나 소용돌이치고 있"(p. 47)는 목수 주 씨의 행태를 보면서, "모든 것을 잃어버린 주 씨에게는 나무 궤짝 같은 자신의 방만이 오직 유일하게 허락된 우주요, 장난감이었는지도 모를 일"(p. 49)이라고 생각하는 식이다. 교회나 성당마저도, 그 성전을 주관하는 하느님마저도, 어쩔 수 없어 하는 상황에서 주인공은 "우리의 도시가 흡사 거대한 수렁 위에 세워져 있는 듯한 느낌"(p. 55)에 사로잡힌다. 그 수렁에서 허우적거리며 주인공은 더할 수 없는 결핍과 심한 불안 증세에 시달린다.

어둠과 더불어 나는 모든 것을 잃어버렸다. 남은 것이라곤 갑자기 텅 비어버린 마음뿐이었다. 거기, 불안의 그늘이 깊숙하게 드리워져 왔다. (p. 59)

한 떼거리의 아이들 속에 묻어서 가면서도 도무지 불안감을 털어버릴 수가 없었다. 덫은 거리의 도처에 감추어져 있다고 나는 생각했다. 전후의 도시가 아니라 흡사, 공룡들만 우글거리고 있는 중생대(中生代)의 초원을 걸어가고 있는 기분이었다. (p. 99)

확실히 불안의 터널은 길고 깊고 어둡고 가혹한 것이었다. 결핍의 상황에서 "굶주린 들쥐 떼처럼"(p. 124) 몸부림치지만 좀처럼 결핍은 줄어들지 않고, 불안만 가중된다. 세계의 폭력성은 멈출 줄 모른다. 그것은 때때로 지독하게 역겨운 녹슨 쇠 냄새로 주인공을 공포스럽게 하거나 구토하게 한다. 일찍이 '장난감 도시'에 이식되던 첫날 오렌지 음료에서 쇠 냄새를 맡고 구토한 바 있거니와, 이후에도 주인공은 때때로 기분 나쁜 "녹슨 총기의 냄새"(p. 196) 때문에 어쩔 줄 몰라 한다. 심지어 누나에게도 적의를 품었을 때는 여지없이 그 냄새를 맡게 되며, 누나가 긍정적 애호의 대상으로 다가올 때는 그 냄새를 맡지 않는다. 극단적인 결핍 상황에서 주인공은 구걸을 하기도 한다. 구걸을 나갔다가 개에 물리던 날, 개 주인으로부터 받은 돈으로 주인공은 온갖 것을 사 먹으며 허기와 결핍을 채우고자 한다. 그러나 결국 마지막 순간에 그가 직면한 것은 "변함없는 재난이었다. 속이 빈 반합과 다시 빈털터리가 되어버린 주머니와 그리고, 여전히 게걸스럽게 껄떡거리고 있는 굶주린 혼 외에 다른 아무것도 나는 가진 것이 없었다"(p. 143).

생존 자체가 결핍이나 불안과 등호를 형성하던 그 무렵, 불안을 결정적으로 가중시킨 것은 병약한 어머니의 존재 방식과 죽음이다. 아버지의 부재 이후 어머니는 물 이외에는 아무것도 섭취하지 않았다. "마치 여위고 굶주린 혼백처럼 더할 수 없이 나약하고 투명한 몸짓"을 보이는 어머니가 "잠자리의 날개로도 견줄 수 없을 만큼 투명한 영혼을 지니고 있다"(p. 92)며 자위하려 하지만, 죽음의 그림자가 드리워진 어머니의 초상은 어린 주인공으로 하여금 불안의 심연 깊은 곳으로 자맥질하게 한다. 그러다가 결국 어머니는 누이가 시켜준 자장면을 먹고 "가족이 다시 모여 함께 사는"(p. 159) 소망을 이루지 못한 채 타계하게 되는데, 이때도 주인공은 제대로 울지 못한다. 비록 눈물을 흘리지는 못했지만 주인공에게 어머니와의 사별 체험은 세계의 파국과 같은 체험이었을 것이다.[1] 그럼에도 그 사별을 애도하는 작업은 쉽게 이루어질 수 없는 것이었다. 나중에 다시 언급하겠지만, 오랜 애도의 지연은 작가 이동하의 소설 작업을 위해 예비되고 있었던 것으로 짐작한다.

병약한 어머니의 죽음과 더불어 부재하는 아버지의 존재 방식 또한 심원한 불안의 작동 기제였다. 땅과 더불어 정직했던 아버지가 도시에서 적응하지 못하는 바람에 가족은 불안의 둥지에 빠지게 되었다. 게다가 아버지는 어머니를 임신케 한 다음에 하찮은 이유로 감옥에 가는 바람에 가족을 더욱 도탄에 빠지게 한다. 만약 아버지가 나름대로 '장난감 도시'에 적응했더라면, 누나가 민며느리로 가는 일도, 어머니가 그토록 허무하게 죽어가는 일도 없었을 것이라고 주인공은 생각한다. 그의 불안 신호는 결코 주린 배에서 발원되는 허기만이 아니었다. 그보다 더한 것은 아버지의 부재였다. "무언가 한사코 목을 메이게 하는 어떤 격정 속에서 나는 뒤늦게 서서히 깨닫는 것이었다. 우리가 그처럼 간절히 기다렸던 것은 아버지였지 결코 허기진 배를 채우기 위한 먹을거리는 아니었던 것이다" (p. 69). 이와 같은 아버지의 부재와 그와 연계된 어머니의 죽음은 어린 주인공으로 하여금 근원적인 "사랑의 결핍"을 체험하게 한다. '장난감 도시'에서의 모든 갈증과 허기, 결핍과 불안의 심층에 바로 "사랑의 결핍"이 자리하고 있었기 때문에 정녕 비극적이었고 문제

---

1) "어머니의 죽음은 내 작은 우주의 붕괴였다. 우리의 삶이 지닌 근원적인 비극에 대해 눈을 뜬 것도 바로 그 죽음을 통해서였고, 아직도 코흘리개 중학생의 마음속에, 인생의 보다 깊은 곳을 지나온 듯한 느낌을 심은 것도 바로 그 죽음이었던 것이다. 때문에 나는 이런 것들에 대해 세상 모든 사람들에게 속 시원하게 털어놓아야만 살 것 같은, 참으로 절실한 어떤 감정에 사로잡혀 있었던 것이다. 가슴 밑바닥에 고여 있는, 때로는 목구멍까지 가득 차오르곤 하는 이 절실한 감정—그것은 바로 내가 미처 쏟아버리지 못했던 눈물이었다고 생각한다"(이동하, 「나에게 소설은 무엇인가」, 『한국문학』 1984년 12월호).

적이었던 셈이다. "헐벗고 굶주리고 학대받은 우리들의 작은 영혼을 부드럽게 안아줄 수 있는 어떤 것—그것을 우리가 사랑이라 이름한다면, 그랬다, 그것은 그 사랑의 결핍에서 오는 어쩔 수 없이 깊은 갈증 때문이었던 것이다"(p. 231).

4. 애도와 자존심

작가 이동하는 자신의 소설관을 밝힌 산문에서 "나에게 있어 나의 소설이란 무엇인가? 무엇보다 앞서, 그것은 눈물이다. 또, 추위다. 그리고, 외로운 나의 초상이다. 나에게 나의 소설은 무엇이기를 바라는가? 그것은 못질하기여야 한다. 보다 크고 완전한 것에다 내 작고 불안한 존재를 단단히 못질하고자 하는 노력이어야 한다"(「나에게 소설은 무엇인가」)고 말한 적인 있다. 눈물과 추위, 고독과 불안을 견디게 하는 힘이 그에게 소설이었던 것이다. 온갖 결핍과 불안의 늪으로 점철되었던 '장난감 도시' 시절을 견디었던 힘도 결국 그의 소설적 심층 에너지와 연관되는 듯 보인다. '장난감 도시'에 이식되기 전, 시골 학교에서 주인공은 학예회 준비를 하던 중 선생님으로부터 이런 말을 들은 적이 있다. "웃고 싶을 때 웃고 울고 싶을 때 울어버리면, 세상에 되는 일이라곤 아무것도 없어. 남을 웃기거나 울리고 싶은 생각을 가졌다면 더군다나 그래. 자기 자신은 결코 웃거나 울어버려서는 안 된단 말이야"(p. 13). 그때 이후 주인공은 함부로 울거나 웃지 않는다. "남을 웃기거나 울리고 싶은 생각을" 일찍부터 지녀 가졌던 때문일까.

수인(囚人)이 된 아버지로 인해 "아버지마저 잃어버린 아이가 되"었다고 낙담했을 때도 그는 울지 않는다. "울음이 목울대까지 차올랐지만 그러나 나는 울지 않았다. 나는 아직 우는 법을 익히지 못한 벙어리였기 때문이다"(p. 85). 고모가 찾아와 다 죽게 된 어머니를 보고 누나와 더불어 오열할 때도 주인공은 결코 울지 않았다. "코가 맹해졌지만, 그리고 횡경막이 부러질 듯 가슴에 결렸지만 그러나 나는 울 수가 없었다. 운다는 일은 무엇인가? 그것은 몸 안에 꽉 차 있는 무언가를 뜨겁게 뱉어놓는 일이었다. 하지만 진실로 내가 뱉어놓을 아무것도 내 작은 몸뚱이 속에는 들어 있지 않았다"(p. 129). 심지어 어머니의 유골을 강에 뿌리고 돌아와서도 "가슴을 후벼 파고 날아드는 통증"에도 불구하고 애써 울음을 삼킨다. "벽에다 등을 기대고 나는 조그맣게 웅크리고 앉았다. 끓어오르는 울음을 더 이상 참을 길이 없었다. 끌어안은 두 무릎 위에다 나는 얼굴을 묻었다. 그러나 눈물은 흘리지 않았다. 그제야말로 벙어리가 어떻게 우는가를 나는 알 것만 같았다"(p. 164). 이렇듯 '벙어리 울음'으로 일관하는 주인공의 태도로 인해 어머니와 사별한 후의 애도 작업은 지연을 거듭할 수밖에 없었다. 그렇다면 과연 무엇이 그 애도 작업을 그토록 지연시켰던 것일까.

우선 어머니와의 어처구니없는 분리를 인정하기 어려웠던 어린, 그렇지만 그윽한, 성정에 대해 생각해볼 수 있다. 아이에게 어머니의 죽음은 양가적인 것이었다. 비극적 세계의 근원을 탐문케 한 입사의 문턱이었던 동시에, 그 비극적 세계를 초월하여 우화등선하는 상상적 장치였던 것이다. 그러니까 문제는 단순히 육신을 지닌 어머니와의 분리를 거부하는 것이 아니었던 셈이다. 그보다는 어머니의 죽음이라는 사건이 가져다 준 양면적 인식을 동시에 내면화하면서 비극적 세계를 초극할 수 있는 상상적 에너지를 비축하기 위해서는 당분간 분리를 유예하고 애도를 지연해야 했던 것이다. 둘째는 자존심이다. 이 소설에서 주인공은 매우 자존심이 강한 인물로 그려진다. 천지 백화점에서 귀환하게 한 것도 그렇고, 누나가 두부집에 민며느리로 갔을 때 심한 거부감을 느끼는 것도 자존심 때문이다. 무엇보다도 허기진 배를 위해 구걸을 했을 때 그는 자존심 때문에 무척 곤혹스러워 한다. "우리는 수인(囚人)이었다. 양심을 팔아먹은 아버지와 자존심을 거덜 낸 그 아들은 똑같은 수인이었다" (p. 137). 이렇게 자존심을 중시하는 인물이기에 어머니를 쉽게 보내드릴 수 없었던 것이다. 뭔가 의미 있는 애도의 과정을 제대로 거치지 않으면 안 된다고 생각했을 터이다. 그렇다는 것은 셋째, 의미 있는 진실로 온몸이 꽉 차오를 때만이 울어야 한다는 생각과 연계된다. 그러기 위해서는 "어둠이 겹겹이 나를 에워싸고 있"(p. 242)는 현실을 더욱 올곧게 성찰하고 성장해야 한다고 어린 주인공은 생각했던 것 같다. 그 전에는 울고 싶더라도 '벙어리 울음'으로 견디어야 한다는 소신을 지녔던 것이 아닐까 짐작된다.

 이런저런 이유로 지연된 애도는 아마도 작가 이동하가 "어둡고 혼탁한 때"(p. 73) 혹은 "유다의 때요 어둠의 시대일 뿐"(p. 242)인 자신의 소년 시절을 견디고 성장을 거듭해나가면서 상상력과 연금술로 단련된 이후에나 본격적으로 이루어질 수 있는 것이었는지도 모른다. 일찍이 주인공은 허기진 배를 물만으로 채우면서 상상 속에서 만찬의 포만을 즐긴 적이 있는 인물이다. "물은 온갖 맛을 지니고 있었다. 결코 맛만이 아니다. 그것은 내가 상상할 수 있는 거의 모든 음식물의 빛깔과 형태와 미각으로 쉽게 환치되었다. 온통 푸짐한 환상의 만찬이었다. 누나와 나는 이불로 몸을 둘둘 감고 마주 앉은 채 번갈아가며 한 모금씩 물을 마셨다. 아니, 만찬을 즐겼다. 그러고는 상상의 포만감 속으로 빠져들었다"(p. 135). 이와 같은 상상의 유희로 난세를 견디고, 잃어버리고 뿌리 뽑힌 영혼을 위무하며 온몸으로 꽉 찬 진실을 예비하고 있었던 것이라고 보아도 좋다. 그러니까 이동하의 자전적 소설인 『장난감 도시』는 난세의 어둠과 결핍과 불안을 뚫고 어떻게 한 작가가 탄생할 수 있었던가를 웅숭깊게 보여주는 작품이다. 만약 어머니를 여읜 슬픔을 쉽사리 애도하고 지나쳤더라면, 또 이식된 자의 뿌리 뽑힌 영혼의 애도를 손쉽게 합리화했더라면, 20세기 후반 의미 있는 작가 이동하의 탄생은 다른 형국으로 나타났을지도 모른다. 물론 애도의 지연은 그것을 감당해야 하는 주체에게는 무척 고통스러운 일이었을 것이다. 그러나 심원한 고통을 오래 거친 연후에 원숙한 언어의 연금술로 애도 작업을 본격화함으로써 그 결과는 진정성 있는 문학의 이름을 얻을 수 있었다. 개인적 애도에서 그치지 않고, 전후 척박했던 시대의 삶 전체에 대한 애도로 공감의 자장이 확대되고 심화되었다. 이 대목에서 '벙어리 울음'의 의미망이 새삼 깊어진다. 그러니까 시골 아이의 '이식'은 물리적 공간인 '장난감 도시'에서는 실패한 것이었다. 오로지 소설 『장난감 도시』를 통해서만이 존재의 이식은 성공할 수 있었던 것이다.

초판 작가의 말

　많은 화가들이 자화상을 남기고 있는 데 비해 자서전을 쓴 작가는 흔치 않다. 작가는 자서전을 쓸 필요를 느끼지 않는다. 그는 자신의 이야기까지도 남의 이야기처럼 쓸 수 있기 때문이다. 내가 지난 20년 가까운 세월 동안 세상 사는 일을 뒷전에 밀쳐둔 채 한결같이 소설 쓰는 일에만 매달려온 이유의 상당 부분은 아마 이 점에 있지 않을까고 생각한다.

　『장난감 도시』는 이른바 연작중편 3부작 형식으로 씌어진 것이다. I부는 표제와 같은 제목으로 1979년 7월 『신동아』에, II부 「굶주린 혼」은 1980년 4월 『한국문학』에, 그리고 III부 「유다의 시간」은 1982년 3월 『문학사상』에 각각 발표되었다. 그러니까 꼬박 만 3년을 씨름해온 셈이다. 소설을 쓸 때마다 나는 거의 매번 절망적인 기분에 빠지곤 한다. 이번에야말로 도저히 끝을 낼 수 없으리라는, 그런 불안과 무력감 때문이다. 예외 없는 진통 속에서 나는 새삼스레, 소설이란 틀이 얼마나 가혹한 것인가를 실감할 수 있었다.

이제 후기를 쓰면서 나는 그나마, 우리 모두가 지나온 저 1950년대의 궁핍한 삶이 조금은 그려져 있기를 소망해본다. 또한, 그 어두운 시기에 우리의 곁을 떠난 한 여인의 모습이 거짓 없이 담겨져 있기를 아울러 소망한다. 우리의 삶이 지닌 본질적 허무에 대해 나로 하여금 눈뜨게 한 것은 바로 그 시대와 그 죽음이었고, 내가 매번 절망적인 상태로 굴러떨어지면서도 한사코 소설을 버리지 못하는 이유의 상당 부분 또한 그것의 극복을 위한 작업일 수가 있기 때문이다.

작품 해설을 써준 김현 형, 책을 박아준 문학과지성사에 깊이 감사한다.

1982년 4월 목포에서
이동하

신판 작가의 말

『장난감 도시』는 문학과지성사에서 1982년도에 첫 판을 냈고, 다음 해던가 재판을 찍었다. 내 기억으로는, 두 차례를 다 합해도 3천 권이 넘지 않는다. 그리고 열두 해 뒤인 1994년도에 판형과 표지를 바꾸어 다시 한 판을 더 찍었다. 발행 부수는 천 권이었지 싶다. 그 이듬해, 동아출판사 간행 100권짜리 전집 '한국소설문학대계'의 제54권에, 몇 편의 단편들과 함께, 통째로 수록되었다. 여기서도 초판분 1천 부던가 2천 부에 해당하는 인세 외에는 받은 게 없다. 내가 쓴 소설 중에는 그래도 『장난감 도시』가 좀 팔릴 거라던 주변의 기대에는 도무지 미치지 못한 셈이다. 기왕이면 많은 사람들이 읽어주기를 바라는 게 작가의 솔직한 욕심인지라 나로서도 아쉬움이 없지 않다. 하지만 그보다 더 아쉬운 경우란, 정작 책(『장난감 도시』)이 필요한 사람도 시중에서 구할 수가 없다는 점이었다. 팔리지 않는 작가의 서러움은 아마도 이런 데 있는 게 아닐까 생각된다. 이런 참에 복간을 기획해준 출판사가 고맙기 그지없다.

『장난감 도시』는 첫 발표 이후 30년 가까운 세월이 흐른 이제 은연중 나의 대표작으로 인식되고 있다. 개인적으로는 곤혹감을 느낀다. 아직은 대표작을 쓰지 못했다고 고집하고 싶은 까닭에서다. 어쨌거나 이번에 다시 읽고 부분적으로 손질하면서, 내 문학의 근원 정서를 새삼 확인하는 기분이었다. 그러고 보면, 평소 내 소설 읽기를 싫어하면서도 이것만은 예외적으로 종종 뒤적거려보곤 했던 게 비로소 이해된다. 그랬다. 글쓰기가 힘겨울 때 또는, 문득 길을 잃어버린 듯한 절망감에 빠져 허우적거릴 때 나는 이 소설을 새삼 뒤적거리곤 했던 것이다. 좀 민망스러운 고백이 되겠지만 내친김에 실토하자면, 매번 눈물과 더불어 더없는 마음의 정화감을 얻을 수 있었다. 이 소설의 배경인 1950년대의 피난민촌과 그 마을 사람들인 작중인물들은 이제 거의 남아 있지 않다. 하지만 이 보잘것없는 언어의 집 속에서는 변함없는 모습으로 건재하여 더 많은 세상 사람들과 만나기를 나는 또 소망해본다.

2009년 겨울, 밤산골에서
이동하